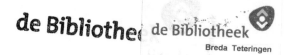

De Gouden Mijl

Van Martin Cruz Smith verscheen eveneens
bij uitgeverij Anthos

Rose
Havana Bay
Rood Plein
Gorki Park
Tokio centraal
Wolf eet hond
De geest van Stalin

Martin Cruz Smith

De Gouden Mijl

Vertaald door
Meile Snijders

Anthos|Amsterdam

ISBN 978 90 414 1775 6
© 2010 Titanic Productions
© 2012 Nederlandse vertaling Ambo|Anthos *uitgevers*,
Amsterdam en Meile Snijders
Oorspronkelijke titel *Three Stations*
Oorspronkelijke uitgever Simon & Schuster
Omslagontwerp Studio Jan de Boer
Omslagillustratie © Eduardo Ripoll / Arcangel Images / Hollandse Hoogte
Foto auteur Menuez

Verspreiding voor België:
Veen Bosch & Keuning uitgevers n.v., Antwerpen

Voor Em

Meer dan ooit

I

De zomeravond spoelde voorbij. Dorpen, rijpende akkers, vervallen kerken gleden langs en mengden zich met Maya's dromen.

Ze probeerde wakker te blijven, maar haar oogleden deden niet steeds wat zij wilde. Soms droomde het meisje van de eersteklaspassagiers die in hun coupés lagen te slapen.

De 'harde klasse' had geen coupés. Het was een wagon met slaapbanken waar nog maar een paar lampen brandden en iedereen deelgenoot was van het gesnurk, de heimelijke seks, de lichaamsgeur en het onderlinge geruzie. Sommige passagiers zaten al dagen in de trein en waren het zat om opgesloten te zitten. Arbeiders van een booreiland die dag en nacht hadden zitten kaarten, kregen ruzie over het spel en riepen woedende beschuldigingen. Een zigeunerin ging van bank tot bank om fluisterend steeds dezelfde sjaals aan de man te brengen. Studenten die voor een prikje reisden, doken diep weg in de wereld binnen hun koptelefoon. Een priester veegde cakekruimels uit zijn baard. De meeste reizigers waren even nietszeggend als gekookte kool. Een dronken soldaat doolde door het gangpad.

Toch had Maya liever de onbehouwen maar gezellige harde klasse dan de eerste klas. Hier hoorde ze thuis. Ze was vijftien en broodmager met vuurrood geverfd haar, gekleed in een gescheurde spijkerbroek en een bomberjack dat aanvoelde als karton. Ze had een canvas tas bij zich waarin al haar aardse bezittingen zaten en een tweede canvas tas waarin ze een baby verborgen hield, een meisje van drie weken oud, stevig ingebakerd, gewiegd door het schudden van de trein. Het laatste waar Maya behoefte aan had, was vastzitten in een coupé waar ze van alle kanten werd begluurd door snobs. Ze had zich trouwens sowieso geen eersteklaskaartje kunnen veroorloven.

De trein was uiteindelijk gewoon een woonkazerne op wielen, besloot Maya. Daar was ze aan gewend. De meeste mannen liepen tijdens de reis rond in hemd, trainingsbroek en slippers. Ze was op haar hoede voor mannen die anders gekleed waren, want een overhemd met lange mouwen kon de tatoeages verbergen van iemand die was gestuurd om haar terug te halen. Voorzichtigheidshalve had ze een zo goed als leeg deel van de wagon gekozen. Ze sprak niet met de andere passagiers en niemand merkte dat ze een baby bij zich had.

Maya hield ervan om verhalen te verzinnen over nieuwe mensen, maar nu was haar fantasie gericht op de baby, die een vreemde was en tegelijkertijd een deel van haarzelf. De baby was eigenlijk het geheimzinnigste wezen dat ze ooit had gezien. Het enige wat ze wist, was dat haar baby volmaakt, smetteloos en doorschijnend was.

De baby werd wakker en Maya ging naar het balkon aan het eind van haar wagon. Daar, half in de wind, gaf ze bij het geluid van de denderende trein de baby de borst en trakteerde ze zichzelf op een sigaret. Maya was al zeven maanden clean.

De volle maan hield gelijke tred met de trein. Naast het spoor lag een zee van korenvelden, waarin af en toe een watertank te zien was, of het silhouet van een gestrande combine. Nog zes uur te gaan naar Moskou. De baby keek haar ernstig aan. Maya beantwoordde de blik en was er zo door gehypnotiseerd dat ze de soldaat die op het balkon bij haar kwam staan pas hoorde toen hij de schuifdeur achter zich sloot en zei dat roken slecht was voor de baby. Zijn stem overviel haar, en bracht haar terug naar de werkelijkheid.

Hij trok de sigaret uit haar mond en schoot hem het raam uit.

Maya nam de baby van haar borst en bedekte zich.

De soldaat vroeg of de baby in de weg zat. Hij dacht van wel.

Dus zei hij dat Maya de baby moest neerleggen. Ze bleef haar vasthouden, terwijl hij zijn hand in haar jack liet glijden en zo hard in haar borst kneep dat haar melk vloeide. Zijn stem sloeg over toen hij zei wat hij nog meer van haar wilde. Maar eerst moest ze de baby neerleggen. Als ze dat niet deed, zou hij het kind uit de trein gooien.

Het duurde een seconde voor Maya zijn woorden had verwerkt. Als ze schreeuwde, zou iemand haar dan horen? Als ze zich verzette, zou hij de baby dan als een ongewenst pakketje wegsmijten? Ze zag het kindje voor zich, bedekt met bladeren; het zou nooit worden gevonden. Ze wist alleen dat het haar schuld was. Waar verdiende zij zo'n mooie baby aan?

Voordat ze de baby kon neerleggen, schoof de deur naar het balkon open. Een grote, grijze gestalte stapte binnen, pakte de soldaat als een slager bij zijn haar en zette een mes op zijn keel. Het was de baboesjka die de kruimels van de priester over zich heen had gekregen. De oude vrouw zei tegen de soldaat dat ze hem zou castreren als ze hem nog één keer zag en gaf hem een flinke schop om duidelijk te maken dat ze het meende. Hij wist niet hoe snel hij naar de volgende wagon moest komen.

Toen Maya en de baby weer op hun slaapbank lagen, bracht de baboesjka thee uit de samowar en bleef bij hen waken. Ze heette Helena Ivanova, maar ze zei dat iedereen langs de spoorlijn haar 'tante Lena' noemde.

Uitgeput stond Maya zichzelf eindelijk toe om echt in slaap te vallen. Ze gleed van een donkere helling af de vergetelheid in.

Toen Maya haar ogen opende, stroomde de zon het rijtuig binnen. De trein stond stil bij het perron, het overheersende geluid was dat van vliegen die in de warme lucht rondcirkelden. Haar borsten voelden vol en gespannen. Volgens haar horloge was het vijf over zeven. De trein kwam volgens de dienstregeling om half-zeven aan. Tante Lena was nergens te zien. Beide tassen waren verdwenen.

Maya stond op en liep met onzekere pas de gang door. Alle andere passagiers – de rumoerige boorplatformarbeiders, de studenten, de zigeunerin en de priester – waren verdwenen. Tante Lena was verdwenen. Maya was de enige in de trein.

Ze stapte het perron op en baande zich een weg tussen de passagiers door die de trein op het tegenoverliggende perron in wilden. Mensen staarden. Een kruier botste met zijn bagagekar tegen haar scheenbeen. De kaartjescontroleurs bij de toegangspoort herinnerden zich geen vrouw die op tante Lena leek met een baby. Het was een idiote vraag van een mallotig uitziend meisje.

Op de perrons namen reizigers afscheid, er dwaalden honderden mensen rond bij de kiosken en winkels waar sigaretten, cd's en pizzapunten werden verkocht, en nog eens meer dan duizend zaten in een muffe wachtruimte. Sommigen ging naar de woestenij van Siberië, anderen helemaal naar de Grote Oceaan, weer anderen zaten gewoon te wachten.

Maar de baby was verdwenen.

2

Victor Orlov stond in een douchecel, het hoofd gebogen, zijn ogen dicht. Een zaalhulp met een mondkapje, een veiligheidsbril, een rubberen schort en handschoenen goot ontsmettingsmiddel over zijn hoofd totdat het van zijn neus en uit zijn stoppelbaard van vier dagen droop, verder stroomde over zijn ingevallen buik en blote billen, en een plasje vormde tussen zijn voeten. Victor zag eruit als een huiverende natte aap met toefjes lichaamshaar, blauwe plekken en teennagels zo dik als hoorn.

De arts van de kliniek werd sinds lang 'Zwaan' genoemd vanwege zijn lange nek. Als voormalig zakkenroller en verklikker was hij trots dat hij zich had opgewerkt tot deze verantwoordelijke en kansrijke positie.

'Ik heb meteen gebeld toen rechercheur Orlov binnenkwam. Ik zei bij mezelf: bel hoofdrechercheur Renko, hij wil dit vast weten.'

'Dat heb je goed gedaan,' zei Arkadi.

De brandende kaars verspreidde een weeë, rotte geur.

'We doen wat we kunnen. Gebruikt onze oude vriend Victor iets nieuws, naast alcohol? Heroïne, methadon, antivries?'

'Alleen alcohol. Hij is van de oude stempel.'

'Tja, het ontsmettingsmiddel doodt luizen, bacteriën, microben, schimmels en sporen. Dat is prima. Maar aan het inwendige van je vriend kan ik niets doen. Zijn bloeddruk is laag, maar dat viel te verwachten. Zijn pupillen zijn verwijd, maar er zijn geen tekenen van hoofdletsel. Hij is aan het ontgiften. Ik heb hem valium en een injectie B_I gegeven om hem te kalmeren. We horen hem hier te houden ter observatie.'

'In een dronkenmanscel?'

'We zeggen liever "ontnuchteringsunit".'

'Niet als hij kan lopen.' Arkadi hield een plastic zak met schone kleren omhoog.

De zaalhulp in de douchecel rolde een waterslang af en zette de kraan helemaal open. Victor deed een stap naar achteren terwijl het water op zijn borst kletterde. De hulp liep om hem heen en spoot Victor aan alle kanten af.

Het was niet eenvoudig om wegens dronkenschap te worden gearresteerd. Openbare dronkenschap viel nauwelijks te onderscheiden van, zeg, met vrienden samen een fles drinken, een vrolijke of juist een treurige bui hebben, een heiligendag of vrouwendag vieren, plotseling enorme slaap hebben, tegen een muur moeten pissen of tegen een muur moeten leunen om je evenwicht te bewaren. De lat werd zo hoog gelegd dat het moeilijk was om als echte dronkaard erkend te worden. Toch konden de consequenties geducht zijn. De boete stelde weinig voor, maar familie en collega's werden ingelicht – bij Victor was dat zijn commandant, die al eerder had gedreigd hem te degraderen. Erger nog was dat er twee weken gevangenisstraf stond op een volgende overtreding. En politiemannen verging het slecht in de gevangenis.

Een digitale klok aan de muur versprong naar 24:00 uur.

Middernacht. Victor was vier uur te laat voor zijn dienst.

Arkadi ging zijn kleren pakken in de gedempt verlichte ontwenningsruimte. Hij liep tussen de bedden door met van urine doordrenkte lakens en door kalmeringspillen verdoofde mannen. De poten van de bedden waren afgezaagd omdat er zo vaak mensen uit vielen. Alle gestalten lagen stil, op één na, die ingesnoerd in veiligheidsriemen lag te kronkelen en telkens opnieuw indringend tegen Arkadi fluisterde: 'Ik ben God, God is shit, ik ben shit, God is shit, God is hond, ik ben God.'

'Zie je, we krijgen allerlei types,' zei Zwaan. Hij had Victors legitimatie, sleutels, telefoon en handvuurwapen klaarliggen toen Arkadi terugliep naar het bureau.

Ze droogden Victor af en kleedden hem aan, en probeerden te voorkomen dat hij instortte.

'Hij is niet geregistreerd, toch?' Arkadi wilde het alleen even zeker weten.

'Hij is hier nooit geweest.'

Arkadi legde vijftig dollar op het bureau en loodste Victor naar de deur.

'Ik ben God!' zei de stem vanaf het bed.

God is dronken, dacht Arkadi.

Arkadi reed in Victors Lada omdat zijn eigen Zjigoeli in de garage stond te wachten op een nieuwe versnellingsbak en Victor zijn rijbewijs kwijt was vanwege rijden onder invloed. Het maakte niet uit dat Victor net was gewassen en schone kleren aanhad, de wodkageur straalde als de warmte van een kachel van hem af. Arkadi draaide een raampje open voor frisse lucht. De zomernachten waren kort nu, ook al stelden ze niets voor vergeleken bij de witte nachten van Sint-Petersburg. Maar je sliep er wel slecht door en de mensen waren lastiger in de omgang. De politieradio bleef continu kakelen.

Arkadi gaf Victor de walkietalkie. 'Meld je. Laat Petrovka weten dat je je dienst doet.' Het hoofdbureau van de militsija (de Russische burgerpolitie) in de Petrovkastraat werd kortweg 'Petrovka' genoemd.

'Wat doet het ertoe? Ik ben de pineut.'

Maar Victor pepte zich voldoende op om contact op te nemen met de meldkamer. Wonderbaarlijk genoeg was er in zijn district de hele avond niemand vermoord, verkracht of mishandeld.

'Stelletje flikkers. Heb ik mijn wapen nog?'

'Ja, dat zouden we niet graag in verkeerde handen zien vallen.'

Arkadi dacht dat Victor in slaap sukkelde, maar de rechercheur mompelde: 'Het leven zou prachtig zijn zonder wodka, maar omdat de wereld niet prachtig is, hebben de mensen wodka nodig. Wodka zit in ons DNA. Het probleem is dat Russen perfectionisten zijn. Dat is onze vloek. Het levert fantastische schakers en ballerina's op, maar de rest bestaat uit jaloerse dronkenlappen. De vraag is niet waarom ik niet minder drink, de vraag is waarom jij niet méér drinkt.'

'Niets te danken.'

'Dat bedoelde ik. Dank je wel.'

Af en toe hoorden ze andere auto's achter hen ronken, opgevoerde buitenlandse monsters, maar nooit lang. De uitlaat en knalpot van de Lada hingen laag en veroorzaakten zo nu en dan een pauwenstaart van vonken, een goede waarschuwing om een veilige afstand te bewaren.

De Lada was een wrak en dat gold ook voor de mannen die erin zaten, dacht Arkadi. Hij ving een glimp van zichzelf op in de achteruitkijkspiegel. Wie was die grijzende vreemde die in zijn bed wakker werd, zijn kleren pikte en zijn stoel op het OM bezette?

Victor zei: 'Ik heb in de krant gelezen over twee dolfijnen die in Griekenland of zo een man probeerden te verdrinken. Je hoort altijd over nobele dolfijnen die drenkelingen redden. Deze niet, ze duwden hem juist de zee in. Ik vroeg me af wat er anders was aan deze arme kerel. Hij bleek natuurlijk Russisch te zijn, en misschien een beetje dronken. Waarom gebeurt er met ons altijd het omgekeerde van wat normaal is? Misschien hadden de dolfijnen hem al tien keer eerder gered en kregen ze er genoeg van. Wat denk jij?'

'Misschien moeten we het officieel maken?'

'Wat officieel maken?'

'Dat in Rusland boven onder is en onder boven.'

Arkadi lag niet boven en ook niet onder. Hij was een opsporingsambtenaar die niemand opspoorde. De officier van justitie zorgde dat Arkadi zijn bevelen niet meer kon negeren door hem geen bevelen meer te geven. Als hij geen opsporingsonderzoeken meer kreeg, konden die ook niet uit de hand lopen. Arkadi werd genegeerd, en mocht zijn tijd besteden aan bloemschikken of romans lezen.

Hoewel hij alle tijd had, bracht hij die niet door met Zjenja, de jongen die met zijn vijftien jaar op het hoogtepunt van zijn nukkige puberteit was beland. Spijbelde hij? Arkadi had niets in te brengen. Hij had geen officiële status. Hij kon Zjenja alleen een schone slaapplaats bieden. Soms zag Arkadi hem een week niet en dan liep Zjenja hem toevallig tegen het lijf terwijl hij in zijn andere, geheime leven in zijn hoody langs slenterde met een straatbende. Als Arkadi naderbij kwam, bevroor Zjenja hem met zijn blik.

Volgens de directeur van de kinderopvang waar Zjenja oorspronkelijk vandaan kwam, had de jongen een speciale band met Arkadi. Zjenja's vader had Arkadi neergeschoten. Als dat niet speciaal was, wat dan wel?

Een dag eerder waren er vrienden langsgekomen met champagne en taart voor Arkadi's verjaardag en hadden zulke treurige maar bloemrijke speeches gehouden over diens integriteit, die hem alleen maar in de weg zat, dat de vrouwen hadden moeten huilen. Ook een paar van de meer beschonken mannen huilden en Arkadi had de een na de ander persoonlijk moeten verzekeren dat hij nog niet dood was.

Hij had een ontslagbrief geschreven.

Met ingang van 12.00 uur vandaag dien ik mijn ontslag in bij het Openbaar Ministerie van de Russische Republiek. Arkadi Kirolowitsj Renko, hoofdrechercheur Belangrijke Zaken.

Maar het was ondraaglijk om Zurin dit genoegen te doen. Arkadi had de brief in een asbak verbrand.

En nu vlogen de dagen weer voorbij.

Arkadi had een nieuwe buurvrouw aan de overkant van de gang, een jonge vrouw die altijd op pad was en soms hulp nodig had bij het vinden van haar huissleutel in haar volumineuze handtas. Een journaliste, jong genoeg om te veel hooi op haar vork te nemen. Op een avond klopte ze met een blauw oog bij hem op de deur: haar vriend zat achter haar aan. Het licht op de overloop was zoals gewoonlijk uit, en Arkadi kreeg zijn gezicht niet goed te zien. Maar de man zag Arkadi wel in de deuropening staan, met zijn revolver in zijn hand. Hij verdween meteen met sprongen de trap af.

'Met mij is alles goed. Er was niets aan de hand,' zei Anja. 'Echt heel erg bedankt, je bent de held van de avond. Ik zie er vast niet uit.'

'Wie was dat?'

'Een vriend.'

'Was dát een vriend?'

'Ja?'

'Ga je dit bij de militsija melden?'

'De militsija? Dat meen je niet. O, jij moet die misdaadonderzoeker zijn in het gebouw. Ik heb over je gehoord,' zei ze. 'Eventuele insinuaties over oneerlijk en niet integer gedrag van onze dappere mannen in de strijd tegen criminele elementen neem ik meteen terug.'

Toen ze weer in haar appartement was hoorde hij haar joelen en lachen.

De volgende avond klopte ze aan bij Arkadi en ze zag zijn woonkamer vol flessen en borden van zijn verjaarsfeestje.

'Feestje gehad?'

'Geen complete veldslag, gewoon wat vrienden.'

'Laat het me de volgende keer maar weten.' Uit haar tas gaf ze hem twee blikken Osetra-kaviaar van elk 125 gram, die samen bijna duizend dollar waard waren.

'Kan ik niet aannemen.'

'We staan quitte. Ik krijg die blikken vaak en ik hou helemaal niet van kaviaar. Waar is de vrouw die hier woonde?'

'Vertrokken.'

'Weet je zeker dat je haar niet in mootjes hebt gehakt en in postpakketjes over het hele land hebt verspreid? Grapje. Je hebt mijn vriend de stuipen op het lijf gejaagd. Net goed.'

Ze heette Anja Roedikova. Vreemd genoeg zag hij haar, compleet met blauw oog, een week later op televisie, waar ze objectief als een socioloog over de kwalijke invloed van geweldfilms sprak.

De meldkamer deed een oproep. Arkadi nam op namens Victor.

'Orlov.'

De vrouw van de meldkamer vroeg of hij in staat was zijn dienst te draaien.

'Ja,' zei Arkadi.

'Omdat je niet al te best klonk toen je je eerder meldde. Er wordt over je gepraat.'

'Laat ze de klere krijgen.'

'Goh, je klinkt al een stuk beter. Kun je een overdosis doen? De ambulances zijn laat.'

'Waar?'

Terwijl Arkadi luisterde, draaide hij een bevredigende U-bocht voor het tegemoetkomende verkeer langs.

Wat op toeristenkaarten wordt aangeduid als het Komsomolplein, wordt door Moskovieten 'De Drie Stations' genoemd, vanwege de drie spoorwegstations die er liggen. Daarnaast komen er ook twee metrolijnen en tien rijbanen verkeer samen. Als slecht georganiseerde legers zoeken passagiers hun weg door de menigte straatverkopers die bloemen, geborduurde overhemden, shirts met Poetin of Che, cd's, dvd's, bontmutsen, posters, baboesjka's, oorlogsmedailles en sovjetkitsch aan de man brengen.

Overdag was het Driestationsplein continu in beweging, een Circus Maximus van auto's. Maar 's avonds, als de auto's verdwenen waren en het plein door schijnwerpers werd verlicht en wazig was van alle insecten, vond Arkadi de stations exotisch: net operadecors. Het Leningradstation was een Venetiaans paleis, het Kazanstation een oriëntaalse moskee, en het Jaroslavlstation had een clownsgezicht met pet. De nacht bracht een volk aan het licht dat in de drukte overdag onzichtbaar was: zakkenrollers, lefgozers die flyers uitdeelden van stripclubs en gokhallen, bendes straatkinderen op zoek naar gewonden, de tragen, de makkelijke prooi. Mannen met onduidelijke bedoelingen stonden in groepjes bijeen, bierblik in de hand, naar de drentelende hoeren te kijken. De vrouwen keken met haviksogen en zagen eruit alsof ze hun klanten eerder gingen opeten dan dat ze de liefde met hen gingen bedrijven.

Overal waren dronkaards, maar ze vielen niet op, omdat ze even grijs waren als het trottoir waarop ze lagen. Ze hadden verband om, zaten onder het bloed of leunden op krukken, als oorlogsslachtoffers. In elk portiek lag een aantal van zulke habitués. Ze mochten dan misschien dakloos zijn, het Driestationsplein was hun stek. Een bedelaar met brede schouders en manke benen bewoog zijn karretje voort langs een zigeunerin die verstrooid haar baby en een borst tevoorschijn haalde. Op het Driestations- plein verzamelden de gewoonlijk verborgen kreupelen en ver- schoppelingen der maatschappij zich als in de Hof der Wonde- ren, maar dan zonder de wonderen.

Arkadi reed bij het Jaroslavlstation de stoep op en stuurde over een pleintje naar een mobiele werkkeet die al zo lang op zijn plek stond dat de banden waren leeggelopen.

Hij vroeg aan Victor: 'Wil jij in de wagen blijven? Ik kan wel in jouw plaats gaan.'

'De plicht roept. Er staat misschien iemand op mijn plaats de- lict te pissen. Wie op iemands plaats delict pist, pist op de man zelf.'

De mobiele keten waren basale onderkomens voor arbeiders die daar moesten werken: vier stapelbedden en een kachel, maar geen wc, douche of airconditioner. In de zomer smolten ze er weg en in de winter bevroren ze er. Vanbuiten zag je alleen aan een schuifraam en een deur dat er mensen in zaten. De arbeiders waren immers toch maar migranten uit Centraal-Azië: Tadzjie- ken, Oezbeken, Kirgiezen, Kazachen, al noemden de Russen hen meestal allemáál Tadzjieken.

De Russen waren de acteurs, de Tadzjieken de noodzakelijke maar onzichtbare toneelknechten die het werk deden dat de plaatselijke acteurs te vervelend of te gevaarlijk vonden.

Victor en Arkadi werden toegelaten door een inspecteur van de spoorwegpolitie, die Kol heette. De inspecteur sneed een rauwe ui in ringen en at die op als medicijn tegen een zomerverkoud- heid. Hij wiste de tranen weg.

'Een hoop trammelant om een dooie hoer.'

De bedrading van de keet was losgerukt, maar door het raam liep een verlengsnoer naar een haak aan het plafond, waar een kaal peertje een waterig licht verspreidde. De achterkant van de keet leek op de bodem van een vuilnisbak: hamburgerzakjes, frisdrankblikjes, glasscherven en, op een smerig matras van een onderbed, een vrouw die op haar rug lag met haar ogen open. Arkadi dacht dat ze achttien of negentien was. Ze had een blanke huid, bruin haar en lichtblauwe ogen en droeg een goedkoop, doorgestikt jack van namaakbont. Eén arm was geheven alsof ze naar iemand prooostte, de andere zat weggestopt bij haar heup.

Haar onderlichaam was naakt, haar benen lagen over elkaar en op haar linkerheup zat een getatoeëerde vlinder, een geliefd motief onder prostituees. Een halflege literfles wodka stond op de vloer naast haar kleding: een spijkerrokje, een slipje en glimmende laarzen met hoge hakken. Arkadi had het liefst haar onderlijf bedekt, maar de regel was dat je niets mocht aanraken voordat de forensische recherche klaar was.

Op het matras lagen een zwarte lakleren handtas, lippenstift, rouge, een haarborstel, een vaginale douche, een tube tandpasta en een tandenborstel, tissues, pepperspray en een aangebroken buisje aspirine. Er kwam geel poeder uit het buisje. Arkadi vond geen legitimatiebewijs.

Kol nam een strategische positie in binnen de keet. Er werd druk in hasj en heroïne gedeald bij het Driestationsplein en de betrekkingen tussen de militsija en de spoorwegpolitie waren als die van een verbond van dieven.

Victor vroeg: 'Wie heeft het lichaam gevonden?'

De inspecteur zei: 'Ik weet het niet. We kregen een telefoontje van een voorbijganger.'

'Hoeveel zijn dat er?'

'Het aantal mensen dat op een gemiddelde dag langs het Driestationsplein komt? Ongeveer een miljoen. Ik herinner me niet alle gezichten.'

'Herinner je je haar?'

'Nee, die tatoeage zou ik wel hebben onthouden.' Kol kon er zijn ogen niet van afhouden.

Arkadi vroeg: 'Wie heeft die keet hier neergezet?'

'Hoe moet ik dat weten?'

'Mooi mes.'

'Het is scherp genoeg.'

De vrouw leek in goede gezondheid, afgezien van het feit dat ze dood was. Arkadi zag geen snijwonden of kneuzingen. Aan haar lichaamstemperatuur, spierspanning en de afwezigheid van lijkbleekheid te oordelen – en de paarse, door opgehoopt bloed ontstane lijkvlekken – vermoedde hij dat ze niet langer dan twee uur dood was. Hij richtte de lichtbundel van zijn zaklampje op haar blauwe irissen, waaruit het leven was verdwenen. Geen bloed in de hoornvliezen of enige andere aanwijzing voor hoofdletsel. Geen rode neus, ruwe wangen of naaldsporen. Op haar onderarmen en handen waren geen wonden te zien die erop konden duiden dat ze zich had verzet, haar knokkels waren niet geschramd en er zat wel vuil, maar geen stuk gekrabd weefsel onder haar nagels. Alsof ze door haar dood heen was geslapen.

Victor kwam tot leven; hij leefde altijd op bij een moord. Het busje van de forensische rechercheurs zou met foto's komen die hij kon verspreiden onder tippelaarsters, kioskhouders en andere nachtbrakers. Arkadi liep de keet door op zoek naar kleding die iemand misschien had laten vallen, maar de straatlantaarns aan de achterkant van het plein waren zo schaars en zwak dat hij door water leek te waden. Het appartementencomplex tegenover het Jaroslavlstation leek een verre planeet. Zelfs de prostituees aarzelden om bepaalde hoeken op te zoeken.

Natuurlijk had je prostituees en prostituees. Exotische schoonheden in dure clubs als Night Flight of Nijinski vroegen duizend dollar per nacht. Aan de bar van het Savoy Hotel kostten ze zevenhonderdvijftig dollar. Als roomservice in het Nationaal Hotel betaalde je driehonderd. Een Thaise masseuse was honderdvijftig voor een hele nacht. Pijpen op het Loebjankaplein was tien dollar, op het Driestationsplein vijf. Het was een wonder dat de inspecteur haar niet met een schep van het trottoir had hoeven schrapen.

Victor nam een oproep aan van de meldkamer. Hij zei alleen 'Ja... ja... ja' en verbrak toen met een klik de verbinding.

'Petrovka wil weten waarom het gaat. Moord, zelfmoord, ongeval, overdosis of een natuurlijke dood? Als ik geen bewijs van kwade opzet heb, moet ik de zaak verder met rust laten. De ambulance komt wanneer hij komt. Een of andere oligarch is zijn hondje kwijtgeraakt in een parkeergarage. Petrovka wil dat ik er-heen ga en op mijn handen en knieën help die pup te vinden. Als ik hem als eerste vind, draai ik zijn harige koppie eraf.'

'Wil je ervandoor gaan voordat de forensische recherche er is?'

'Als het een ongeluk of natuurlijke dood betreft, komen er geen forensische rechercheurs of lijkschouwers. Ze halen haar op en als ze na een week nog niet is opgeëist, geven ze haar aan de medische faculteit of gaat ze de oven in.' Victor kneep zijn ogen tot spleetjes om een gedachte in beeld te krijgen. 'Het enige wat ik weet, is dat ze met een perverse kerel te maken heeft gekregen. Geen normaal mens laat een halve liter goede wodka zonder de dop erop staan.'

'Je bedoelt...?'

'Hij kon zich een nieuwe fles veroorloven. Hij had geld.'

'En die vermogende figuur had er plezier in om een nummertje te maken op een vuil matras in een mobiele arbeiderskeet?'

'Hij deed het niet op straat. En dan is er nog de vlindertatoea-ge. Dat is ook een aanknopingspunt.'

Inspecteur Kol, die zijn ui zat te snijden met zijn ogen strak op het meisje gericht, ontplofte plotseling. 'Kut!' riep hij. Hij had zich gesneden en er liep bloed van zijn ui langs zijn elleboog. 'Shit!'

'Geen bloed, pis of neuspulk op mijn plaats delict.' Victor duwde de inspecteur de keet uit. 'Idioot!'

Arkadi vond het er niet uitzien als moord, zelfmoord of over-dosis. Geen kalmerende middelen, geen naaldsporen en het meis-je had niet de puntige tanden van een methadongebruikster.

'Wat is dat?' Victor zag het geopende buisje aspirine met geel poeder.

'We zullen moeten wachten tot het lab het ons vertelt.'

Victor likte aan een gehandschoende vingertop en stak die in het buisje. Hij rook aan het poeder, likte er even aan en spuugde het ten slotte uit als een wijnexpert die een inferieure bordeaux beoordeelt.

'Clonidine. Bloeddrukpillen. Proeven?'

'Ik geloof je op je woord.'

'Met een cocktail van clonidine en wodka krijg je zelfs Rambo plat.' Victor raakte enthousiast over dit idee. 'Rambo zou wakker worden zonder geld, zonder kleren, zonder pijl en boog. Nu hebben we een zaak. Madame Butterfly hier had de criminele intentie en de middelen om iemand in coma te brengen en te beroven.'

Arkadi schudde zijn hoofd. 'Madame Butterfly?'

'Nou, we moeten haar toch een naam geven. Ik ben niet van plan om de hele nacht over "de overledene" te praten.'

'Alles best, behalve Butterfly.'

'Oké. In Italië zijn zo veel Russische prostituees dat "Natasja" er het nieuwe woord is voor hoer.'

Arkadi zei: 'Je gaat ervan uit dat ze prostituee was. Dat beïnvloedt onze houding.'

'Dan vergeet je de arbeiderskeet, de seks, de drugs. Heb je liever dat ik haar prinses Anastasia noem? Of Olga? Dat is een naam die je vertrouwt.'

'Hoe ziet ze eruit?'

Victor veegde een vlieg weg bij haar oor. 'Afgezien van de make-up en de schaarse kleding ziet ze er voor mij uit als een leuk plattelandsmeisje.'

'Vind ik ook. Olga, dus.'

'Goed. Ik ben nu al uitgeput en we zijn nog maar net begonnen.'

'Het probleem is dat Olga een foutje gemaakt heeft met de druppels. Of de man heeft gezien wat ze van plan was en verwisselde de glazen toen ze hem haar rug toekeerde. Misschien heeft hij nog wat meer in haar glas gedaan. Ze viel flauw. Hij beroofde haar en vertrok.'

'Nog een probleem,' zei Arkadi, 'is dat er geen glazen zijn.'

'We kunnen altijd nieuwe glazen halen en wat slaapmiddel op haar lippen wrijven. Anders wordt onze Olga in een zak gestopt en ergens gedumpt zonder dat iemand het merkt of zich er druk om maakt. Ze zal zinken zonder zelfs maar een rimpeling. We moeten denk ik niet meteen conclusies trekken, we moeten overal voor open blijven staan.'

Het meisje had bijna iets slungeligs, alsof ze nog niet in haar lange benen was gegroeid. Haar knieën waren smerig, maar zonder korsten. Arkadi vroeg zich af hoe ze er met een gewassen gezicht uit zou zien.

Victor bekeek de wodkafles. Die was halfleeg – of halfvol – en er ging een zilverachtige bekoring van uit. Geen van beide mannen had hem aangeraakt, want ze wilden de vingerafdrukken niet verpesten. Arkadi hoorde de rechercheur moeizaam slikken.

'Weet je wat er zo tragisch is aan al dat geld dat de mensen tegenwoordig hebben?' vroeg Victor.

'Nou?'

'Een fles wodka kostte vroeger tien roebel, precies het juiste bedrag voor drie mensen die een fles willen delen. Niet te veel, niet te weinig. Zo ontmoette je nog eens iemand en maakte je vrienden. Nu de mensen geld hebben, zijn ze zelfzuchtig geworden. Niemand deelt meer met een ander. Het heeft het weefsel van de maatschappij kapot gemaakt.' Victor hief zijn hoofd. 'Geen schrammetje te zien. Je hebt me waarschijnlijk voor niets uit de dronkenmanscel gehaald.'

'Waarschijnlijk.'

'Waarom kom je niet met me mee naar die parkeergarage?' zei Victor. 'Het hondje heet "Rot-op".'

'We hebben een getuige nodig of minstens haar pooier. Gelukkig is de pooier niet ver weg.'

'Waar dan?'

Arkadi ging met zijn vinger langs het verlengsnoer en volgde het van het lichtpeertje naar het raam. 'Aan de andere kant hiervan.'

Terwijl Victor naar buiten ging, bleef Arkadi in de keet achter met het dode meisje en de fles wodka. Huurmoorden uitgezonderd, was er bij vier van de vijf geweldsmisdrijven wodka in het spel. Wodka was een trouw onderdeel van alle belangrijke menselijke activiteiten: verleiding, huwelijk, feesten en zeker moord.

Soms vertelde een plaats delict een dramatisch verhaal: een keukentafel met zo veel bier- en wodkaflessen dat er nauwelijks ruimte was om een glas neer te zetten, messen op de vloer, bloed dat vanuit twee lichamen, het ene vol steekwonden, het andere vol kogelgaten, over de lengte van de vloer was uitgesmeerd. Vergeleken daarbij was de plaats delict in de mobiele keet een horizontaal stilleven waarin niets meer rechtop stond, behalve de fles.

Arkadi was zich er bewust van dat hij iets volstrekt voor de hand liggends, een fundamentele tegenstrijdigheid, over het hoofd zag. Nu hij zijn fantasie nodig had, kon hij alleen maar denken aan Victors verhaal over de eigenwijze zwemmer en de dolfijnen. Arkadi had het gevoel dat zijn eigen onzichtbare dolfijnen hem van de kust de zee in duwden.

Hij ging op het stapelbed tegenover het dode meisje zitten. Ze had een ovaal Slavisch gezicht dat meer ziel leek te bezitten dan dat van westerse vrouwen. Haar haar was niet gewoon bruin, maar bruin en asgrijs, zoals bij duivenveren. Ze had haar blik afgewend van haar obscene pose. Aan een paar witte streepjes op haar vingers was te zien waar haar ringen hadden gezeten. Die waren niet met geweld verwijderd, de knokkels waren niet gekneusd. Hij zag geen nieuwe of oude tekenen van geweld, maar als Petrovka moest kiezen tussen onderzoek naar een moord op een tippelaarster of beëindiging van de zaak wegens 'natuurlijke dood', zou hij er het liefst van uitgaan dat deze jonge vrouw zich in schijnbaar goede gezondheid had uitgekleed, was gaan liggen om in een bouwkeet een klant af te werken en vreedzaam was gestorven. Einde verhaal.

Arkadi tilde de wodkafles aan de onderrand en dop van de vloer. Waar de fles had gestaan, lag een kringetje water. Toen viel er iets van de onderkant van de fles aan zijn voeten. Hij raapte een zilveren plastic kaartje op waarop in zwarte letters stond: UW VIP-PAS VOOR DE NIJINSKI MILJONAIRSBEURS. Op de achterkant stond een streepjescode en: 30 JUNI – 3 JULI, CLUB NIJINSKI. GRASDUI-NEN VANAF 20.00 UUR.

30 juni was twee uur geleden. Arkadi liep naar het raam. Het vinden van een getuige in de semi-clandestiene meute van het Driestationsplein zou een farce worden. Wie lette hier op een prostituee die de kost probeerde te verdienen? Zijn oog viel op het appartementencomplex aan de overkant van het plein. De acht verdiepingen ervan waren voornamelijk donker, maar in sommige appartementen zag hij een keukenlicht of de hypnotische

gloed van een televisie op het plafond. De deur van de keet ging open en Victor was terug, zwaarmoedig maar triomfantelijk.

'Je raadt het nooit.'

'Verras me maar,' zei Arkadi.

'Oké. Ons verlengsnoer loopt rechtstreeks naar het kantoor van de spoorwegpolitie. Ik zag onze vriend de inspecteur door het raam. Hij heeft een verband om zijn hand zo groot als een bokshandschoen. Maar het snoer eindigt daar niet, het is verbonden met een ander lang verlengsnoer dat eindigt in een stopcontact aan de achterkant van het kantoor van de militsija. Snap je? Wij zijn zelf de pooiers. Dat verbaast je kennelijk niet.'

3

Wat Zjenja betrof had het Jaroslavlstation heel wat te bieden: buffetten, een boekhandel, een kinderspeelplaatsje, winkels waar ze aanstekers, cd's en dvd's verkochten, en een wachtruimte voor militairen – mannen op verlof reisden gratis. Een roltrap leidde naar een wachtruimte met een concertvleugel achter een rood fluwelen koord.

Hij begon op de begane grond met zijn speurtocht naar iemand die een vriendschappelijk potje schaak wilde spelen op het opvouwbare bord dat in zijn rugzak zat. Hij was voorzichtig, hij had altijd zijn identiteitskaart en een forensenpas bij zich voor het geval hij werd aangehouden. Hoewel hij al half onzichtbaar was in zijn hoody, bleef hij zo veel mogelijk uit het zicht van de plafondcamera's die op hem waren gericht.

Toen hij niemand zag met wie hij zou kunnen schaken, ging Zjenja op een bankje in een rustige gang naast de bovenste zaal een Engels-Russisch zakwoordenboekje zitten bestuderen. Bobby Fischer had ooit Russisch geleerd om goede schaakanalyses te kunnen lezen en Zjenja wilde het Engels dezelfde eer bewijzen. Zjenja concentreerde zich op het rijke woord *draw*, waarmee een onbeslist einde aan een schaakwedstrijd wordt aangeduid. Maar het betekende ook: 'trekken', 'putten', 'tekenen', 'loten', 'inademen', 'gordijnen open- of dichtdoen' en nog meer.

Met een klik ging de deur tegenover Zjenja open. Binnen zaten twee militsija-functionarissen en een meisje aan een metalen tafel waarop een plastic kan water, papieren bekertjes en een bandrecorder stonden. De hoogste functionaris was een vrouw, een adjunct-commissaris, aan de sterren op haar epauletten te zien. Een inspecteur wipte achterover op zijn stoel.

Het meisje was een jaar of vijftien, Zjenja's leeftijd. Haar ogen stonden vol tranen en omdat ze haar haar felrood had geverfd, was dit precies het type dat de militsija graag lastigviel, maar de adjunct-commissaris sprak op moederlijke toon tegen haar.

'Eerst de nodige informatie, dan pas gaan we zoeken. Alles komt goed. Misschien vindt iemand je zoekgeraakte baby nog voordat we klaar zijn.'

'Ze is niet zoekgeraakt, ze is gestolen.'

'Dat zei je al, ja. Daar hebben we het zo over.'

'Dit is toch tijdverspilling. Waarom gaat u niet naar haar op zoek?'

'Liefje, we hebben een systematische aanpak, die goed werkt. Dit is een lastige zaak. Je zegt dat je geen foto's hebt van de baby.'

'Een baby is een baby.'

'Toch is het jammer. Een foto is cruciaal als je iemand wilt vinden.'

'Hebt u hen gevonden?' Het meisje wees op de gezichten die aan de muur waren geprikt, zwart-witfotokopieën van kiekjes die korrelig waren door de vergroting. Ze waren binnen of buiten genomen, de gefotografeerde personen waren mannen en vrouwen van alle leeftijden, maar ze hadden één ding gemeen: ze waren allemaal verdwenen.

'Nee, helaas niet. Maar je moet ons helpen.'

'We kunnen niet iedereen zomaar een baby meegeven,' zei de inspecteur.

'Inspecteur...' zei de adjunct-commissaris, alsof ze het tegen een ondeugend jongetje had.

'Ik probeer haar maar wat te stangen.'

De adjunct-commissaris zei: 'Je trein is meer dan een uur geleden aangekomen. Je had naar ons toe moeten komen. Je moet geen tijd verliezen als je een kind levend wilt terugvinden.'

'We verliezen nu tijd.'

'Wat is je volledige naam?'

'Maya.'

'En verder?'

'Verder niets.'

'Ben je getrouwd, Maya?'

'Nee.'

'Oké. Wie is de vader?'

'Gewoon, iemand die ik tegenkwam.'

De inspecteur herhaalde: 'Iemand die ze tegenkwam.'

'Ik weet het niet.'

De adjunct-commissaris leek van vrouw tot vrouw te spreken en bleef aardig.

'Je bent erg jong voor een baby. In welke klas zit je?'

'Ik heb al eindexamen gedaan.'

'Daar zie je niet naar uit. Mag ik je treinkaartje en papieren even zien?'

'Ze zaten in mijn tas. Ik had twee tassen, een voor de baby en een voor haar spullen. Ze heeft een bijzondere blauwe deken met gele kuikentjes. Allemaal weg.'

'Haar geboorteakte?'

'Weg. Ik weet de kleur van haar ogen en van haar haar, en ik weet waar haar moedervlekken zitten. Dingen die alleen een moeder weet.'

'Heb je wat voor papieren dan ook, van jou of de baby?'

'Allemaal gestolen.'

'Kunnen je ouders informatie geven?'

'Die zijn dood.'

'Dus op papier bestaat de baby niet en in de trein was ze onzichtbaar. Bedoel je dat?'

Het meisje zweeg.

'Op welk station ben je ingestapt? Kom op. Je moet toch weten op welk station je de trein in bent gegaan.'

'Of wanneer ze is verdwenen.'

'Dat zei ik al. Ze werd gestolen toen ik lag te slapen. Ze zat in een canvas tas.'

'En je beschuldigt die zogenaamde tante Lena daarvan?'

'Hebt u van haar gehoord? Ze zei dat iedereen haar kende.'

'Nee, ik heb nog nooit van haar gehoord. Heb je nog met anderen dan tante Lena gepraat?'

'Nee.'

'Heeft iemand anders de baby gezien?'

'Nee.'

'Probeerde je de baby te verbergen?'

Het meisje zei niets, maar ze voelde dat de vragen steeds sneller kwamen.

'Hoe zit het met die soldaat?' vroeg de adjunct-commissaris.

'Wat?'

'In je eerste verklaring had je het ook over een soldaat. Je zei dat je je baby meenam naar het einde van de wagon.'

'Voor wat frisse lucht.'

'Voor wat frisse lucht en uit het zicht van de andere passagiers?'

'Ja.'

'En erg afgezonderd.'

'Dat zou je kunnen zeggen, ja.'

'En toen kwam er een soldaat naar je toe.'

'Ja.'

'En toen was jij daar met die soldaat en de onzichtbare baby.'

'Ja.'

Het meisje begreep waar ze naartoe wilden. Het was alsof ze plotseling een slangenkuil in werd gesleept. Haar gedachten dwaalden af en toen ze er weer met haar hoofd bij was, sprak de adjunct-commissaris alsof ze de zaak definitief had beslist: '... vals alarm. Rekening houdend met haar leeftijd, kan haar fantasieverhaal niet als kwade opzet worden gezien, maar het is wel gevaarlijk, omdat de terroristische dreiging reëel is. Een complete zoekactie naar haar hersenschim over die gestolen baby zou een grote militsija-macht hebben gevergd. Maar er is geen baby gestolen, want er was geen baby om te stelen. De afdeling Vermiste Personen onderneemt geen verdere actie, behalve om het meisje dat zich uitsluitend als "Maya" identificeert ter observatie in hechtenis te nemen.' De adjunct-commissaris zette de bandrecorder af en zei: 'Sorry, liefje. Ik geloofde er meteen al geen woord van. Niemand zou dit geloven.'

'Vertel eens,' zei de inspecteur. 'Toen jij en de soldaat naar het einde van de wagon gingen, heb je hem toen afgetrokken of heb je hem gepijpt?'

Zjenja kon niet zien wat er gebeurde in de verhoorkamer. Hij hoorde geschreeuw en het geluid van water en glasgerinkel. De deur vloog open en een kleddernatte inspecteur sleurde het meisje zo hard aan de kraag van haar jas de gang door dat haar voeten de grond nauwelijks raakten. Hij liep met haar langs het fluwelen koord en de piano, en ging de roltrap af. Beneden hield hij haar nog in de lucht, maar het volgende ogenblik liet ze zich uit haar jas glijden en rende ze de wachtkamer door.

De inspecteur ging achter haar aan, als een kortebaansprinter met op en neer pompende knieën. In de ochtendschemering was de meute op het trottoir nog steeds actief, ondanks het vroege uur. De inspecteur had haar bijna te pakken, toen ze achter een stapel pakketten verdween, tussen een stel oudjes in rolstoelen door rende, onder een tafel vol souvenirs kroop en ten slotte midden in een grote familie Tsjetsjenen belandde. Wat een bijdehante tante, dacht Zjenja. Mensen juichten en applaudisseerden bij het zien van de wilde vlucht van het meisje. Zjenja keek vol ontzag toe.

'Kutwijf!' De militsija-inspecteur kwam hinkend tot stilstand en smeet het jack van het meisje neer. Hij hinkte in een kringetje rond om op adem te komen, en tegen de tijd dat de kramp in zijn been begon af te nemen, was het meisje verdwenen. Hij wist niet eens in welke richting. Had een van die burgers niet even een voet kunnen uitsteken om die kleine teef te laten struikelen? Die arrogante Moskouse klootzakken hadden zoals gewoonlijk de militsija geen enkele hulp geboden. En toen hij de jas van het meisje weer wilde oprapen, bleek die natuurlijk verdwenen te zijn.

Het was niet moeilijk voor Zjenja om het meisje te vinden. Haar rode haar viel erg op en hoewel ze de ondergrondse gang naar de metro had gevonden, dacht hij niet dat ze ver zou gaan. Hij doorzocht haar jas: een leesbril, een gasaansteker, een half pakje sigaretten 'Russische stijl' en een envelop met vijftienhonderd roebel, grofweg zestig dollar – waarschijnlijk al het geld dat ze op de wereld bezat, dacht Zjenja. Geen mobiele telefoon en geen legitimatiebewijs. Binnenlandse paspoorten werden vanaf zestien jaar verstrekt. Ze was niet ouder dan hij.

De metro was een groots project uit het Stalintijdperk, een honderd meter diepe schuilkelder met kroonluchters als in een balzaal en roltrappen die klakten als een houten gebit. Het meisje stond tien treden onder hem.

Hoe gek was ze? Zou een echte moeder niet meteen alle informatie hebben verstrekt waar de adjunct-commissaris om vroeg, de inspecteur even buiten beschouwing gelaten? Dan zou er een echte zoekactie zijn gestart, met persconferenties, oproepen op televisie en veel militsija en speurhonden die waren gaan zoeken. Maar waarschijnlijk was ze labiel en zou haar 'baby' een huisdier blijken te zijn.

De passagiers gingen het perron op of namen de roltrap naar een dieper gelegen metrolijn. Het meisje liep in haar eentje naar het einde van het perron en zeeg neer achter een achthoekige zuil van kalksteen. Zjenja volgde op afstand met het vage idee om haar op een of andere manier te beschermen. Boven de metrogang begon een digitale klok vijf minuten af te tellen tot de komst van de volgende trein.

Een wandtableau van vergulde tegels verheerlijkte de sovjetarbeid en op de plafonds (voor degenen met een soepele nek) was een stoet vaderlandse helden te zien. De luchtstroom die uit de zichtbare en onzichtbare tunnels waaide en rond de zuilen stroomde, klonk als de aarde zelf die ademde.

Ze keek geërgerd toen hij om de laatste zuil heen liep, alsof hij haar concentratie of een privé-ogenblik kwam verstoren. Hij zei bij zichzelf: 'Dit is klote.'

Het meisje zat in kleermakerszit en drukte een scheermesje tegen een van haar polsen, maar nog niet hard genoeg om de ader door te snijden. Een dubbel mesje. Een paar minuten daarvoor had ze dan misschien die militsija-inspecteur eruit gelopen, nu leek ze apathisch. Toen ze haar ogen naar hem opsloeg, begreep hij dat hij ieder moment in een plas bloed kon komen te staan.

'Heb je mijn baby?'

'Ik kan je helpen,' zei Zjenja. Hij trok haar jack uit zijn rugzak en liet haar zien dat het geld en de andere spullen nog in de zakken zaten, maar ze bleef hem strak aankijken.

'Je hebt mijn baby niet?'

'Maar ik kan je helpen. Niemand kent het Driestationsplein beter dan ik. Ik ben hier heel vaak. Iedere dag.' Hij praatte snel, terwijl hij het mesje in de gaten hield. 'Ik zeg alleen dat ik je kan helpen, als je wilt.'

'Ga je me helpen?'

'Ik denk van wel.'

'In ruil waarvoor?'

'Wat bedoel je?'

Ze liet de stilte duren. 'Je weet best wat ik bedoel.'

'Nee.' Zjenja's gezicht werd rood.

'Het maakt niet uit.' Het werd vermoeiend om het scheermes op te houden en ze ontspande haar armen. 'Waar zijn we?'

'De metro onder het Driestationsplein. Ben je hier nooit eerder geweest?'

'Nee. Waarom zit je niet op school?'

'Bobby Fischer zei altijd dat school tijdverspilling was, dat hij er nooit iets heeft geleerd.'

'Wie is Bobby Fischer?'

'De grootste schaker uit de geschiedenis.'

Ze keek hem uitdrukkingsloos aan. Zjenja had geen ervaring met meisjes. Ze behandelden hem alsof hij onzichtbaar was en hij betaalde hun met gelijke munt terug. Hij paste zijn stem niet aan als hij in het openbaar sprak en was een rampzalige gesprekspartner, maar hij dacht dat hij toch iets goed moest hebben gezegd, want ze liet het scheermes in een kartonnen hoesje glijden en kwam overeind. Een windvlaag beukte en de kroonluchters rinkelden terwijl er aan hun kant van het perron een trein binnenkwam. Als ze ernaar had gevraagd, zou hij gezegd hebben dat ze niet in wagons met een rode streep moest stappen, want die hadden barsten in het onderstel. Hij wist van alles.

Ze vroeg: 'Hoe oud ben je?'

'Zestien.' Hij telde er een jaar bij op.

'Zal best.'

'Ik heet Zjenja Lysenko.'

'Zjenja Lysenko, Zjenja Lysenko.' Ze vond de naam weinig inspirerend.

'Hoe heet jij?'

'Maya'.

'Alleen maar Maya?'

'Maya.'

'Ik zag je wegrennen voor die militsija-man. Typisch. Je vraagt om hulp en je wordt bijna gearresteerd.'

'Ik heb ze niet nodig.'

'Heb je familie in Moskou?'

'Nee.'

'Vrienden?'

'Nee.'

Er reed een trein binnen aan de andere kant van het perron. Het rumoer van de passagiers maakte een gesprek onmogelijk. Tegen de tijd dat de trein zijn deuren had gesloten en van het perron was vertrokken, had Zjenja door hoe het zat. Ze had niemand anders dan hij.

Zjenja en Maya baanden zich een weg door de amorfe massa waaruit een Russische wachtrij bestond, langs *biznesmen* met niet meer business dan er in een koffertje past, langs kleurige Oezbeekse vrouwen en grijze baboesjka's, langs soldaten met verlof die hun laatste biertje tot de bodem leegdronken. Het merendeel van de treinen was *elektrichka*, lokale elektrische boemels, maar sommige waren voorbestemd om bergen en woestijnen over te steken, op weg naar exotische bestemmingen vele duizenden kilometers van Moskou vandaan. Een sneltrein vertrok van perron 3. Halverwege het rangeerterrein reed de trein in de golvende hitte een lagune van seinen en stoplichten in en daalde vervolgens uit het zicht. De conductrice van perron 3, een energieke, in blauw uniform gestoken vrouw op hardloopschoenen, wuifde zich met haar seinbord koelte toe. Ze zag de twee tieners die haar tegemoet kwamen lopen en dacht dat als ze hun trein hadden gemist, ze daar nu niets aan kon doen.

Zjenja en Maya hadden van kleding geruild. Zij droeg zijn sweater open, maar met de capuchon omhoog om haar rode haren te verbergen. Hij had haar jack aan, zijn magere onderarmen staken veel te ver uit de mouwen. Vanuit zijn ooghoeken bewonderde hij de zelfverzekerde manier waarop Maya op de conductrice af stapte.

'U bent niet de conductrice die hier vanochtend was.'

'Natuurlijk niet. Haar dienst zit erop.'

'En de treinen van vanmorgen?'

'Die rijden hun diensten. Hoezo? Ben je iets kwijt?'

'Ja.'

De conductrice was vriendelijk. 'Dat spijt me voor je, liefje. Wat je in de trein laat liggen, is meestal voorgoed weg. Ik hoop dat je er niet erg aan gehecht was.'

'Ik ben mijn baby kwijt.'

De conductrice keek van Maya naar Zjenja en weer terug.

'Meen je dat? Ben je al bij Vermiste Personen geweest?'

'Ja. Ze geloven me niet.'

De adem van de conductrice stokte. 'Lieve hemel, waarom niet?'

'Ze willen te veel weten. Ik wil gewoon mijn baby terug. Een meisje van drie weken.'

'Is dat waar?' vroeg de conductrice aan Zjenja.

'Ze denkt dat haar baby is gestolen door iemand die zich tante Lena noemt.'

'Ik heb nog nooit van haar gehoord. Hoe heet jij, liefje?'

'Maya.'

'Ben je getrouwd, Maya?'

'Nee.'

'Ik begrijp het. Wie is de vader?' De conductrice wierp Zjenja een veelbetekenende blik toe.

Maya zei: 'Echt niet. Ik heb hem net ontmoet.'

De conductrice dacht even na en vroeg toen aan Zjenja: 'Heb jij de baby gezien?'

'Nee.'

'Dan spijt het me erg. Het is een misdaad, een baby die is ontvoerd. Vermiste Personen is de juiste instantie. Ik wou dat ik kon helpen.'

'Ze heeft een vage moedervlek achter in haar nek. Bijna als een vraagteken. Je moet haar haartjes optillen om het te zien.'

Zjenja duwde de conductrice een papiertje in de hand. 'Dit is mijn mobiele nummer. Bel me alstublieft als u iets hoort.'

Een man met een koffer in de ene hand en een peuter aan de andere kwam het perron op lopen en zag dat zijn trein al weg was. Terwijl de man langzamer ging lopen en stilstond, liet de peuter zich op de grond zakken en begon te huilen.

De tranen sprongen Maya in de ogen. Erger nog was de pijn in haar borsten, tot haar woede.

Zjenja leidde haar het perron af. Nu ze eindelijk was gaan huilen – alsof haar baby net uit haar handen was gerukt – kon ze niet meer ophouden. Ze huilde niet snikkend, maar voorovergebogen schokkend. Zjenja ging vaak prat op zijn gebrek aan emotie, maar het was beangstigend hoe haar gehuil hem de keel dichtsnoerde.

Hij zei: 'Dit is kut, dit is echt klote.'

'Mijn baby.'

'Ik ken een politie-inspecteur, een misdaadonderzoeker die bij het Openbaar Ministerie werkt. Het is een fatsoenlijke vent.'

'Geen justitie, geen politie.'

'Praat gewoon met hem. Degene die je baby heeft meegenomen, kan honderd verschillende kanten uit zijn gegaan. Met z'n tweeën kunnen we ze nooit allemaal nalopen.'

'Geen politie.'

'Hij zal je privé helpen.'

Ze snapte het niet. 'Waarom?'

'Hij heeft toch niets anders te doen.'

4

Bij het Kazanstation stond een gebouw van twee verdiepingen met een bordje MILITSIJA erop, zo discreet dat het een openbaar toilet had kunnen zijn. In de loop der jaren had Arkadi het een keer of tien bezocht om een verdachte mee te nemen voor verhoor of een verdachte juist een verhoor te besparen. De gebarsten tegels in de stootborden langs de trap zagen er heel toepasselijk uit als gebroken tanden. Hij beklom de treden naar de recherchekamer vol lege pizzadozen, whiteboards, stoffige foto's van vergeten helden, oude dienstmededelingen opgekruld tot gele rollen, en nieuwe in de prullenbak. De bureaus zaten vol koffievlekken en schroeiplekken van sigaretten. Het geheel paste bij Arkadi's stemming.

In een hoekkantoor was commissaris Malenkov, verbrand door de zon en dik ingesmeerd met crème, bezig een oorkonde aan de muur te hangen. Iedere beweging leek hem pijn te doen en de kale plek op zijn hoofd zag er pijnlijk uit.

'Ik heb meer dan genoeg van dat klote-Kreta en die klotezon. En het zat er vol Russen.'

De oorkonde vermeldde dat commissaris Leonid N. Malenkov de 'Tiende Jaarlijkse Internationale Conferentie Terrorismebestrijding' had bijgewoond. Er hingen al dergelijke oorkondes van conferenties in Tunis, Amsterdam en Rome.

Arkadi zei: 'Ze hangen scheef.'

'Ze verschuiven. Komt door de treinen. Soms schudt het hele gebouw.'

Arkadi las het Engelse motto dat op alle oorkondes stond: *Vigilance Keeps Us Free*. 'Door waakzaamheid blijven we vrij'. Hij vroeg: 'Wat betekent dat eigenlijk?'

'Terroristen werken wereldwijd samen. Wij moeten hetzelfde doen.'

'Goed. Je kunt met mij samenwerken.'

'Je hebt wel lef.'

'Het dode meisje in de bouwkeet. Ze lag in jouw wijk. Waarom heb je niet gereageerd op de melding?'

Malenkov liep stram naar zijn bureau en liet zich voorzichtig op zijn stoel zakken. 'Renko, je probeerde me te grazen te nemen omdat ik een prostitutienetwerk zou runnen. Gelukkig vond de officier van justitie dat er geen zaak in zat. Het recht zegevierde en jij kon naar huis om met je lul te gaan spelen. Waarom zou ik met je praten?'

'Je hebt niemand anders om mee te praten. Hier is geen hond.'

'Dat klopt. Ze zijn allemaal de straat op om aan zaken te werken. Echte zaken.'

'Heb je er bezwaar tegen als ik rook?'

'Al blaas je de rook je reet uit. Niet te geloven dat je het lef hebt om hier binnen te wandelen.'

'Hoe zou je het vinden om dit nog eens mee te maken?'

'Wat mee te maken?'

'Nog een onderzoek.'

'Je zou weer verliezen.'

'Maar het was wel duur, toch? Als ik het me goed herinner, had je een paar advocaten.'

'Stelletje bloedzuigers.' Meestal uitte Malenkov fysieke bedreigingen; nu had de zon hem duidelijk te pakken gehad. 'Ik hoorde dat je min of meer in de ijskast zat.'

'Toch ben ik hier.'

'Waar ben je op uit? Je bent altijd ergens op uit.'

'Ik wil een gesprekje.'

'Nou, dan loop je een beetje op de feiten vooruit. Een misdaadonderzoeker hoort pas aan het werk te gaan als de rechercheurs klaar zijn.'

'Het is niet mijn zaak. Ik reed toevallig met rechercheur Orlov mee toen de oproep binnenkwam.'

'De laatste keer dat ik Victor Orlov zag, had hij pissend nog geen schuur kunnen raken.'

'Hij mikt nu beter.'

'Goed. Dan moet hij in staat zijn om een eenvoudige overdosis af te handelen.'

'We denken niet dat de zaak eenvoudig is.'

'Dode hoeren lijken erg op elkaar.'

Arkadi gaf zijn mobiele telefoon aan Malenkov. Op het schermpje was een foto van Olga te zien. Door haar dood was er een soort rust over haar gekomen die het des te schrijnender maakte dat ze zo jong was. Arkadi liet de commissaris naar hartenlust kijken.

Malenkov haalde zijn schouders op. 'Oké, ze was een mooi meisje. Zat mooie meisjes in Moskou.'

'Ze zat niet in jouw netwerk?'

'Ik weet niet waar je het over hebt. Een districtscommissaris heeft weinig contact met gewone burgers, tenzij die worden vermoord of in de fik gestoken.'

'In de fik gestoken? Gebeurt dat vaak?'

'Je weet hoe kinderen zijn. Heb je getuigen?'

'Rechercheur Orlov kamt het gebied uit.'

'Die freakshow hier? De mensen zien hier kakkerlakken zo groot als honden.'

'Ze is gevonden in een mobiele arbeiderskeet vijfentwintig meter hiervandaan. Er loopt een verlengsnoer van de achterkant van dit bureau naar de keet. Het is jullie keet.'

Malenkov schoof Arkadi's mobiele telefoon terug over het bureau. 'Het is een verlaten keet. Vertel eens: werd het meisje verkracht? Geslagen? Heb je "ongewone omstandigheden" kunnen vaststellen?'

'Ze had geen slipje aan en lag te kijk. Dat lijkt me ongewoon.'

'Echt waar? Doen prostituees niet vaker hun slipje uit? Als ik het me goed herinner, worden ze daar zelfs voor betaald. Je zegt dat ze "te kijk lag"? Sommige klanten willen alleen maar kijken.

Er komen dagelijks meisjes van het platteland om zich te laten neuken, bekijken of wat dan ook. We hebben een overvloed aan dergelijke meisjes. Ze nemen een shot en gaan kapot aan een overdosis omdat ze niet de slimsten zijn. Dus verspillen we daar geen tijd aan.'

'Je stopt ze zo snel mogelijk onder de grond.'

'Het leven is hard. Waarom zou de dood anders zijn?'

Op dat moment naderde een tweehonderd ton zware diesellocomotief een nabijgelegen spoor en begon het gebouw te schudden en te kraken. De oorkonde uit Kreta verschoof, Rome begon te trillen, Tunis en Amsterdam zakten scheef. Terwijl Malenkov ze recht hing, schoof Arkadi zijn mobiele telefoon in een envelop, voorzichtig om de vingerafdrukken van de commissaris niet uit te vegen.

5

Zjenja begreep niet waarom Maya weigerde naar de militsija te gaan; dit was een van die zeldzame gelegenheden waarbij de politie misschien wel iets goeds kon doen. Er moest een klopjacht worden georganiseerd, er moesten foto's van de baby op het nieuws worden getoond. Hoe kon je anders nagaan wat er gebeurd was op deze plek, waar drie grote treinstations lagen, inclusief metroaansluitingen? Maar ze bedelde alleen om informatie bij perronwachten, schoonmaaksters en cafépersoneel, zonder te willen zeggen hoe ze heette en waar ze vandaan kwam. Hoe meer vragen ze stelde, hoe meer argwaan ze wekte.

Toen de avond viel, waren ze nog in het Jaroslavlstation, waar ze zich een weg baanden tussen de rijen slapende mensen door. Voorzichtig. Ouders konden de bedoelingen van vreemden die te dicht bij hun kroost komen verkeerd opvatten. In de wachtkamer op de bovenverdieping stond een piano achter een fluwelen koord, maar Zjenja had er nog nooit iemand op horen spelen. In de luxe wachtkamer zagen ze alleen Amerikanen en kamerplanten.

Toen Maya begon te wankelen, leidde Zjenja haar naar buiten voor frisse lucht. Op dit uur heerste op het Driestationsplein de stilte van een circus wanneer de voorstelling voorbij is en de tent wordt afgebroken. Zjenja kocht een appel bij een 24 uurskiosk en sneed hem voor Maya in partjes met zijn zakmes. Maya at lusteloos, vooral op zijn aandringen.

Veel prostituees kwamen wodka halen bij de kiosk. Zjenja bekeek hen vanuit zijn ooghoeken, maar hij zag nauwelijks meer dan uitgesmeerde lippenstift, blauwe plekken en netkousen. Toen een stel pooiers, aangetrokken door Maya, in hun richting begon te kijken, leidde Zjenja haar naar de relatieve veiligheid van een taxistandplaats.

Het verkeer op het plein bestond uit vijf rijstroken in beide richtingen; in de nacht klonk het geraas van buitenlandse auto's die op volle snelheid uit de grond leken op te rijzen.

Maya wees over het plein naar een gigantische oosterse poort, met donkere bogen en een verlichte klokkentoren.

'Is dat ook een station?'

'Dat is het Kazanstation. Ik denk dat we mijn vriend moeten bellen.'

'De politieman?'

'Hij is misdaadonderzoeker bij het Openbaar Ministerie.'

'Komt op hetzelfde neer.'

'Hij gaat al heel lang mee. Hij heeft misschien goede ideeën.'

'Je hoeft me alleen te vertellen hoe ik aan de overkant kom.'

Geen Arkadi dus, dacht Zjenja.

Hij stuurde Maya een honderd meter lange voetgangerstunnel in met knipperlichten en kraampjes met gesloten luiken. Overdag was hier een galerij met winkeltjes die telefoonkaarten, bloemen en panty's verkochten. Bij de enige kraam zonder luiken zaten twee geüniformeerde bewakers te dommelen in hun stoel.

Zjenja zei: 'We kunnen terugkomen als er meer mensen zijn.'

'Ik ben nu op zoek naar mijn baby. Ik heb niet om je hulp gevraagd, die heb je zelf aangeboden.'

'Het was maar een idee.'

'Wat is er? Heb je hier vijanden?'

Erger nog, dacht Zjenja. Ik heb hier vrienden.

De wachtruimte in het Kazanstation deed Zjenja denken aan het nachtdierenverblijf in de dierentuin, een plek waar je dingen zag bewegen zonder dat je wist wat het was en waar diersoorten moeilijk te herkennen waren. Waren de silhouetten die hij zag gebochelden of reizigers met een rugzak? Was die onheilspellende verschijning een koffer of een beer? Zjenja hield zijn adem in toen Maya struikelde over de megabagage van handelaren en de blote benen van de slapende toeristen.

Dit was erger dan krankzinnig, dacht Zjenja, het was zinloos. Hij glipte achter een fotokiosk en probeerde Arkadi thuis te bellen. Hij liet de telefoon tien keer overgaan, want Arkadi negeerde soms de telefoon en zijn antwoordapparaat. Vervolgens probeerde Zjenja Arkadi's mobieltje, dat twee keer overging – maar toen griste Maya het uit zijn hand.

'Ik zei: geen politie.'

'Zo vind je je baby nooit.'

'Bij de eerste de beste gelegenheid ga je er stiekem vandoor en bel je de politie.'

'Praat alleen even met hem.'

'Geen smerissen, hebben we afgesproken.'

'Hij is niet van de politie.'

'Politie genoeg.'

'Oké, dan ben jij aan zet.'

'Ik ga terug naar het andere station. Het is sowieso niet jouw probleem.' Ze ritste Zjenja's vest open en gaf het terug. 'Waarom vertrouw ik vreemden? Stomkop die ik ben.'

'Waar moet je van leven?'

'Dat lukt me wel. Ik weet wel hoe.'

'Je kent het Driestationsplein niet.'

'Ik heb net een rondleiding gehad.'

'En je kent de weg niet in Moskou. Het is vierentwintig uur geleden dat je je baby voor het laatst hebt gezien. Zoeken heeft misschien niet eens zin meer, je hebt een tijdmachine nodig.'

'Dat is toch niet jouw probleem?'

Ze liep naar de straat, en toen Zjenja met haar mee probeerde te lopen, schudde ze hem van zich af. Zijn eergevoel zei hem dat hij haar in het vizier moest blijven houden, ook als dat betekende dat hij op een vernederende afstand achter haar aan moest sjokken.

Maya nam de voetgangerstunnel. De felle lichten waren welkom na de duistere stations en ze werd gerustgesteld door de aanblik van een groep jongens die haar tegemoetkwam. Het verbaasde haar dat ze nog zo laat op pad waren, maar het feit dat ze zongen, gaf haar een veilig gevoel en ze wierp Zjenja achterom een blik toe om hem te waarschuwen uit haar buurt te blijven.

Er liep ook een toerist met de tienerjongens op. Hij was dronken en in slechte conditie; hij rende in slow motion, zwaaide met zijn armen als een marathonloper bij zijn laatste ademtocht. Een designerbril stuiterde op zijn neus en op zijn schoenen stuiterden kwastjes. De jongens draafden langszij in vuile sportschoenen en bij elkaar gevonden kleren. De oudere jongens hadden een sigaret achter een oor. Een van hen bleek eigenlijk een meisje te zijn met wollige dreadlocks die uit haar pet bungelden. Door de akoestiek van de tunnel leek het geluid van hun gezang zichtbaar als ringen rook.

'Bek in de Joe-es-es-àààààr...'

De dronkaard had moeite om overeind te blijven. In zijn haar zat bloed, dat naar beneden droop en aardbeikleurige vlekken op zijn poloshirt maakte. Toen hij de bewakers zag, schreeuwde hij een paar keer naar hen dat hij geregistreerd stond bij de Canadese ambassade, alsof dat enig verschil maakte.

'Hauw lukkie joe aaaar...'

De bewakers werden betaald om een kraam te bewaken en verder niets, en de Canadees liep hen voorbij, in de greep bij een jongen die oud genoeg was voor een vlassig snorretje en die iets van gezag uitstraalde. Hij had een witte sjaal om zijn nek en in zijn hand hield hij de afgezaagde achterkant van een biljartkeu als knuppel. Maya bleef rustig doorlopen terwijl de stoet naderde, want dieren, of het nu honden of jongens zijn, zetten juist de achtervolging in als je begint te rennen.

De Canadees struikelde en viel. Meteen dromden de jongens om hem heen. Ze pakten zijn horloge, zijn paspoort, zijn visum, zijn creditcards en zijn geld. Maya ving er slechts een glimp van op. Ze had al bijna de trap bereikt toen de jongen met de witte sjaal haar inhaalde en voor haar ging staan.

'Te gek haar heb je.'

Ze wou dat ze had het nooit geverfd had.

Hij zei: 'Ik ben Jegor. Hoe heet jij?'

Ze gaf geen antwoord.

Jegor was niet beledigd. Hij was minstens zestien, een combinatie van spierbundels en babyvet, de juiste bouw voor een sadistische treiteraar. Toen ze om hem heen probeerde te lopen, hield hij haar tegen met zijn biljartkeu.

'Waar ga je heen?'

'Naar huis.'

'Waar woon je? Ik kan je thuisbrengen.'

Ze zei: 'Mijn broer komt me halen.'

'Ik wil hem graag ontmoeten.' Jegor deed alsof hij rondkeek.

'Je mag hem vast niet.'

'Wat is er met hem? Is hij te groot? Te klein? Is hij misschien een flikker?'

'Hij wacht op me.'

'Ik geloof je niet. Wat denk jij, Laars?'

Het meisje met de dreadlocks zei: 'Ik denk niet dat er een broer is.'

'Laars heeft gelijk. Ik denk niet dat je een broer hebt en ik denk niet dat je ergens naartoe gaat met de trein. Ik denk dat je hier bent om geld te verdienen, en als dat zo is, heb je een vriend nodig. Wil je een vriendje?' Hij sloot Maya in zijn armen en begon met zijn heupen tegen haar op te rijden om haar te laten voelen dat hij iets in zijn broek had. Laars' glimlach verdween. De andere jongens keken stil en met halfopen mond toe. De bewakers leunden naar voren op hun stoel.

Maya probeerde Jegors mond te ontwijken.

De baby had haar kort respijt gegeven. Het was een normale periode geweest, die eindigde met haar onbewuste bijdrage aan de misère van de wereld. Waarom moest zij zo in de ellende zitten? De shit die haar nu overkwam, had ze verdiend.

Zjenja zei: 'Ze hoort bij mij.'

Niemand had hem zien aankomen. Jegor liet Maya los, die haar evenwicht hervond.

'Dat had ze dan moeten zeggen. Het enige wat ze had hoeven zeggen, was: "Ik ben met Brein." Hoe heet ze?'

Zjenja zei tegen Maya: 'Ga naar boven, de straat op.'

Jegor vroeg: 'Wat is je probleem? Ik vraag godverdomme alleen hoe ze heet.'

'Je hoort het nog wel als ze een naam heeft.'

'Vind je haar leuk? Vindt ze jou leuk? Hoe leuk vindt ze je? Als we zeggen dat aftrekken bij "leuk" hoort en kontneuken bij "liefde", waar ergens zit zij dan? Laars doet alles voor me.'

'Je bent een bofkont.'

'Je hebt zo'n uitgestreken smoelwerk, ik weet nooit wanneer je het met me eens bent en wanneer je me loopt te fokken. We zijn als broers. De wereld staat op instorten. Zie je hoeveel Tadzjieken er tegenwoordig in Moskou rondlopen? Moet je over tien jaar eens kijken, dan staat er op elke straathoek een moskee. Dan worden er koppen afgehakt, de hele heisa. Jij en ik moeten het voor elkaar opnemen.'

'Je blijft van haar af.'

'Oké. Maar als je de held wilt uithangen, gaat het je wel wat kosten,' riep Jegor terwijl Zjenja de trap begon op te lopen. 'Dit gaat je vet geld kosten. En ik geef je één goede raad. Je hebt misschien hersens, maar je bent niet groot geschapen waar het telt. Op een gegeven moment wil zij een lul. Een lul met haar erop.'

'Je sjaal is nat,' zei Zjenja.

Doorweekt met melk, ontdekte Jegor. 'Wat de fuck?'

Maar op dat moment werd hun aandacht getrokken door de Canadees, die weer tot leven was gekomen en het plotseling op een lopen zette naar de andere kant van de tunnel. De jongens renden achter hem aan, want zo waren ze, als puppy's achter een bal aan rennen. Ze zongen weer van: 'Bek in de Joe-es-es-àààààr!'

Zjenja leidde Maya over een binnenplaats vol vuilnisbakken en katten, langs een met luiken afgesloten laad- en losstation voor vrachtwagens, naar een achterdeur met een glimmend nieuw touchscreen erop. Hij tikte een code in en de deur ging open. Hij trok haar naar binnen, een goederenlift in die hen in volslagen duisternis twee verdiepingen omhoog voerde. Ze klampte zich vast aan zijn mouw terwijl hij haar door een klapdeur en een fluwelen gordijn leidde naar een ruimte waarin ze, stukje bij beetje, een landschap begon te zien van met doeken afgedekte meubelen en kartonnen dozen, bewaakt door een reus die zijn cape wegtrok om zijn sabel te grijpen.

'Welkom in het Peter de Grote Casino,' zei Zjenja. Misschien had hij dankbaarheid verwacht, maar die kreeg hij niet. Hij liet de lichtbundel van zijn zaklantaarn over de glazen ogen en de driekantige steek van de pop glijden. 'Hij lijkt best, vind je niet?'

Ze keek niet eens. Zjenja wist niet of ze lachte of huilde of haar woede inhield, tot ze met diep verslagen stem vroeg: 'Kun je een handdoek voor me zoeken? Mijn truitje is doorweekt.'

Hij wachtte voor de dames-wc terwijl ze zich waste. Hij dacht aan het scheermesje dat ze bij zich had en bleef door de wc-deur oeverloos tegen haar aan kletsen.

Ze luisterde niet. Nadat ze zich had gewassen en haar truitje had uitgespoeld, deed ze de lichten uit, ging ze op een gestoffeerde kruk zitten en begon heen en weer te wiegen, langzaam, alsof ze in een rijdende trein zat.

6

Gigantisch en ongeschoren, als een wolharige mammoet, schuifelde Willi Pazenko in een operatiekamerschort rond in het lijkenhuis. Hij had een sigaret in zijn mond en een glas ontsmet-
tingsalcohol in zijn hand. Op school noemden ze hem vroeger
'Belmondo', naar de Franse acteur, omdat hij altijd een sigaret
tussen zijn lippen had bungelen. Arkadi was zijn klasgenoot geweest, maar Willi leek nu twintig jaar ouder.

'Ik kan het niet. Ik ben er niet toe in staat. Mag niet van de dokter.'

'Je kunt het met je ogen dicht,' zei Arkadi.

Willi zwaaide met zijn glas naar de lijken. 'Denk je dat ik er veel
zin in heb?'

'Ik weet dat je dat wel hebt.'

'Niet te geloven wat een werk ze hier leveren. Slagerswerk in
het tempo van een slager. Echt een slachthuis. Ze spitten het hart
en de longen eruit, snijden de keel open en trekken de slokdarm
naar buiten. Totaal geen finesse. Geen beleid. Ze zetten hun zaag
op de schedel en laten hem rondscheuren. Ze ploppen de hersenen naar buiten. Graven de organen op. Stoppen de onderdelen
in zakken, wegen ze, dumpen ze tussen hun knieën en klaren het
karwei in minder tijd dan het kost om een konijn te prepareren.'

'Dan moeten ze zaken over het hoofd zien.'

'Nou en of! Maar ik ben gepensioneerd. Ik sta aan de zijlijn.'

Arkadi sloeg een vriendschappelijk glas wodka af om zijn slapeloosheid niet te verpesten. Het was drie uur 's nachts. Hij draaide alleen nog op slapeloosheid.

Willi zei: 'Ik heb twee zware hartaanvallen overleefd. Ik heb angina pectoris. Een bloeddruk waarmee je een putdeksel van zijn plaats krijgt. Ik kan dood neervallen als ik mijn neus snuit. Dus ik haast me niet.'

'Wat zeggen de artsen?'

'Dat ik moet afvallen. Niet mag roken of drinken. En opwinding moet vermijden. Seks? Ik heb mijn lul in geen jaren gezien. Soms kan ik hem zelfs niet eens vinden. Misschien heb je liever mousserende wijn? Ik heb een paar flessen koud liggen in een lade.'

'Nee, dank je. Dus je bent hier echt ingetrokken? Heb je dat met de directeur kunnen regelen?'

'De directeur is een opgeblazen idioot, maar diep in zijn hart geen slechte jongen. Hij heeft een bijkeuken voor me gevonden die niet wordt gebruikt en daar heb ik een bank staan. Ik hoor eigenlijk niet meer te opereren, want als ik midden in een lijkschouwing het loodje leg, zou dat de indruk kunnen wekken dat de directeur de boel niet goed heeft geregeld. En nu wil je niet alleen dat ik een lijkschouwing doe, je wilt ook dat ik meteen aan de slag ga.' Willi veegde zijn kin af. 'Mijn artsen zeiden dat ik voortaan thuis moest blijven zitten. Waarom? Om het leven van een kasplantje te leiden? Om in mijn eentje naar al die gekken op televisie te gaan zitten kijken totdat ik de pijp uit ga? Nee, dit is een betere oplossing. Hier kan ik nog steeds een handje helpen. Blijf ik onder de mensen. Er komen vrienden langs, soms levende, maar ook dooie, en als ik omval hoeven ze geen ambulance te bellen, want ik ben hier al.'

'Dat moeten ze toch waarderen.'

'Ze hebben het gebouw waar ik woonde gesloopt om ruimte te maken voor een kuuroord. Ze denken dat ze eeuwig meegaan. Maar ze zullen nog versteld staan.'

Er was een soort wachtrij. Op de andere tafels lagen drie andere onderzoeksobjecten: een jongeman die zo veel bloed had verloren dat hij zo wit zag als een marmeren standbeeld, een geblakerde torso van onbepaald geslacht en een opgeblazen lijk dat het laatst lachte door voortdurend scheten te laten die zich perfect mengden met de algemene geur van rottend vlees en formaldehyde. Arkadi stak een sigaret op en trok er zo hard aan dat de tabak vonkte en hij een galsmaak in zijn keel kreeg.

'Moet je hem horen.' Willi wees op het winderige lijk. 'Alsof hij klarinet leert spelen.'

'Ben je tegenwoordig muziekrecensent?'

'Als ik betrapt word bij een lijkschouwing...'

'Wat kunnen ze je maken? Ze hebben je in een kast gestopt. Wat willen ze nog meer? Dat je uit een hondenbak vreet? Wat is er gebeurd met Willi Pazenko? Wat is er gebeurd met Belmondo?'

'Tja, Belmondo,' mijmerde Willi.

'Je hebt enorm veel geluk, weet je dat?' Willi overhandigde Arkadi een rubberen schort en chirurgische handschoenen. 'Onze assistenten zijn Tadzjieken of Oezbeken, en als ze een dag vrij nemen voor een bruiloft, gebruiken de anderen dat als excuus om te laat op het werk te komen. Meestal gonst het hier van bedrijvigheid. Op een dag nemen de Tadzjieken de boel over. Ze doen al het werk in de bouw, bij die hoge flatgebouwen. Behendig zijn ze. Maar zou jij graag honderd verdiepingen naar beneden vallen? Al die tijd die je hebt om na te denken terwijl je richting het trottoir suist...'

Arkadi hoefde geen mondkapje; die werden klam en hielden de geuren niet tegen. Bovendien droeg Willi er ook geen. Eenmaal weer in het harnas had hij de zaken goed in de hand.

'Is dit je eerste keer?' vroeg hij aan Arkadi.

'Ik heb ooit zoiets bijgewoond.'

'Maar je hebt nooit je handen vuilgemaakt, om het zo maar te zeggen?'

'Nee.'

'Er is voor alles een eerste keer.'

Voor het uitwendige deel van het onderzoek keken ze vooral naar tekenen van letsel en naar bijzonderheden die konden helpen om de identiteit van 'Olga' vast te stellen: moedervlekken, pigmentvlekken, littekens, naaldsporen, kneuzingen, schaafwonden, tatoeages. Willi vulde al doende een tabel en een overzichtskaart van het lijk in.

Arkadi's taak was eenvoudig. Hij tilde Olga's lijk op als Willi daarom vroeg. Hij verschoof, verlegde, positioneerde haar lichaam terwijl Willi een wimper en een lok haar afknipte, onder haar nagels schraapte, en al haar lichaamsopeningen onder een uv-lamp bemonsterde en onderzocht. Arkadi voelde zich als Quasimodo die een slapende Venus betastte.

Toen dat deel van het onderzoek voorbij was, pauzeerden ze voor een sigaret. *Fumo ergo sum*, dacht Arkadi.

Willi zei: 'Niet één blauwe plek of schram. Je weet dat we ze niet open horen te snijden als er geen tekenen van geweld of vreemde omstandigheden zijn.'

'Is het niet vreemd als er een jonge vrouw halfnaakt dood wordt gevonden?'

'Niet als ze prostituee is.'

'En de clonidine?'

'Hier klopt je theorie niet meer. Clonidine is goed spul om iemand knock-out te krijgen, maar als vergif geeft het rotzooi. Je gaat overgeven en stikt in je braaksel. Ik heb haar luchtpijp onderzocht, die is schoon. Je hoeft maar naar haar gezicht te kijken. Ze is niet naar lucht happend de pijp uit gegaan, ze heeft haar ogen gesloten en is zomaar doodgegaan.'

Niemand gaat zomaar dood, dacht Arkadi. Je gaat dood door een kogel, doordat je hart het begeeft of omdat er vanaf de dag dat je wordt geboren een ziekte in je woekert, maar niemand sterft zomaar.

Willi kwam nu helemaal op dreef. 'Hoe je het ook bekijkt, de dood komt steeds neer op een gebrek aan zuurstof. Soms wordt dat door een slag met een bijl veroorzaakt, soms door een kussen, maar er blijven vrijwel altijd sporen achter. Neem nu verwurging met de hand, dat is heel persoonlijk en gaat heel ver. Je ziet enorm veel woede, enorm veel blauwe plekken, en niet alleen in de nek. Ik bedoel, moord is moord, maar iemand met de hand wurgen brengt het slechtste in mensen boven.'

'Denk je dat ze haar slipje vóór of na haar dood heeft uitge-daan?'

'Weer het slipje?'

'Dat viel Victor ook al op.'

'De laatste keer dat ik rechercheur Orlov zag, zat hij midden op de dag op een bankje langs de Ringboulevard te slapen.'

'Vanavond staat hij droog.'

'Dan verknalt hij het morgen wel en sleurt hij je mee in zijn val, alsof je dat niet alleen afkunt.'

'Hoe bedoel je?'

'Zeg eens, sinds wanneer steunt een ervaren misdaadonderzoe-ker een rechercheur? Weet officier van justitie Zurin wat je van plan bent?'

'Het is Victors zaak. Ik doe voor spek en bonen mee.'

'Als Zurin het hoort, ga je spetterend door de gehaktmolen. Nu ja, je kunt altijd mijn persoonlijke assistent worden.'

'Om wat te doen?'

'Om degene neer te schieten die me probeert te reanimeren als ik erbij neerval.'

Willi begon in Olga's linkerschouder en sneed met het scalpel tot onder haar borst naar het borstbeen toe. Hij schuifelde om de tafel heen en maakte een soortgelijke incisie vanaf de rechter-schouder. Met één meesterlijke haal sneed Willi haar vervolgens van het borstbeen naar beneden open, helemaal tot aan de tatoea-ge.

Ze keek opzij, doof voor het gekletter van de instrumenten op het metalen dienblad, de messen en scalpels van verschillende lengte, de tangen, de uv-lamp en de cirkelzaag. Willi klapte het zachte weefsel van haar borst open en pakte een tuinschaar met gebogen bladen.

'Misschien moet ík dit doen,' zei Arkadi.

'Als ik wil dat een amateur mijn werk aanraakt, laat ik het je wel weten.'

Arkadi vatte dit op als 'nee' en bekeek de tabel.

geslacht	vrouw
naam	onbekend
woonplaats	onbekend
lengte	1 meter 62
gewicht	49 kilo
haar	bruin
ogen	blauw
geschat tijdstip van overlijden	te oordelen naar temperatuur en begin rigor ongeveer 2 tot 3 uur in de nacht

Haar ribben braken met het geluid van krakend groen hout. Arkadi las verder.

Opmerkingen: De overledene werd om 2.16 uur afgeleverd in een blauw jack van een synthetische stof en een witte katoenen bh. Twee plastic tassen kwamen met het lichaam mee. In tas A zaten voorwerpen die op de vindplaats werden aangetroffen: een blauw spijkerrokje met decoratieve stiksels en rode namaakleren laarzen tot kniehoogte. Haar onderbroek werd op het bovenbed in de bouwkeet gevonden. Tas B bevatte persoonlijke bezittingen, waaronder cosmetica, pepperspray, pessarium, vaginale douche en een aspirinebuisje met geel poeder, waarvan bij een eerste voorlopig toxicologisch onderzoek is vastgesteld dat het om clonidine gaat, een bloeddrukverlagend middel dat soms wordt misbruikt om iemand buiten westen te krijgen.

Het lichaam, de jas en bh zijn met uv-licht onderzocht op vingerafdrukken, sperma en bloed. Negatief resultaat. Geen blauwe plekken, vlekken of tekenen van gewelddadige seksuele penetratie. Geen sporen van verwurging, hetzij handmatig hetzij met een koord of touw. Streepjes bleke huid geven aan dat ringen van de middelvinger, ringvinger en pink van de linkerhand, en van de middelvinger en ringvinger van de rechterhand recent zijn verwijderd. De overledene had oppervlakkig vuil op handen en gezicht.

Lichaam is in uitstekende fysieke conditie. Onderscheidende kenmerken: tatoeage op uitstekend deel linkerheup. Geen littekens, moedervlekken of met beroep geassocieerde eeltvorming. Geen evidente snijwonden of kneuzingen. Geen tekenen van een worsteling of pogingen zich te verdedigen. Geen injectienaald- sporen. Geen piercings, alleen gaatjes in oorlellen. Materiaal on- der de vingernagels was niets bijzonders.

Willi zweeg een ogenblik en vroeg toen aan Arkadi: 'Gaat het?'

'Met mij gaat het prima.'

Arkadi was acht jaar toen hij voor het eerst een lijkenhuis be- zocht. Zijn vader had hem meegenomen om zijn ziel te harden. Arkadi herinnerde zich dat de generaal een dode man op zijn ach- terste had geslagen en had verklaard: 'Die heeft onder mij ge- diend in Koersk!' Sommige mannen slenterden een lijkenhuis binnen en bladerden in lijkschouwingstabellen alsof ze een tuin- centrum bezochten. Zo koelbloedig was Arkadi nooit geworden. Na twintig jaar als misdaadonderzoeker voelde hij zich nog altijd flink opgelaten in de nabijheid van een ontmanteld lijk, alsof hij iemand betrapte zonder kleren aan.

Nu de ribben uit de weg waren, sneed Willi het hart en de lon- gen van het meisje los en deed ze samen in een emmer die Arkadi ophield. De overige organen gingen nat en glinsterend als vreem- de zeedieren in andere emmers.

Nu omhoog of omlaag? Omhoog.

Olga's haar was dik en stevig, maar met een haarborstel en een kam maakte Willi er van oor tot oor een scheiding in. Vervolgens maakte hij met een scalpel een snede en trok de bovenste helft van het gezicht naar de kin over een rode schedel en geschrokken ogen heen.

Terwijl Willi zaagde, dwaalden Arkadi's gedachten af. Hij dacht aan wodka, aan Victors grenzeloze dorst en de halflege fles die naast Olga had gestaan. Een vuil matras in een arbeiderskeet leek zelfs voor een prostituee niet erg aantrekkelijk. Toch waren ze er niet zomaar even in en uit gerend. Olga en haar vriend hadden een fles opengemaakt en waren zo lang gebleven dat de een de an- der kon drogeren. Proost! Hoe proost je zonder glazen? Arkadi dacht aan de heldere kleuren en lijnen van de tatoeage. Dat was het werk van een professional, niet van een tot levenslang veroordeelde boef in een gevangenkamp die met een niet-gesteriliseerde naald werkte en werd betaald in sigaretten. Wat voor vlinder was Olga's tatoeage? De schrijver Nabokov was altijd in de ban geweest van zijn 'blauwtjes', een categorie vlinders die klein en saai leek, maar als ze vlogen toonden ze hun iriserende vleugels.

Willi repareerde de schade. Hij naaide het lichaam dicht met touw en zette de hoofdhuid vast met zwarte hechtingen. Het meisje was nu grotendeels hol, haar organen waren opzij gezet in emmers en kommen, en haar hersenen zaten in een pot formaline om uit te harden, zodat ze later gesneden konden worden – maar dat zou nog minstens een week duren. Wat een nacht voor Olga, dacht Arkadi. Eerst wordt ze vermoord en vervolgens uit elkaar gepeuterd en weer in elkaar gezet. Misschien staat er op de hoek ook nog een bende kannibalen te wachten.

Doorweekt van het zweet liet Willi zich op een kruk naast de tafel zakken. Met twee vingers controleerde hij zijn hartslag in zijn nek, waardoor Arkadi een paar seconden had om zich zorgen te maken over Zjenja. Was hij op pad met een straatbende? Gearresteerd wegens hosselen? Doodgeslagen door een slechte verliezer? Met Zjenja had hij vierentwintig uur per dag reden tot bezorgdheid.

Willi schudde zijn hoofd. 'Tikt gelijkmatig als een Zwitsers horloge.'

'Wil je echt doodgaan terwijl je een lijkschouwing doet? Waarom ren je niet gewoon een blokje om?'

'Ik heb de pest aan hardlopen.'

Willi schonk nog wat alcohol in en deze keer deed Arkadi ook mee. Het gleed vlot naar binnen, maar zette zijn keel in brand.

'Citroen zou lekker zijn.'

Er kwamen stemmen uit de hal waar de lijken in laden lagen en Willi kwam overeind. Toen het geluid wegstierf, vroeg hij Arkadi: 'Is er iets wat je wilt toevoegen aan het overzicht? Iets wat ik heb gemist?'

Aangezien pathologen gewend waren om het laatste woord te hebben, koos Arkadi zijn woorden zorgvuldig.

'Je vermeldt het vuil onder haar nagels, maar je schrijft niet op dat haar nagels zijn gemanicuurd. Ook haar teennagels.'

'Vrouwen lakken hun nagels. Sinds wanneer is dat het vermelden waard?'

'Haar kleding.'

'Ze kleedde zich als een hoer.'

'Haar kleren zijn armoedig, maar nieuw. De laarzen zijn van slechte kwaliteit, maar ze zijn ook nieuw.'

'Je denkt veel te veel na over dit meisje.'

'Ook ontbreken de schrammen en blauwe plekken die meisjes gewoonlijk oplopen als ze in steegjes en bouwketen vervelende klanten afwerken.'

Willi blies een kring rook in Arkadi's richting. 'Oude vriend van me, neem dit aan van een man die met één been in het graf staat: alles is tegenstrijdig. Stalin was goed, toen slecht en daarna weer goed. Eens was ik slank als een den, nu ben ik een wereldbol met een riem als evenaar. Wees in elk geval niet bedroefd om een dode prostituee. Er gaat er iedere dag één dood. Als niemand haar komt opeisen, maakt ze binnenkort een paar studenten geneeskunde blij, en als er wél iemand voor haar komt, laat ik het je weten. Dit was mijn laatste lijkschouwing.'

'Jammer dat het een mislukking was,' zei Arkadi.

Willi reageerde alsof hij een klap in zijn gezicht kreeg. 'Hoe bedoel je?'

'Een lijkschouwing dient om de doodsoorzaak vast te stellen. Je hebt gefaald.'

'Arkadi, ik heb gevonden wat er te vinden was. Ik kan de bewijzen niet voor je in elkaar flansen.'

'Je hebt iets over het hoofd gezien.'

Ze werden onderbroken door de komst van de directeur van het mortuarium en een vrouw met een zwarte omslagdoek om. De directeur was verbaasd dat hij Willi en Arkadi daar aantrof, maar herstelde voldoende om de vrouw met de routineuze gedienstigheid van een gerant langs de autopsietafels te leiden. Ze schreed voorbij. Ze was een van die vrouwen van in de veertig die op hun hoogtepunt als dertiger geconserveerd lijken, gekleed in donkere zijde, met een zonnebril op haar neus. Ze keurde Willi en Arkadi slechts een korte blik waardig.

De directeur leidde haar naar de tafel van de zelfmoordenaar en vroeg na een meelevend kuchje of ze het lichaam kon identificeren.

De vrouw zei: 'Dit is Sergej Petrovitsj Borodin. Mijn zoon.'

Zelfs ontdaan van alle kleur was Sergej Borodin nog knap, met vrij lang haar, dat nog vochtig leek van een bad. Hij was een jaar of twintig en had een mager bovenlijf en een gespierd onderlijf. Zijn moeder verborg haar emoties achter haar zonnebril, maar Arkadi veronderstelde dat verdriet een rol speelde. Ze pakte de hand van haar dode zoon en draaide zijn pols om. Er zat een flinke snee in.

Ondertussen legde de directeur uit hoeveel het kostte om een overlijdensakte op te stellen waarin zijn dood zou worden toegeschreven aan een val in de badkamer. De ziekenbroeders die het lichaam hadden gevonden, zouden hun rapport moeten veranderen en verwachtten daar een beloning voor. Tot die tijd was het mortuarium bereid om tegen geringe betaling de dode te bewaren.

'Moet ik een lade huren?'

'Een koelcellade van dat formaat...'

'Natuurlijk. Gaat u verder.'

'Onder deze omstandigheden stel ik een gulle donatie aan de kerk voor om een dienst te houden in zijn naam en een christelijke begrafenis te verzorgen.'

'Is dat alles?'

'En uw zoons uittreksel uit het bevolkingsregister.'

'Hij stond niet ingeschreven in het bevolkingsregister. Hij was danser van beroep. Hij woonde bij vrienden, bij kunstenaars.'

'Zelfs kunstenaars moeten zich aan de wet houden. Het spijt me, er zal een boete worden opgelegd.'

Ze draaide haar zoons pols in de richting van de directeur. 'Ik zal niet moeilijk doen als u dit dichtnaait.'

Hij stond te popelen om het goed te maken. 'Geen probleem. Kunnen we verder nog iets voor u doen?'

'Verbrand hem.'

De directeur zweeg een ogenblik. 'Hem cremeren? Dat doen we hier niet.'

'Regel het dan.'

Op dat moment nieste Willi, als een donderslag. De vrouw richtte nu plotseling haar aandacht op hem en vervolgens op Arkadi. Ze deed haar zonnebril af om beter te kunnen zien en haar droge ogen waren naakter dan wat dan ook in de kamer. Vervolgens liep ze op volle snelheid de deur uit, op de voet gevolgd door de directeur.

'Het spijt me,' zei Arkadi. 'Ik ben bang dat ik je in de problemen heb gebracht.'

'Kan me geen reet schelen. Ik ben het helemaal zat om op die bank te slapen.' Willi was in een verrassend goede bui.

'En ben je nu ook nog verkouden, met al je hartproblemen?'

'Nee, er kriebelde iets in mijn neus. Er drong iets door de damp van verrotting en formaldehyde heen. Een getrainde neus is belangrijk. Iedere scholier zou het verschil moeten kunnen ruiken tussen de knoflookgeur die op arseen wijst en de amandelgeur die bij een cyaankalimoord achterblijft. Geef me haar longen eens aan. We gaan kijken wat je vriendin als laatste heeft ingeademd.'

Arkadi tilde het hart en de longen van het meisje, die nog steeds aan elkaar vastzaten – een vuist spieren tussen twee sponsachtige klompen – uit de emmer op het dienblad. Hij rook niets door het al aanwezige geurenmengsel heen, totdat Willi de linkerlong opensneed en er een zoete geur opsteeg.

'Ether.'

'Juist, ether,' beaamde Willi. 'Het duurt even voor de geur verdwijnt, omdat ze niet meer ademt. Ze is dus in twee fasen vermoord: clonidine om haar bewusteloos te krijgen en ether om haar te doden, allemaal zonder dat ze verzet bood. Gefeliciteerd, je hebt een moord.'

Arkadi's mobiele telefoon ging over, maar slechts twee keer. Tegen de tijd dat hij zich had bevrijd van het operatieschort en de telefoon uit een zak had opgediept, had hij een oproep van Zjenja gemist. Het was de eerste keer in een week dat de jongen contact opnam. Arkadi belde meteen terug, maar Zjenja nam niet op, wat

Arkadi opvatte als een goed voorbeeld van de manier waarop ze met elkaar omgingen.

Maar misschien had Zjenja gewoon gebeld over iets onbenulligs.

7

Maya zat met een handdoek over haar schouders voor de spiegel
in de toiletruimte van het Peter de Grote Casino, terwijl Zjenja
haar hoofd schoor. Ze had haar rode haar afgeknipt met een kan-
toorschaar, maar er waren plekken die ze niet zelf kon zien of niet
kon bereiken met een scheermes. Hoewel ze de gedwongen inti-
miteit van de situatie onprettig vond, boog ze haar hoofd terwijl
Zjenja erop los schraapte met een scheermes uit de personeelska-
mer van de croupiers. Het was zijn idee geweest om haar haar te
knippen; haar rode haar was wel een erg duidelijke aanwijzing
voor de militsija. Nu was ze zo kaal als een pasgeboren kuiken.
　'Heb je ooit eerder iemands hoofd geschoren?'
　'Nee.'
　'Heb je jezelf ooit geschoren?'
　'Nee.'
　'Dat dacht ik al.'
　Ze hadden nauwelijks geslapen omdat Maya op het Jaroslavlstation wilde zijn voor de trein van halfzeven, de trein waarin ze
had gezeten. Hopelijk was hetzelfde personeel aan boord. Tante
Lena had beweerd dat ze zo vaak met die trein reisde dat mensen
haar overal langs de lijn kenden. Misschien was dat inderdaad het
geval.
　Haar ellende werd verdubbeld door de spiegel. Ze stelde zich
het soort vrouwen voor dat doorgaans in dergelijke spiegels keek:
rijzige, geraffineerde vrouwen die champagne dronken, gokten

en luchtig lachten, of ze nu wonnen of verloren. Waarom ook niet? Hun kansen bij roulette waren beter dan de hare bij het vinden van haar baby.

Ze vroeg: 'Waarom is hier niemand?'

'Het Peter de Grote Casino is al weken dicht. Veel casino's zijn gesloten.'

'Waarom?'

'Volgens Arkadi wil de gemeente Moskou een waardig beeld van de stad tonen en die op andere wereldsteden laten lijken. Hij zegt dat het iemand in het Kremlin was opgevallen dat er op de trappen van het Witte Huis en Buckingham Palace geen gokautomaten staan.'

Ze vroeg zich af waarom iemand een baby zou stelen. Wat moesten ze nou met een baby? Hoe kon ze zo dom zijn om te gaan slapen, hoe kon ze haar baby hebben laten stelen? Ze stelde zich deze vragen niet bewust, maar werd er tien keer per seconde door geplaagd. Wat haar weer aan haar pijnlijke borsten deed denken: ze zou zichzelf als een koe moeten melken voordat ze naar het station ging. Ze had besloten dat Zjenja niet met haar mee mocht. Hij bedoelde het goed, maar het was alsof er een eekhoorn op haar schouder zat. Hoewel het niet reëel was om Zjenja de schuld te geven, was de aanblik van haar haren die in de prullenbak vielen deprimerend; alsof ze haar identiteit verloor.

Ze vroeg: 'Zijn Jegor en jij vrienden?'

'We hebben een zakelijke overeenkomst.'

'Hoe bedoel je?'

'Ik schaak voor geld. Het is een bezigheid die makkelijk wordt verstoord. Ik betaal Jegor om me te beschermen.'

'Tegen wie?'

'Tegen Jegor zelf, eigenlijk.'

'Je laat zo over je heen lopen? Je verdedigt je niet?'

'Het zijn bedrijfskosten. Het is moeilijk om te schaken als er vier jongens op je nek springen en een vijfde het bord omschopt. Als meer mensen zouden leren om zonder bord te spelen, zou er geen probleem zijn. Ik kan het je leren.'

'Om over me heen te laten lopen? Nee, dank je. Misschien moet ik Jegor om hulp vragen.'

'Ik kan het je niet aanraden.'

'Waarom niet?'

'Hij vindt je aantrekkelijk.'

'Ben je jaloers?'

Zjenja concentreerde zich zwijgend op de bovenkant van haar schedel. Haar hoofdhuid kwam lichtblauw en glad als een biljartbal tevoorschijn.

'Je kunt gewoon beter uit zijn buurt blijven.'

'Heb je ooit een vriendinnetje gehad?'

Daar had hij geen antwoord op. Hij mocht dan een genie zijn, hij had het nog nooit met een meisje gedaan. Dat merkte ze aan de schuchtere manier waarop hij de haartjes uit haar nek blies.

'Dus Jegor is de baas.'

'Dat denkt hij.'

'Waarom heb je hem niet gevraagd of hij iets over mijn baby heeft gehoord?'

'Hoe minder je van Jegor ziet, hoe beter.'

'Je had het kunnen vragen.'

Jegors naam was als een druppel inkt in water: alles kreeg er een donkerder tint door.

Ze vroeg: 'Hoe komt het dat je hier zomaar naar binnen kunt?'

'Ik ken de code.'

'Je liegt dat je barst. En trouwens, niemand schaakt voor geld.'

'Hoe weet jij nou wat de mensen in Moskou doen?'

Dat was voldoende om haar het gevoel te geven dat ze een boerentrien was. Zjenja schoor haar verder in stilte tot hij met een handdoek de laatste haartjes wegveegde.

'Wil je even in de spiegel kijken?'

'Nee. Is er een koelkast hier?'

'Ja, in de bar. We hebben alles. Noten, zoutjes, chips...'

'Kun je me een glas en servetten geven en me dan met rust laten?'

Vanuit het raam van het casino zag Zjenja hoe Maya zich op de vroege ochtend een weg baande door de menigte op het Driestationsplein. In de regen leek het alsof de auto's over elkaar heen kropen. Gisteren was Maya een flamboyante, rebelse meid met rood haar geweest, vandaag was ze een grijze figuur met een gebreide muts over haar geschoren hoofd, zo gewoon als een kraai. Zonder om te kijken daalde ze de trap van de onderdoorgang af en verdween ze.

Hij wilde Arkadi bellen, maar wat moest hij zeggen? Dat een labiel meisje op zoek was naar een denkbeeldige baby en zei zijn hulp niet nodig te hebben? Als in een boze droom was ze gekomen en weer weggegaan. Zijn mes had ze meegenomen. De enige andere tastbare bewijzen van haar bezoek waren een pluk geverfd haar in een prullenbak en een kwart glas moedermelk in de koelkast van de bar. Hij had Maya hier niet mee naartoe moeten nemen. Hoe had hij het in zijn hoofd gehaald? Zelfs Arkadi wist niets van deze schuilplaats. Niemand wist hiervan.

Voor de sluiting was het casino een kleurige bedoening geweest. Aan de gevel hing een neonreclame van Peter de Grote die het deksel van een kist vol kroonjuwelen opende en dichtdeed. Binnen werden bezoekers verwelkomd door een levensecht, twee meter tien hoog wassen beeld van Peter de Grote die, gehuld in een mantel van gouddraad afgezet met bont, met gestrekte arm de weg wees naar de goktafels, waar om grof geld werd gespeeld. Vanuit een bepaalde hoek had de trek om zijn mond iets bekends dat hem de bijnaam 'Poetin de Grote' had opgeleverd.

In die tijd was Zjenja's enige connectie met het casino een bewaker genaamd Jakov geweest. Jakov vond zichzelf een serieuze schaker, ook al kende hij slechts een paar elementaire openingen, die hij volgde zoals beginnende dansers de op de vloer getekende danspassen volgen. Als hij zijn jack open ritste om er wat gemakkelijker bij te zitten, stak er een schouderholster met een wapen uit. Iedere woensdagavond speelden ze aan het buffet in het Jaroslavlstation. Jakov brak zich over elke zet het hoofd, want het kostte hem de grootste moeite om zelfs een eenvoudig aanvalsplan te onthouden. Zjenja speelde met hem en liet hem bijna winnen, maar kon onmogelijk verliezen van iemand die consequent zijn koningin te vroeg liet uitkomen en te laat rokeerde.

De laatste keer dat ze elkaar troffen, had Zjenja op Jakovs

handpalm een paar met balpen geschreven cijfers zien staan en gevraagd of dat zetten waren. Jakov was meteen naar de wc vertrokken om zijn handen te wassen. Zjenja had de wedstrijdklok stilgezet en afgewacht.

Na een halfuur realiseerde hij zich dat de bewaker niet meer terugkwam. Zjenja betaalde voor een sandwich die hij niet had gegeten, stopte zijn schaakspullen in zijn rugzak en liep het plein op. 's Avonds leken de armoedige kramen, kiosken en gokhallen licht en levendig. Maar het Peter de Grote Casino was donker. De neonreplica van tsaar Peter, keizer aller Russen, was uitgezet en vormde een zwart gat te midden van alle glitter. Twee geüniformeerde militsija-officieren stonden bij de ingang aan de voorzijde van het casino.

Niemand kende de doorsteekjes en binnenplaatsen van het Driestationsplein beter dan de weggelopen jongeren met wie Zjenja omging. Hij liep naar een belendende, schaduwrijke binnenplaats, waar hij via een piramide van banden over een muur klom en zich aan de andere kant, op de binnenplaats van het casino, op een vuilnisbak liet zakken. Het laad- en losstation had een afgesloten achterdeur, met een slot dat niet met een sleutel, maar met een verlicht numeriek cijferpaneel werd geopend. Natuurlijk waren er gewapende bewakers en beveiligingscamera's wanneer het casino open was.

Het slot was van messing en zag er fonkelnieuw uit, zonder één krasje. Het had een nieuwe code, die Jakov blijkbaar moeilijk kon onthouden. Maar was er een parallelsysteem? Was er een stil alarm of zou er een sirene gaan loeien? Klaar om het op een lopen te zetten, toetste Zjenja de cijfers in die hij op Jakovs hand had zien staan. De deur ging met een zucht open.

Zo had Zjenja zich het Peter de Grote Casino toegeëigend. Daar was niets bijzonders aan. Er woonden in Moskou zoveel weggelopen jongeren in treinwagons, kelders, leegstaande gebouwen en in aanbouw zijnde huizen dat de burgemeester van 'ratten' sprak. En hoewel Zjenja huisvredebreuk pleegde, voelde hij zich in het casino beter thuis dan onder Arkadi's toezicht, of in het kindertehuis, of in de roestige flats uit de tijd van Chroesjtsjov waar hij met zijn vader had gewoond.

Ook al moest hij er muisstil zijn, het casino was zijn thuis. Het was de eerste plek die Zjenja ooit voor zichzelf had gehad. Wat voor straf zou hij krijgen als hij werd betrapt? Hij vernielde er nooit iets; hij zorgde zelfs min of meer voor het interieur.

In glossy brochures werd het Peter de Grote Casino omschreven als 'slechts één ster in een melkweg van entertainmentpaleizen, u aangeboden door VGI, Vaksberg Group International'. Blijkbaar bezat VGI nog twintig andere casino's in Moskou, waarvan er sommige veel indrukwekkender waren dan het Peter de Grote, om maar niet te spreken van de gokpaleizen in Londen, op Barbados en in Dubai. Een bedrijf als VGI had zowel vrienden als vijanden in het Kremlin. De impasse kon nog wel een tijdje duren.

Dus woonde de jongen alleen in een glazen koepel boven de drukte van het Driestationsplein. Elke dag verkende hij de telkamer, de kassa, de gang achter de doorkijkspiegels, de security-ruimte met zijn tie-wraps voor lastige klanten. In de dealers lounge hingen zwarte jassen en vlinderdassen. Zjenja droeg een stropdas los rond zijn nek en fantaseerde hoe de vips jaloers, en mooie vrouwen vol ontzag naar hem keken terwijl hij met de lange, zelfverzekerde tred van een nieuwe Bobby Fischer naar de roulettetafel schreed.

Het bleef regenen. Zjenja stond al de halve dag voor het raam van het casino naar buiten te kijken, toen hij plotseling Maya zag staan op de stoep voor het Leningradstation. Ze had iets koppigs over zich, dat hem het gevoel gaf dat ze niet wist waar ze was of dat het haar niet kon schelen. Ze sloeg de capuchon van haar jack terug en hief haar gezicht naar de hemel, haar schedel naakt en blauw.

Ze was Zjenja's probleem niet. Alleen ergerde het hem dat hij haar had laten zien hoe hij het Peter de Grote kon binnenkomen. Hij had daarmee zijn eigen regels overtreden, die voorschreven dat hij overdag nooit het casino in of uit mocht, dat er 's nachts nooit licht aan mocht en vooral dat hij niemand mocht meenemen. Het casino was zijn rijk zolang hij alleen was.

De militsija hield niet langer de wacht bij het casino. Af en toe reed er een politieauto langs en stapte er een agent uit om aan het hangslot op de voordeur te morrelen, maar ze kwamen nooit op de binnenplaats aan de achterkant. Zjenja concludeerde hieruit dat de militsija de code niet te horen had gekregen om te voorkomen dat alles wat niet aan de vloer was vastgeschroefd in het holst van de nacht zou verdwijnen.

In de tussentijd zuiverde het ventilatiesysteem automatisch de lucht, lag de champagne koud en bleef de ijsmachine tot de rand gevuld. De eigenaren konden zo naar binnen lopen en hun casino binnen een uur opstarten.

Voor Zjenja was het casino een pretpark. Overdag kon hij op het tapijt liggen kijken naar de fonkelende kroonluchters en de muurschilderingen van maagden die zich voorbereidden op een bezoek van Peter de Grote, die als monarch recht had op de schoonheden van zijn rijk, van de exotische warmbloedige Circassische deernen tot aan de mollige meisjes met blauwe ogen uit de Oekraïne, door de schilder afgebeeld met hooggespannen verwachtingen.

's Nachts was het tapijt zachter dan veel bedden die hij gekend had. De speelautomaten waren Russische musketiers in kaftan, die spelers aanmoedigden met kreten als: 'Nog één voor de tsaar!' Zjenja haalde het doek van de roulettetafel en alles bleek aanwezig: een blauw laken, fiches, plaques, rouletteharken.

Hij draaide het wiel en gooide een zilveren balletje tegen de richting van de in een waas rondtollende rode en zwarte cijfers in. Terwijl het balletje langs de rand zoefde, klonk het ook alsof het rondging. Toen het vaart verloor, klikte het over ruitvormige uitsteekseltjes, sprong het grillig van het ene vakje naar het andere en kwam het uiteindelijk tot stilstand op de 0, het nummer van het casino zelf.

Hij pakte het balletje nogmaals en gooide het de hele speelzaal door. Hij veegde een stapel zuurstokrode rouletteplaques van 50.000 dollar van tafel en schopte tegen een doos pokerfiches, die openbarstte.

8

Arkadi had verwacht dat de mobiele bouwkeet bij het Jaroslavl-station bij zijn volgende bezoek verlicht zou zijn als een circus-tent. In plaats daarvan zag hij in het licht van zijn koplampen alleen Victor met een bloedneus.

'De keet is weg.' Victor drukte een zakdoek tegen zijn neus. 'Commissaris Malenkov en zijn mannen hebben hem weggesleept. Volgens Malenkov veroorzaakte hij overlast voor het publiek.'

'Wist Malenkov dat hij een plaats delict wegsleepte?'

'De commissaris zegt dat er geen sprake was van een misdaad. Dat je wat hem betreft je lul als bromtol mag gebruiken, maar dat onze Olga nog steeds als overdosis in de boeken staat. Hij houdt zijn cijfers graag schoon. Hoe ziet mijn neus eruit?'

'Er komen al mooie korsten op. Wat is er gebeurd?'

'Wat geduw en getrek.'

'De commissaris kan het bewijsmateriaal niet allemaal laten verdwijnen. Willi heeft clonidine in haar maag aangetroffen en een dodelijke dosis ether in haar longen. Wat is er aan de hand?'

'We krijgen hier niet echt veel officiële steun. Eigenlijk staan we er gewoon alleen voor.'

'Dit is een echte zaak, Victor.'

'Waarom zijn we dan alleen?'

'Dat is een voordeel.'

'Een voordeel? Heb je enig idee hoe zinloos het is om in je eentje honderden hoeren en gekken aan te spreken op zoek naar een nuchtere, betrouwbare getuige? Als ik had gevraagd of iemand hier een reuzenleguaan heeft zien rondkruipen, zou ik misschien nog iets zijn opgeschoten. We hebben geen identificatie, geen getuigen, geen plaats delict en geen hulp.' Victor keek verlangend naar een kiosk die flessen wodka op de plank had staan. Arkadi voelde de dip in Victors humeur en de kracht van zijn dorst.

'Heb jij een net pak?' vroeg Arkadi.

'Wat?'

'Heb je iets wat geschikt is om aan te trekken als we vanavond naar de Nijinski Beurs gaan? We hebben een uitnodiging, maar we moeten een beetje bij het publiek passen.'

'Jij en ik tussen de miljonairs?'

'Ik ben bang van wel. Ze hebben het niet gemakkelijk de laatste tijd.'

'Pff... Wat wil je dat ik zeg tegen een bloedzuiger die een miljoen dollar is kwijtgeraakt?'

'Je toont je medeleven.'

'Ik maak hem net zo lief koud en voer hem aan de varkens.'

'Nou, dan doe je iets daartussenin.'

In het flatgebouw tegenover het station floepten in verschillende appartementen de lichten aan. Vrouwen kleedden zich aan, trokken hun kinderen kleren aan, maakten ontbijt. Mannen zaten op de rand van hun bed hun eerste sigaret van de dag te roken en vroegen zich af wat er was gebeurd met hun leven.

Eva was bijvoorbeeld uit Arkadi's leven verdwenen als een actrice die midden in een toneelstuk had vastgesteld dat haar tekst in de eerste akte waardeloos was en die in de tweede geen haar beter. Ze had Arkadi een briefje gestuurd met de woorden: 'Ik ga niet zitten wachten tot ze je vermoorden. Ik heb geen zin om de rouwende weduwe te worden van een man die zo nodig de staatsbeulen moet treiteren. Ik ben er niet bij wanneer iemand je afknalt als je in je auto zit of je je voordeur opendoet, en ik loop niet mee in je begrafenisstoet.'

Arkadi vond dat een beetje cru. En zelfs oneerlijk, omdat ze zich wel als vrijwillige verpleegkundige bij allerlei rampen had laten inzetten. Dat ze elkaar in Tsjernobyl hadden ontmoet, was een slecht teken. Ze hielden van elkaar, alleen was de halfwaardetijd van hun liefde korter dan hij zich had voorgesteld.

Victor zei: 'We zijn weer terug bij af met Olga. Ik heb het nagetrokken bij Vermiste Personen. Ze wordt nog niet vermist.'

'We kunnen samen bij de appartementen langsgaan.'

'Moet dat? Ik bedoel, waarvoor zouden we dat doen? Niemand geeft een zier om een dode prostituee.'

'En als ze dat niet was?' vroeg Arkadi. 'Als Olga geen prostituee was?'

'Je maakt een grapje.'

'Stel dát.'

'Neem me niet kwalijk, maar het enige wat we in deze zaak zeker weten, is dat Olga een hoer was. Ze kleedde zich als een hoer, had een hoerentatoeage en trok als een hoer haar slipje uit, in een bouwkeet waar een normaal mens geen voet binnen zou zetten.'

'Wat iedereen opvalt, is dat er geen schram of blauwe plek op haar lijf te vinden is. Geen naaldsporen. Victor, is er ergens een prostituee te vinden zonder één enkele schram of blauwe plek?'

'Ze was nieuw, dat is alles. Moet je horen, ik weet wat je plannetje is. Je probeert me bezig te houden zodat ik geen tijd heb om te drinken. Maar ik ben geen hond die je achter een bal aan kunt laten rennen.' Victor had een smerige grijns op zijn gezicht. 'Ik zou een moord doen voor een borrel.'

'Waar zijn haar ringen? Aan de witte streepjes op haar vingers te zien, had ze vijf ringen om. Die zaten niet in haar tas.'

'Waarschijnlijk zijn ze meegenomen door de man met wie ze was. Misschien was het wel een beroving.'

'Om een paar sieraden van een tippelaarster? Heb je foto's gemaakt?'

Victor haalde een videocameraatje van zakformaat tevoorschijn.

'Veel plezier.'

Het eerste beeld op het schermpje toonde Olga toen ze net halfnaakt op het matras was gevonden, met haar hoofd gedraaid en haar benen gekruist, zodat haar rechterhiel haar linkerteen raakte. Haar rechterarm lag boven haar hoofd, alsof ze een bruid was die haar boeket over haar schouder gooide. Victor had een paar mensen ondervraagd. De prostituees waren bijzonder tevreden dat die indringster was afgemaakt, pooiers wendden zich af, straatjongens waren teleurgesteld dat ze haar lijf niet te zien kregen, daklozen vroegen om kleingeld, dronkaards trokken een verward gezicht. Al met al was er eerder sprake van een menagerie van menselijk onvermogen dan van een lijst getuigen.

Arkadi spoelde terug naar Olga.

'Dit is een onnatuurlijke houding.'

'Dus?'

'Alsof hij haar heeft vermoord en haar lichaam zo heeft neergelegd. Hij heeft haar slipje uitgetrokken zodat we haar zouden aangapen. Zouden kijken zonder iets te zien.' Arkadi dacht dat er op dat moment misschien iemand in het donker stond te gloeien van trots. Hij keek omhoog naar het flatgebouw aan de andere kant van het station, naar een balkon met een perfect uitzicht.

Het gebouw was acht verdiepingen hoog, met zes tweekamerappartementen per verdieping. Victor en Arkadi hadden alleen aangebeld bij de vijf woningen waar licht brandde toen ze op de eerste melding waren afgegaan.

Appartement 2C. Voltsjek en Primakov, twee Siberische beren van kerels, die steelse blikken om zich heen wierpen. Ze waren allebei houthakker, vijfendertig jaar oud en hun woning was zo koud dat zelfs de airconditioner rilde. De lucht van verrotting werd gemaskeerd door de bloemengeur van een luchtverfrisser. Er lag een zaag in de badkuip. In de koelkast: schimmel en een krat bier. Ze zeiden dat ze de hele nacht hadden gekaart en dvd's gekeken. Arkadi zag hen voor zijn geestesoog zalmen doodmeppen in een beek.

Appartement 4F. Weitzman, negentig, weduwnaar, gepensioneerd metallurg, een belijdende jood die het verbod in de Thora op het gebruik van elektrische apparaten tijdens de sabbat serieus nam. Van zonsondergang op vrijdag tot zonsondergang op zaterdag was voor hem zelfs het aanraken van een schakelaar of het intoetsen van een telefoonnummer taboe. Als hij de lift wilde nemen, moest hij net zo lang wachten tot er iemand naar zijn etage kwam. Hij had zijn leven erop ingericht om geen misstappen te begaan, maar hij was tijdens een televisiedocumentaire over Poetins jeugdjaren – getiteld *Een jongen als alle anderen!* – in slaap gesukkeld en wakker geworden tijdens een herhaling van hetzelfde programma. Hij had de documentaire nu al zes keer gezien. Toen Arkadi de televisie uitzette, was het alsof hij de man van de pijnbank lossneed. Appartement 4D. Generaal Kassel, tweeënveertig, deed open in een Burberry-regenjas en liep op burgerschoenen. De generaal woonde in Petersburg, maar beweerde in Moskou te zijn voor militaire zaken, hoewel Arkadi champagneflessen op de vloer zag staan en in de slaapkamer een vrouw hoorde snikken.

Fluisterend zei Kassel dat hij slechts op doorreis was. Hij had in het donker de zwarte bouwkeet op honderd meter afstand niet opgemerkt en wist niets over wat zich daar had afgespeeld.

Arkadi vroeg de generaal hoe lang hij al wakker was.

'U hebt me wakker gemaakt.'

Victor vroeg: 'Was u de hele nacht hier?'

'Ja, met mijn vrouw.'

'En behalve uw vrouw?'

'Niemand.'

Een slecht vertelde leugen, tenzij Kassel half aangekleed had geslapen. En aan de batterij vuile glazen en volle asbakken te zien, waren er heel wat meer dan twee mensen aanwezig geweest. Bovendien leunde Kassel naar voren, met zijn gewicht op de ballen van zijn voeten, alsof hij ergens op wachtte, op iets anticipeerde.

Kassel had misschien iets te verbergen, maar wie niet? Zoals Victor vaak zei: 'Dat is het probleem met verhoren: zoveel leugens, zo weinig tijd.'

Appartement 3C. Anna Foertseva was met haar achtentachtig jaar een levende legende. Arkadi en Victor wisten pas dat ze de bekende Anna Foertseva was toen de deur werd opengedaan door een kleine, heerszuchtige vrouw, gekleed in een rijkversierde kaftan, met lippen die vooral uit lippenstift bestonden en ogen die waren omrand met kohl. Achter haar stonden foto's van zwarte mannen op ware grootte met peniskokers om en paradijsvogelveren in hun haar. Van Masai-krijgers die een drank bereidden van melk en bloed. Van Russische gedetineerden vol tatoeages.

'U wilt een kopje thee,' zei Foertseva. Het was een mededeling, geen vraag.

Terwijl ze in de keuken in de weer was, bekeek Arkadi de rest van het appartement. Het was een eksternest vol exotische spullen en oude rommel: een Perzisch tapijt, poefs van gebarsten leer, Mexicaanse poncho's, Balinese poppen, opgezette apen en overal foto's. Aan de andere kant van de kamer zuchtte een stokoude wolfshond.

Victor bekeek foto's van de jonge Foertseva, waarop ze poseerde met Hemingway, Kennedy, Jevtoesjenko en Fidel Castro.

'De grote vrouwensverslinders van ons tijdperk.'

'Pardon?' Foertseva liep de kamer in met een dienblad met thee, suiker en jam.

'Uw foto's zijn illustraties voor dit tijdperk,' zei Arkadi.

'Ze zijn hun tijd vooruit,' zei Victor, voet bij stuk houdend.

Foertseva schonk thee in. 'Ja. Het verbaast me dat u zelfs maar van hen hebt gehoord.'

'Maar het was een historische gebeurtenis,' zei Victor.

'Geschiedenis hoort bij de leeftijd. Ouderdom wordt vaak overschat. Kijk ook eens naar de portretten van dansers op de piano. Van Nijinski tot Barisjnikov.'

Er stonden uitsluitend foto's van mannen, allemaal gefotografeerd tijdens een sprong, met uitzondering van een oudere man in een wit pak, die geleund stond in de schaduw van een deuropening. 'Ik ben bang dat Nijinski een beetje kierewiet was tegen de tijd dat ik hem ontmoette.'

Arkadi en Victor zonken neer op poefs, terwijl Foertseva op een stoel plaatsnam, haar benen meisjesachtig onder zich gevouwen. Arkadi bedacht dat als Cleopatra tot haar achtentachtigste had geleefd, ze er waarschijnlijk een beetje als Foertseva zou hebben uitgezien. Ze deed alles met een zekere zwier. Toen de wolfshond een scheet liet, streek Foertseva een lucifer af en brandde met een koninklijk gebaar de methaangeur uit de lucht. 'Vertel me nu eens wat u hier komt doen. Ik barst van nieuwsgierigheid. Ik zag dat een ambulance iemand meenam uit die bouwkeet. Is er iemand dood?'

'Een meisje,' zei Victor. 'Waarschijnlijk door een overdosis, maar we moeten alle mogelijkheden nagaan. Was u wakker rond middernacht?'

'Natuurlijk.'

'Hebt u last van slapeloosheid?'

'Ik profiteer van mijn slapeloosheid. Maar ik heb steeds meer moeite met zonlicht. Er mag geen zon hier naar binnen schijnen, ik moet overdag steeds deze belachelijke blauwe gordijnen dichthouden en ik kan alleen 's nachts naar buiten. Deze grap is voor mij extra zuur, want ik ben fotografe.'

Victor zei: 'Dus u fotografeert nog.'

'O, ja. Er lopen zulke interessante mensen rond op het Driestationsplein. Als dieren bij een waterplaats.'

Victor liet wellevend zijn suikerklontje in de thee zakken. 'Hebt u gezien dat de bouwkeet werd weggesleept?'

'Natuurlijk.'

'Hebt u iemand de keet in of uit zien gaan voordat hij werd weggehaald?'

'Nee. Was het meisje prostituee?'

'Dat is het enige wat we zeker weten.'

'Ik veronderstel dat de bouwkeet is weggesleept om hem beter te kunnen onderzoeken?'

Ja, in de buurt van de poolcirkel, dacht Arkadi.

De hond hikte en Foertseva opende een nieuw doosje lucifers.

Victor vroeg: 'U hebt niets bijzonders gezien vanavond?'

'Afgezien van het wegslepen van de bouwkeet niet. Het spijt me, heren.'

Victor stond op en boog licht. 'Dank u, madame Foertseva, voor de heerlijke thee. Als u nog iets te binnen schiet, wat dan ook, bel me dan. Ik laat hier mijn kaartje achter.' Hij legde het bij zijn kopje.

Ze aarzelde. 'Er is nog iets. Het heeft hier vast niets mee te maken.'

'Alstublieft. Je weet maar nooit.'

'Nou, mijn benedenburen, die twee Siberiërs...'

'Voltsjek en Primakov. We hebben hen ontmoet.'

'Niet afgelopen nacht, maar een nacht eerder kwamen ze stiekem het gebouw binnen met lijkzakken. Volle zakken. Gisteren stapte ik uit op de verkeerde verdieping. Ze zien er allemaal hetzelfde uit, moet u weten, en toen ik mijn sleutel in het slot wilde steken, hoorde ik ze praten over een lijk dat ze in stukken wilden snijden.'

Foertseva's ogen fonkelden.

Arkadi mengde zich in het gesprek. 'U hebt lopen snuffelen.'

'Niet opzettelijk.'

'Hebt u uw sleutel in het slot gestoken?'

'Nee.'

'Hoe lang stond u bij de deur?'

'Een paar seconden. Hooguit tien.'

'Deden ze de deur open?'

'Ja, maar ik had de lift al naar de bovenste verdieping gestuurd en ben met mijn schoenen in de hand de trap op gelopen.'

'Dat scheelde dus maar een haartje.'

'Ja.'

'U bent heel tevreden over uzelf.'

'Je hoeft niet te fluisteren. Mijn gehoor is uitstekend.'

'Draagt u een bril?'

'Een leesbril.'

'Om te lezen, maar niet voor veraf, voor afstanden? Begrijpt u wat ik bedoel?'

'Ik was filmmaker in de oorlog. Ik heb bij Stalingrad afstanden leren inschatten.'

Gevaarlijk, dacht Arkadi. Hij en Victor liepen op hun tandvlees door slaapgebrek. Bedankt voor de thee, maar het laatste waar ze behoefte aan hadden, was een legende die tuk was op avontuur. Toen hij het paniekerige gezicht van Victor zag, begreep hij dat ze zich op gevaarlijk terrein begaven.

Arkadi zei: 'Heel goed, madame Foertseva, kunt u mij precies vertellen wat Voltsjek en Primakov zeiden? Hun exacte woorden.'

'Echt exact?'

'Echt exact.'

'Met dat Siberische accent van hen zei de een: "Waar kan ik verdomme die kop van haar begraven?" De ander zei: "In je reet, daar zit je eigen hoofd ook." De eerste zei: "Ze gaat echt een smerige zooi achterlaten in het busje." De tweede zei: "Ach, schijterd. Ze is allang dood, die bloedt niet meer." Toen hielden ze plotseling op met praten en vluchtte ik naar boven.'

Ze streek weer een lucifer af, als een soort leesteken.

Arkadi zei: 'Dit zijn geen mannen om mee te spotten. Hebt u ze daarna nog gezien?'

'Nee, maar ik heb ze zeker gehoord.'

'Vanavond?'

'Ja.'

'Weet u hoe laat?'

'Na het avondeten. Ik hoorde ze vloeken, bier drinken, voetbal kijken.'

Victor vroeg: 'U bent hier absoluut zeker van, madame Foertseva? De hele avond?'

'Iedere minuut.'

'Ze leken niet geïnteresseerd in de bouwkeet die werd weggesleept?'

'Nee.'

'Hebben ze ooit, op enig moment, belangstelling getoond voor de bouwkeet?'

'Nee.'

Victor spreidde opgelucht zijn armen. De Siberiërs mochten links en rechts mensen slachten, maar zolang het niets te maken had met de bouwkeet, was deze puinhoop voor iemand anders bestemd.

9

Het was afschuwelijk om Maya zo te zien ploeteren. Zjenja keek naar haar vergeefse pogingen om passagiers aan te spreken die 's ochtends vroeg uit de trein uit Jaroslavl waren gestapt. Nu werkte haar zelfverkozen isolement van haar toenmalige reis tegen haar. Niemand herinnerde zich haar rode haar of haar baby. Niemand had ooit van tante Lena gehoord. Ze begon over de kaartende arbeiders en het geruzie. Zulke dingen gebeuren dagelijks in de derde klasse, zei men. Ze moesten naar hun werk, hadden geen tijd om te praten. Maya rende achter een priester aan die tijdens haar reis kruimels uit zijn baard had geveegd, zo wist ze nog. Deze keer was de baard licht bestoven met poedersuiker, maar de priester kon zich haar niet herinneren.

Zjenja zag Maya de moed verliezen door de gekmakende vragen van de baboesjka's. Liefje, hoe kun je nou een baby kwijtraken? Heb je al tot Sint-Christopher gebeden, meisje? Was het je broertje? Dit zou vroeger nooit zijn gebeurd. Ben je aan de drugs? Als zigeunerinnen bedelen, zie je hun baby tenminste.

Het zoekgebied was te groot. Er waren perrons, cafés, wachtruimtes, vestibules, onderdoorgangen, crèches, loketten. Voetgangerstunnels waren knelpunten, vanwege alle winkeltjes en de straatverkoopsters die Maya tegenhielden om scharen, nagelknippers en kousen aan te prijzen. Ze kon wel gillen. Uiteindelijk stond ze in de centrale hal van het station als een schaakstuk dat geen zet meer kon doen zonder te worden geslagen.

Toch waren er nog zetten, bedacht Zjenja. Ze had haar scheermes nog en er waren volop treinen. In dit mozaïek van gezinnen en handelaren die bij zonsondergang waren opgestaan, was ze in een vrije val geraakt.

Zjenja ging op een stoel naast Maya zitten. Ze negeerde hem, maar ging er niet vandoor. Ze zaten als reizigers en staarden met zware oogleden naar de digitale klok boven het bord met aankomst- en vertrektijden. Langzaam won de vermoeidheid het van haar woede; haar ademhaling vertraagde, haar lichaam ontspande zich. Hij bedacht dat ze al een dag niets had gegeten en gaf haar een chocoladereep.

'Heeft die vrouw nog gebeld?'

Het duurde even voordat hij begreep welke vrouw ze bedoelde.

'De perronconductrice? Nee, ze heeft nog niet gebeld. Ze heeft mijn mobiele nummer.'

'Weet je het zeker?'

'Ik heb het haar in de hand gestopt.'

'Ze leek me een goed mens.'

Zjenja haalde zijn schouders op. Sociale vaardigheden waren niet zijn sterke punt. Een van de aantrekkelijkste dingen aan schaken vond Zjenja dat je niks hoefde te zeggen om te winnen. Rot op met dat gebabbel. De winnende speler hoeft alleen 'schaak' en 'mat' te zeggen. Het probleem was dat Zjenja altijd óf opschepte óf helemaal zijn mond hield. Soms, als hij zichzelf hoorde, vroeg hij zich af: wie is deze sukkel? Hij was zich ervan bewust dat hij jammerlijk gefaald had bij zijn eerste kennismaking met Maya. De situatie werd gespannen, maar hij moest iets zeggen, omdat militsija-mannen met gummiknuppels in de wachtkamer op zoek waren naar daklozen die er stiekem binnen waren geglipt. De agenten stonden onder leiding van de inspecteur die Maya achterna had gezeten.

Zjenja zei: 'Laten we een luchtje gaan scheppen.'

'Komen we hier wel terug?'

'Ja.'

'Zonder die misdaadonderzoeker?'

In haar geschoren hoofd leken haar ogen enorm.

'Hé, jullie daar!'

De inspecteur zag hen toen ze opstonden. Maar zijn aandacht werd op hetzelfde moment getrokken door een straatjongen die een handtas had gejat en naar de voetgangerstunnel rende. Zjenja duwde Maya de wachtkamer uit, de dubbele stationsdeuren door, naar een openluchtmarkt die hij altijd de 'zooimarkt' noemde. Zooispeelgoed, zooisouvenirs, zooibontmutsen, zooiige posters op een zooiig plein onder een hemel die ook een zooitje leek. Maar vandaag vond hij het allemaal prachtig.

Ze neusden bij de kraampjes. Ter uitbreiding van Maya's garderobe kocht Zjenja T-shirts met afbeeldingen van The Stones, Poetin en Kurt Cobain, een sweatshirt, zogenaamd van Cafe Hollywood; een petje met 'Saint-Tropez' erop en een pruik van echt mensenhaar uit India. Maya liep verbaasd met hem mee, alsof ze hem had betrapt bij het spelen met poppen, totdat ze bij een kiosk kwamen waar mobiele telefoons werden verkocht. Zjenja besloot dat ze een mobieltje moest hebben voor het geval ze elkaar kwijtraakten.

De kiosk was zo volgepropt met elektronische apparaten en beeldschermen dat de twee verkopers zich alleen als één persoon konden bewegen. Het waren Albanezen, vader en zoon, en ze leken wel klonen van elkaar, gekleed in strakke overhemden waarvan het bovenste knoopje openstond, zodat hun gouden kettingen en borsthaar te zien waren. Ze waren bereid om Zjenja een topkwaliteit mobiele telefoon met simkaart te verkopen. Geen contract, geen maandelijkse kosten. Geen oplichterstrucs. Ze lieten Zjenja een doos met een ongeschonden zegel zien.

'Hij is gestolen,' zei Zjenja.

De verkopers lachten en keken elkaar aan.

'Waar heb je het over?'

'De streepjescode. Simpel. Tel de eerste en de laatste streepjes niet mee, deel de rest op in groepen van vijf, tel de cijfers onder de lange streepjes bij elkaar op en je hebt de postcode. Zo kun je ook zien waar hij afgeleverd had moeten worden. Deze telefoon had van Hannover in Duitsland naar Warschau in Polen moeten worden getransporteerd. Hij is onderweg gejat. Dit moet je eens aan de militsija laten zien. Zal ik ook de andere dozen even bekijken?'

Er stopten mensen om te luisteren naar wat Zjenja met zijn toonloze robotstem te berde bracht.

'De andere dozen?'

'Alle dozen.'

Er bleven steeds meer mensen staan. Geen markt was compleet zonder vermaak, een poppenkast of een dansende beer. Zjenja zorgde vandaag voor entertainment.

Hij zei: 'Ik ga niet de volle prijs betalen voor iets wat gestolen is. En de garantie geldt waarschijnlijk niet voor een gestolen telefoon.'

De zoon zei: 'Maak dat je wegkomt, getikte nerd.'

Maar de vader zag dat er steeds meer mensen bleven staan. Hij was beschermd tegen geweld, zoals brandstichting of een baksteen door een raam, maar niet tegen het ageren van een wijsneus die een streepjescode kon lezen. Bovendien, als hij die engerd nu wurgde, kreeg hij de militsija op zijn nek. En dan kon hij net zo goed een zwerm sprinkhanen te eten vragen.

'Ik laat dat pikkie wel effe dimmen.' De zoon liep de kiosk uit, maar werd tegengehouden door zijn vader, die tegen Zjenja zei: 'Let maar niet op hem. Goed, jongeman, wat is volgens u een eerlijke prijs?'

'De helft.'

'Ik geef er een paar telefoonkaarten bij, om te laten zien dat het geen kwade opzet was.'

'In een tasje.'

'Zoals u wilt.' De vader draaide zich glimlachend om. Goedkeurend gemompel gonsde door de menigte.

Zodra Zjenja en Maya weg waren, verscheen er een volgende klant bij de kiosk, die de vader om dezelfde korting vroeg.

De oude man draaide zich naar hem om. 'Kun je een streepjescode lezen?'

'Nee.'

'Val dan maar dood.'

Het was Zjenja nog nooit opgevallen hoe interessant de markt was, met al zijn illegale hiphop en heavy metal cd's, T-shirts van

Che en Michael Jackson, Chinese parasols, verwaande Moskovieten, vrouwen uit Centraal-Azië die met koffers ter grootte van een babyolifant zeulden, de geluiden van explosies uit gokhallen, dronkaards die tegen de muur stonden geleund. Dat was het echte, zinderende leven, nietwaar? Meer dan al die gipsen dieren op de stationsmuren bij elkaar.

'Wat voor truc was dat met die streepjescode?' vroeg Maya. 'Hoe deed je dat?'

'Dat is het geheim van de smid.'

'Wat voor geheimen heb je nog meer?'

'Het zouden behoorlijk slechte geheimen zijn als ik ze je vertelde.'

'Noemen ze je daarom "Brein", vanwege die trucs en het schaken?'

'De truc met de streepjescode is dat het geen truc is. Het is gewoon een rekensommetje.'

'O.'

'En bij schaken gaat het er vooral om dat je doorhebt welke zetten je tegenstander wil doen. Je doet het stapje voor stapje. Hoe meer je speelt, hoe gemakkelijker het wordt om alle mogelijkheden af te dekken.'

'Verlies je nooit?'

'Tuurlijk wel. Je moet je tegenstander in het begin laten winnen om de inzet te verhogen. Het gaat niet om winnen, het gaat erom dat je ze geld afhandig maakt. Dat is het spel in het spel.' Hij dook onder een display met veelkleurige condooms door die langdurig plezier beloofden en die zeker een verbetering waren ten opzichte van de oude 'overschoenen' uit de sovjettijd. De woorden waren eruit voordat hij er erg in had. 'Wie is de vader van de baby?'

'Dat kan iedereen zijn.'

Dat was het enige antwoord dat Zjenja niet had verwacht.

10

Dit was Arkadi's Moskou niet meer. De Gouden Mijl (het gebied tussen het Kremlin en de kathedraal van Christus de Verlosser) was vroeger een wijk waar arbeiders, studenten en kunstenaars woonden. De restaurants waren kantineachtige gelegenheden waar je staand gestoomde kool at. De straten glinsterden niet van de diamanten, maar van de glasscherven. Deze oude wijk was echter verdwenen. De oorspronkelijke bewoners waren door projectontwikkelaars uitgekocht en elders gehuisvest. Hun plaats werd nu ingenomen door boetieks en langbenige vrouwen die met een Prada-tas aan de arm van pilatesles naar de tapasbar trippelden, van de tapasbar naar de sushi's en van de rauwe vis naar meditatie.

Omdat de uitlaat van de Lada klonk als een snare drum, parkeerde Arkadi langs de stoep om Zjenja te bellen. Soms liet de jongen wekenlang niets van zich horen en Arkadi maakte zich zorgen dat hij zo alleen was. Voor zover Arkadi wist, had Zjenja met niemand contact, behalve met de schakers die hij bedonderde. Hij ging uitsluitend om met een bende weggelopen jongeren onder leiding van een gevaarlijke jonge crimineel genaamd Jegor, die ervan werd verdacht daklozen in brand te hebben gestoken.

Tien keer overgaan zonder dat er werd opgenomen was Arkadi's maximum. Hij had het net opgegeven toen er een witte SUV naast hem opdoemde en een vrouw met een zonnebril op haar hoofd naar hem gebaarde om zijn raampje naar beneden te draaien. Om haar nek zat losjes een zijden sjaal geknoopt, een gouden kettinkje bungelde om haar pols.

Ze zei: 'Dit is een "No Lada Zone".'

'Wat voor zone?'

'Verboden voor Lada's.'

'Zoals deze auto?'

'Juist. In dit gebied mogen geen Lada's parkeren, laat staan dat je erin mag zitten slapen.'

Arkadi keek naar Victor, die rubberachtig zat te snurken.

'We zijn toch in Rusland?' vroeg Arkadi.

'Ja.'

'In Moskou?'

'Ja, natuurlijk.'

'En de Lada is een Russische auto?'

'Eén Lada kan de waarde van een heel huizenblok naar beneden halen.'

'Daar wist ik niets van.'

'Ik bedoel, bent u hiernaartoe gesleept?'

'Nee, ik rij zo weer verder.'

'Ik wist het. Doorgaand verkeer is het ergste. Waarom bent u gestopt?'

'We laten hier ratten vrij.'

'Oké. Ik waarschuw nú de beveiliging.'

Arkadi's mobiele telefoon ging. Omdat hij verwachtte dat het Zjenja was die terugbelde, antwoordde hij zonder te kijken wie het was.

'Dank je,' zei Zurin. 'Eindelijk neem je een keer op. Dit wordt een soort verjaardagscadeautje, maar dan beter.'

Arkadi draaide zijn raampje weer dicht. Toen de vrouw een tirade begon, hield hij zijn politiepas op. Een ogenblik later spoot de suv ervandoor.

'Hoezo beter?'

'Je ontslagbrief.'

'Ik heb je geen brief gegeven.'

'Haast je niet, Renko, je hebt nog de hele dag.'

Arkadi zag in officier van justitie Zurin weinig meer dan de bescheiden ambities van een kurk. Hij bleef drijven. Onder het ene na het andere regime, het ene na het andere, vaak tegenstrijdige beleid bleef Zurin overeind als officier van justitie.

'Waarom zou ik ontslag nemen?'

'Omdat een hoorzitting om je geschorst te krijgen wel het laatste is wat je wilt.'

'Waarom willen jullie me schorsen?'

'Je negeert orders, je gaat je boekje te buiten en je maakt regelmatig het OM belachelijk.'

'Kun je wat specifieker zijn?'

'De zaak van de onbekende dode prostituee. Je hebt geen opdracht gekregen om een onderzoek in te stellen.'

'Ik heb ook geen onderzoek ingesteld. Ik was samen met een rechercheur van de militsija en hij beantwoordde een radio-oproep voor een overdosis toen het plaatselijke politiebureau niet reageerde. Ik heb de rechercheur geholpen toen er op een paar forensische technici na geen versterking kwam.'

'Wat voor versterking heb je nodig bij een overdosis? Je hebt me je hoofd op een zilveren schaal aangeboden. Het enige wat je had moeten doen, was rustig in de auto blijven zitten.'

'Het is geen overdosis,' zei Arkadi. 'Volgens de patholoog heeft het meisje iets toegediend gekregen.'

'Je snapt niet waar het om gaat. Je negeerde mijn orders. Je was niet bevoegd om een lijkschouwing te laten doen.'

'Rechercheur Orlov wel en het is zijn zaak, niet de mijne.'

'Orlov is een verstokte alcoholist.'

'Vandaag is hij een wervelwind.'

Victor opende zijn portier en braakte.

'We laten alleen bij verdachte omstandigheden een lijkschouwing uitvoeren.'

'Een gezonde jonge vrouw is daar dood aangetroffen. Als dat niet verdacht is, wat dan wel?'

'Zo is het genoeg. Ik wil dat je naar kantoor komt. Waar ben je nu?'

'Ik weet het niet. Er is een Starbucks op de hoek.'

'Die zitten overal. Renko, je kunt op een elegante manier ontslag nemen of met het vuilnis worden buitengezet. Blijf je je vriend Orlov trouw, dan gaan jullie samen ten onder.'

Vijf minuten later zat Arkadi in de file op Koetozovski terwijl de politie de weg vrijmaakte voor alle overheidslimousines die over de middelste rijstrook scheurden en hij tijd had om te denken aan de toenemende kans dat hij zou worden ontslagen. Wat dan? Hij kon rozen gaan kweken. Duiven houden. De grote literaire werken in hun oorspronkelijke taal lezen. Sporten. Het probleem was dat je als misdaadonderzoeker op een gegeven moment nog voor weinig andere dingen geschikt was. Het was een aangeleerde smaak, zoals het drankje van bloed en melk van de Masai.

Hij vond de uitnodiging voor de Nijinski Miljonairsbeurs die in de bouwkeet van de fles wodka was gevallen en draaide het kaartje een paar keer om. Het leek niet echt op een creditcard. Wat langer en dikker. Meer als een rouletteplaque. De dag ervoor was hem niet opgevallen dat er zo'n beurs gehouden zou worden, maar nu leek het wel of op alle steigers van alle bouwplaatsen in het centrum reclame hing voor de NIJINSKI MILJONAIRSBEURS, in zilver op zwart doek geschreven.

Arkadi liep naar een krantenkiosk bij een metrostation. In de pers werd er vanuit verschillende invalshoeken over de beurs geschreven. *Izvestja* keurde de kapitalistische excessen goed. *Zavtra* zag er een joodse samenzwering in. Lezers van het meer nuchtere *Gazeta* vertelden wat zij zo allemaal als luxe ervoeren, meestal iets als een eigen eiland, een kasteel of intenser seksplezier.

Ieder zijn eigen droom.

Victor woonde in een verouderde versie van de toekomst: een spiraal van woonkubussen, functioneel maar elegant, van kaal beton rond een centrale trap. Eén wooneenheid was omgevallen. Hij lag op zijn kant, ontdaan van sanitair en bedrading. De stad en monumentenzorg hadden jaren om het gebouw gestreden, omdat ooit de Moskouse intelligentsia – mensen als Esenin, Majakovski en Blok – elkaar regelmatig trof in Orlovs appartement om ideeën te bespreken, gedichten te lezen en te drinken, in een tijd dat, zoals Victor het uitdrukte, poëzie nog geen romantische troep was. Victor kende van al die dichters teksten uit zijn hoofd. Sommige mensen noemen het gebouw 'Het Huis van de Dichters'. Een kat liep behoedzaam over een erf vol lege flessen en paardenbloemen, terwijl een paar jonge katjes vanuit een nest van vuile handdoeken toekeken.

Victor was opgefrist. Het trillen was opgehouden en het horen van de prijs van een ticket voor de Nijinski Miljonairsbeurs had hem weer helemaal wakker geschud.

'Tienduizend dollar om binnen te komen? Dan is het eten zeker gratis?'

'Dat lijkt me waarschijnlijk. Overigens werd ik gebeld door de officier van justitie. Hij wil dat ik mijn ontslag indien en dat jij Olga tot overdosis bestempelt en de zaak sluit.'

'Wacht. We zitten midden in een moordzaak. Hij naait niet alleen jou, hij naait mij er dubbel en dwars bij. En hij naait ook nog eens Olga. Nee, jou bedoel ik niet, poessie.' De kat krioelde tussen Victors benen. 'En, wat ga je doen?'

'Ik ga naar bed.'

'Je schrijft geen ontslagbrief?'

'Ik zou er niet echt achter staan.'

'En daarna?'

'En daarna vind ik dat het doodzonde zou zijn om een miljonairsavondje te missen. Meng je onder het publiek. Laat zo veel mogelijk mensen de foto van Olga zien, maar gedraag je netjes.'

'Geen probleem. Ik heb wat regels van Blok voor ze: "Johnny, burgerpik onder de Russen, waar het jeukt mag je me kussen."' Victor glimlachte zelfgenoegzaam. 'Poëzie voor alle gelegenheden.'

Arkadi's appartement, dat hij van zijn vader had geërfd, was een typische bourgeoisiewoning met parketvloeren en houten lambriseringen. Er hingen geen foto's aan de muren, noch stonden er familiekiekjes op een piano. De vrouwen in zijn leven was hij voorgoed kwijt. Het eten in zijn koelkast hoopte zich op totdat hij het weggooide.

Hij liet zich op bed vallen, maar sliep slecht. In een droom stond hij in een witte zaal tussen een roestvrijstalen tafel en een wasmand. In de wasmand lagen lichaamsdelen. Het was zijn taak om het meisje dat hij Olga noemde weer in elkaar te zetten. Het probleem was dat de mand ook stukken van andere vrouwen bevatte. Hij herkende hen aan hun kleur, huidoppervlak, warmte. Maar hoe hij ook zocht en vergeleek, hij kon niet één complete vrouw vormen.

II

In de felle gloed van de kristallen kroonluchters was niets te duur of belachelijk. Een klein formaat vogelgeweer dat had toebehoord aan prins Alexej Romanov, ooit erfgenaam van het Russische rijk, was te koop voor 75.000 dollar.

Een ketting met smaragden, ooit eigendom van Elizabeth Taylor, kostte 275.000 dollar.

Voor 25 miljoen dollar kon je een uitstapje maken naar het International Space Station.

Een bordeauxwijn uit 1802, door Napoleon achtergelaten toen Moskou in brand stond: 44.000 dollar.

Modellen zo mooi en stil als jachtluipaarden hielden op de rode loper de wacht bij merken als Bentley, Cartier en Brioni. Arkadi viel in zijn slecht zittende begrafeniskostuum uit de toon. Hij voelde zich schuldig omdat de vrouwen duidelijk teleurgesteld waren door zijn verschijning.

Onder de gasten die over de beursvloer schuifelden, herkende Arkadi beroemde sporters, topmodellen, B-sterren, bankiers en miljonairs. Op het podium worstelde een tenniskampioene zich giechelend door haar tekst. 'Welkom bij de Nijinski Miljonairsbeurs... een sociale gebeurtenis van de hoogste orde... sponsoren als Bulgari, Bentley en de Vaksberg Groep. De opbrengst gaat volledig naar Moskouse kindertehuizen. Echt waar?'

Het geroddel ging vooral over vastgoed. Langs de Gouden Mijl bevindt zich het duurste onroerend goed van Moskou. Of zelfs van de hele wereld.

'Met een Anglo-Amerikaanse school om de hoek.'

'Vierentwintig uur per dag beveiliging en rolluiken voor alle ramen.'

'Twaalfduizend dollar per vierkante meter.'

'En een prachtig kerkje, als ze de bedelaars er maar zouden wegjagen.'

Voor Arkadi uit liep een man met afhangende schouders en een pokdalige nek naast een vrouw die zo elegant was dat ze geen wenkbrauwen had, slechts potloodlijnen. Hij vertrouwde haar toe dat hij hier een audiëntie bij de paus hoopte te regelen. 'Dat kan geen kwaad.'

Arkadi herkende in de bedevaartganger Aza Baron, voorheen Baranovski, die zes jaar in de gevangenis had gezeten wegens fraude. Na zijn vrijlating had hij zijn oplichterspraktijken voortgezet, maar noemde hij ze 'hedgefondsen' en was hij rijk genoeg geworden om zijn veroordeling te doen vergeten. Voilà! Een nieuwe naam, een nieuwe achtergrond, een nieuwe man. Baron was niet de enige met het verhaal van een krantenjongen die miljonair werd. Arkadi zag een official van de Olympische Spelen die in zijn jonge jaren een rivaal had doodgeslagen met een cricketbat. Een andere man had een kaalgeschoren hoofd waarin putten zaten van een handgranaat, wat nog maar eens duidelijk maakte dat je tijdens je streven naar succes soms je kop niet boven het maaiveld moet steken.

In een lange vitrine lagen horloges die tijd, datum, diepte, fracties van seconden en tijdstippen voor het innemen van medicijnen aangaven. Tot 120.000 dollar. Er was een cello waarop was gespeeld door Rostropovitsj. Een gigantische commode die van Peter de Grote was geweest.

Beveiligingsbeambten in Armani-zwart doorkruisten de menigte. Arkadi vroeg zich af waar hij moest beginnen. Hij stelde zich voor dat hij Baron op de schouder zou tikken en zou zeggen: 'Neem me niet kwalijk. Ik onderzoek de dood van een goedkope hoer en u leek me met al uw geld de voor de hand liggende persoon om wat vragen te stellen.' Waarna hij er onmiddellijk uit gegooid zou worden.

Een vrouw op de catwalk kondigde aan: 'Nog een kwartier, en de beurs sluit voor vandaag. Hartelijk dank. Doordat u alleen het beste, het meest luxueuze wilt, helpt u behoeftigen, in het bijzonder al die onschuldige meisjes. Nog een kwartier.'

Arkadi probeerde zich voor te doen als iemand die een keuze probeerde te maken tussen een gepantserde Bentley van 250.000 dollar, een Harley Davidson Cruiser, afgezet met diamanten, van 300.000 dollar en een Bugatti Veyron zo zwart als een onweerswolk van 1,5 miljoen dollar. De beveiligingsbeambten kwamen nu echt Arkadi's kant op. Iemand had blijkbaar zijn naam op de viplijst gecontroleerd. Arkadi dacht dat hij wel met deze sociale schande zou kunnen leven. Hij was alleen boos op zichzelf dat hij nog niemand Olga's foto had laten zien.

'Wat doe jij hier nou?'

Het was Anja Roedikova, Arkadi's buurvrouw die in het appartement tegenover het zijne woonde. Er hing een leren tas over haar schouder, een camera om haar nek.

Arkadi zag haar als een journaliste die veel aandacht voor zichzelf opeiste en bijna net zo beroemd was als de mensen over wie ze schreef. Arkadi had haar op televisie een groepje rijken en mensen met politieke connecties uit hun tent zien lokken. Ze viel hen aan, maar verleidde hen net zo goed.

'Ik kijk wat rond,' zei Arkadi.

'Iets van je gading?'

'Wat binnen mijn budget past? Ik neig naar de Bugatti. Duizend pk. Natuurlijk ben je op topsnelheid in twaalf minuten door je benzine heen en na een kwartier vatten je banden vlam. Kan spannend zijn.'

Ze wees naar de tussenverdieping. 'Ik heb daarboven al naar je staan kijken. Het lijkt of er "politie" op je voorhoofd geschreven staat.'

'En wat doe jij hier? Ik dacht dat je een serieuze journaliste was.'

'Ik ben schrijfster, dus schrijf ik allerlei verhalen en dit is de sociale gebeurtenis van het jaar.'

'Als jij het zegt.' De beveiligers bleven nu tenminste op afstand.

Het verklaarde ook waarom Anja een zwart broekpak droeg en een notitieboekje en een pen in haar hand had. Ze had eigenlijk op stelten moeten lopen, want ze was een kop kleiner dan de rest van het publiek.

Ze bekeek hem op haar beurt. 'Je bent niet erg geïnteresseerd in de nieuwste trends en mode, hè?'

'Ik weet niet genoeg over mode om er een mening over te hebben. Het is alsof je een hond naar zijn mening vraagt over vliegreizen.'

'Maar iedereen heeft een eigen stijl. Een man die halfnaakt de deur opendoet, met alleen een pistool? Dat is een duidelijke *fashion statement*.'

Zoals Arkadi het zich herinnerde, had hij alleen geen overhemd gedragen en was hij misschien op blote voeten geweest toen hij opendeed na haar klop op de deur. Het vreemde was dat hij zelden een pistool droeg. Hij wist niet waarom hij het op dat moment had gepakt, behalve dat hij iets van een handgemeen moest hebben gehoord op de gang. Anja was toen niet bang geweest en nu evenmin. Ze was een klein vrouwtje dat het leuk leek te vinden om grotere mensen uit hun evenwicht te brengen.

'Je hebt nog niet verteld wat je van de rijken vindt.'

'Hoe rijk?' vroeg Arkadi.

'Miljonairs. Geen kruimelmiljonairs, maar rijkaards die minstens tweehonderd of driehonderd miljoen bezitten. Of miljardairs.'

'Zijn er werkelijk miljardairs hier vanavond? Bij hen vergeleken voel ik me niet eens meer een hond, maar eerder een spatje op de voorruit.'

'Hoe ben je binnengekomen?'

'Op uitnodiging,' zei Arkadi.

'Door wie ben je uitgenodigd?'

'Ik weet het niet. Dat is de vraag.'

Er gebeurde iets op het podium. Anja ging op haar tenen staan.

'Ik zie niets. Kom op.' Ze liep de trap op.

De tussenverdieping was ingericht als de diamantmijn van de dwergen uit *Sneeuwwitje*. Deze Disneyfilm was een enorme hit geweest in Rusland. Alleen waren de edelstenen van flessenglas en was er slechts één dwerg, met een rubberen masker op, die buiten westen op de vloer lag. Dopey.

Anja gebaarde naar Arkadi om te gaan zitten en ze voegden zich bij een man die aan een tafeltje vooraan zat te bellen. Een ijzige bodyguard zat achter hem en hield de menigte in de gaten. Sinds wanneer hadden Russen mousse in hun haar? Arkadi voelde zich steeds onbeholpener en onverzorgder.

'Vaksberg,' stelde de man aan de tafel zich voor en hij richtte zijn aandacht vervolgens meteen weer op het telefoongesprek. Hij leek geduldig en kalm. Hij had een zwart sikje en een dure teint en stond bij het publiek bekend als Alexander 'Sasja' Vaksberg, Prins der Duisternis.

Hij klapte zijn telefoon dicht.

'Een jaar geleden hadden we meer dan honderd miljardairs in Moskou. Vandaag de dag zijn het er minder dan dertig. Je hebt goede tijden, slechte tijden en shittijden. We blijken niet te weten hoe we het kapitalisme moeten beheersen. Dat viel te verwachten. Nu blijkt plotseling dat niemand het kapitalisme kan beheersen. Dat was een onaangename verrassing. Sigaret?'

Vaksberg schoof een slimpack over tafel waarop 'Dunhill Personal Blend for Alexander Vaksberg' stond.

'Egosigaretten. Nooit eerder gezien.' Arkadi stak er een op. 'Uitstekend.'

Anja zei: 'Niet zo onbeleefd. Sasja financiert deze beurs voor dakloze kinderen uit eigen zak. Neem iets te eten. Ik hoor dat de charlotte russe heerlijk is.'

'Ga jij je gang maar.'

'Dat zou ze wel willen,' zei Sasja Vaksberg. 'Maar onze Anjoesjka is allergisch voor zuivel. Melk is een moordenaar. Laat maar eens zien.'

Anja gunde Arkadi een blik op een bandje om haar linkerpols. Het viel Arkadi op dat Sasja Vaksberg, een van de rijkste mannen van het land en de gastheer van de avond, vrijwel werd genegeerd door zijn soortgenoten. In plaats daarvan zat hij met een journaliste en een politieman te praten, wat een beetje een teleurstelling was.

Ze zei: 'De kliekjes gaan natuurlijk naar dakloze miljonairs.'

'Zou kunnen,' zei Vaksberg. 'Iemand moet de sukkels in het Kremlin erop wijzen dat er een woedende menigte staat te trappelen, een menigte die nu uit rijken bestaat. Boeren zijn moeilijk tot actie te bewegen, maar de rijken koesteren verwachtingen.'

'Bedoelt u dat ze rellen gaan trappen op straat?'

'Nee, nee. Ze trappen rellen in de bestuurskamers.'

'Jullie kunnen vast goed met elkaar opschieten. Misdaadonderzoeker Renko verwacht ook altijd rampen,' zei Anja. 'Hij slaapt met een pistool.'

'Echt waar?' vroeg Vaksberg.

'Nee, dan zou ik mezelf waarschijnlijk verwonden.'

'Maar u draagt er een als u dienst hebt?'

'Alleen bij speciale gelegenheden. Er is bijna altijd een andere methode.'

'Dus u bent onderhandelaar, geen schutter. Maar dan doet u eigenlijk aan een vorm van Russische roulette, is het niet? Vergist u zich weleens?'

'Dat is een paar keer gebeurd, ja.'

'Anja en u zijn me een stel. Zij schrijft voor een van mijn modetijdschriften. Vorige week vroeg de redactie haar om een stuk over diëten en kwam ze met een artikel getiteld "Hoe je topmodellen bereidt".'

'Hoe vonden de modellen dat?'

'Geweldig. Het ging over hen.'

De tennisster kwam het podium weer op en sloeg op een gong. De beurs was voorbij. Het feest zou zo beginnen.

Eerst moest de vloer worden vrijgemaakt, wat een ongemakkelijk intermezzo had kunnen zijn als er geen groot gordijn was geweest waarachter de vitrines weggeduwd en -gesleept werden. Slechts enkele gasten merkten daar iets van, omdat hun aandacht met behulp van een schijnwerper werd gericht op een catwalk dicht bij het plafond, waar een danser zat, gekleed in een ruimvallend harlekijnkostuum en een puntmuts. Hij zat daar, als een marionet op een plank, bungelend met zijn armen en benen. Toen kwam hij schokkerig in beweging en imiteerde in pantomime een aanval van intense wanhoop, hevig snikkend, vanwege een gebroken hart. Ten slotte sprong hij over de rand, zijn einde tegemoet. Maar in plaats van ter aarde te storten, werd hij aan een bijna onzichtbare draad weer omhooggetrokken. Hij leek in de lucht in zijn element te zijn. Het was deels illusie. Iedere beweging die hij maakte was gechoreografeerd met oog voor de hoeken die hij maakte, zijn versnelling en de middelpuntvliedende kracht. Schimmige figuren op de vloer vormden contragewichten en hielden in samenspel de touwen strak, zodat de vliegende danser vrij heen en weer kon bewegen als aan een slinger, een salto kon maken of recht omhoog een *grand jeté* kon uitvoeren.

Maar het was vooral de durf van de man, die als een mot leek te worden aangetrokken door de schijnwerpers en zijn luchtdans eindigde met een reeks wonderbaarlijke sprongen à la Nijinski. Het licht van de spot waarin hij stond, stierf langzaam weg, en toen de zaallichten weer aangingen, was de beursvloer vervangen door een dansvloer waaromheen rijen witte en gouden tafeltjes en zitjes in rococostijl stonden opgesteld.

Een zwarte dj met een volumineuze Afrikaanse gebreide muts over zijn koptelefoon legde platen klaar op twee draaitafels en regelde mysterieuze zaken op zijn mengpaneel, terwijl hij meeknikte op een beat die alleen hij kon horen. Hij grijnsde alsof hij een grapje maakte en liet toen de muziek uit de luidsprekers dreunen. Iedereen had zich gala-achtig en verheven voorgedaan ter wille van het nobele doel, maar nu vloeide de champagne en gingen de stropdassen los. Binnen een minuut was het zo vol op de dansvloer dat de dansers alleen op hun eigen plekje konden staan kronkelen.

Anja legde uit dat de bovenste rijen de duurste waren. Die waren het toevluchtsoord van de oudere mannen die, na twee nummers te hebben meegeschuifeld, de dansvloer eervol mochten verlaten, ervan verzekerd dat hoewel het misschien shittijden waren, de Nijinski Club nog altijd top was.

Vaksberg zei: 'Dit is neutraal terrein. We hebben honden die bommen opsporen en vijftig beveiligers die ervoor zorgen dat het beleid van geen vuurwapens of camera's wordt nageleefd. We willen niet dat onze gasten uit het Midden-Oosten zich zorgen hoeven te maken dat ze worden gefotografeerd met een drankje in de ene hand en een danseres aan de andere.'

'En Dopey dan?' vroeg Anja.

De dwerg lag nog steeds in kostuum opgerold onder een tafel te snurken.

Vaksberg zei: 'Hij ademt nog en zo te zien ligt hij lekker. Laat hem maar.'

Arkadi leunde achterover terwijl obers met witte handschoenen een tafelkleed spreidden en een gekoelde schaal Beluga-kaviaar serveerden met warme toast en lepels van parelmoer.

'Jonge mensen noemen ecstasy een knuffeldrug, omdat het spul de agressie lijkt te verminderen. Ze dansen de hele nacht lang blijmoedig op twee vierkante centimeter. Woorden schieten te kort. Wat doet u voor uw plezier, meneer Renko?'

'In de winter ga ik skiën in Chamonix. In de zomer zit ik op mijn jacht in Monte Carlo.'

'Zonder gekheid.'

'Ik lees.'

'Nou, de mensen op deze beurs vermaken zich door geld aan goede doelen te geven. In dit geval aan dakloze kinderen die hun jeugd werd afgenomen en die de prostitutie in zijn gesleurd, zowel jongens als meisjes. Keurt u dat af?'

'Een miljardair die wat doet voor kinderen in nood? Wat kan daarop tegen zijn?'

'Kom op,' zei Anja. 'De Nijinski Miljonairsbeurs is geen liefdadigheidsvereniging. Het is een gezelligheidsclub voor superrijke jongens van middelbare leeftijd. Ze zijn alleen maar hier om anderen te ontmoeten en van tafeltje naar tafeltje te gaan. Hun vrouwen horen mooi te zijn, te lachen om de grove opmerkingen van de mannen, met elke toost mee te proosten, de onhandige verleidingspogingen van de beste vrienden van manlief af te weren en aan het eind van de avond nuchter genoeg te zijn om hun oude lamstraal uit te kleden en in bed te leggen.'

'En dan noemen ze mij cynisch?' zei Vaksberg. 'We praten later verder, maar het is zo pauze en ik moet het podium op om onze vrienden aan te sporen tot vrijgevigheid.' Hij schonk champagne in voor Anja en Arkadi. 'Vijf minuten.'

Arkadi begreep niet waarom Alexander Vaksberg ook maar een minuut besteedde aan zo'n slecht gemanierde gast. Hij keek Vaksberg na op de dansvloer. Miljardair. Hoeveel was een miljard? Duizend miljoen. Geen wonder dat eenvoudige miljonairs voor hen opzij stapten alsof er een olifant aankwam.

Anja zei: 'Dus je bent hier op zoek naar degene die je heeft uitgenodigd?'

'Nou nee. Niet helemaal.'

'Intrigerend.'

'We zien wel.'

Hij legde een foto van briefkaartformaat op tafel: Olga die op het smerige matras liggend strak omhoog keek.

Anja deinsde terug. 'Wie is dat?'

'Ik weet het niet.'

'Ze is dood.'

Alle schoonheid in de wereld kon niet maskeren dat het licht verdwenen was uit haar ogen, er geen adem meer over haar lippen kwam en ze niet protesteerde tegen de vlieg die haar oor onderzocht.

'Waarom laat je mij deze foto zien?'

'Omdat ze een vippas voor de beurs had.'

'Ze hoorde misschien bij de vaste dansersgroep. Ik kan me haar naam niet herinneren. Ze nemen hier voortdurend nieuwe danseressen aan. Ze is jong. Dima, heb jij haar weleens gezien?'

De bodyguard keek over Anja's schouder.

'Nee. Ik word betaald om uit te kijken naar probleemfiguren, niet naar meisjes.'

'En als je probleemfiguren ziet?' Arkadi was nieuwsgierig.

Dima opende zijn jas en gunde Arkadi een blik op een matzwart pistool. 'Glock, Duitse makelij, werkt altijd.'

'Ik dacht dat wapens in de club niet toegestaan waren.'

Anja zei: 'Alleen voor Sasja en zijn jongens. Het is zijn club. Hij bepaalt de regels.'

Tijdens een pauze hield Vaksberg een verrassend oprecht klinkende toespraak over dakloze kinderen. Er waren er tussen de vijf- en veertigduizend in Moskou, er was geen nauwkeurige telling, zei hij. De meesten van hen waren van huis weggelopen, jongens en meisjes van soms pas vijf jaar die liever op straat leefden dan in een gezin dat kapotging door alcohol, geweld en misbruik. Soms vroren ze dood in de winter. Ze kraakten verlaten gebouwen en leefden van kruimeldiefstal en etensresten uit restaurants. Vaksberg wees op de vrijwilligers met een collectebus. 'Ik kan u verzekeren, uw gift gaat voor honderd procent naar de onzichtbare kinderen van Moskou.'

Toen werden er weer platen gedraaid en stroomde de stuwende beat uit de speakers.

'Ze hebben er geen woord van gehoord,' zei Vaksberg toen hij terug was. 'Ze weten alleen wanneer ze moeten klappen. Ik had net zo goed een stel getrainde zeehonden kunnen toespreken.'

Anja gaf Vaksberg een kus op zijn wang. 'Daarom hou ik van je, omdat je eerlijk bent.'

'Alleen als ik bij jou ben, Anja. Verder lieg en bedrieg ik net zo erg als misdaadonderzoeker Renko denkt. Als ik dat niet deed, zou ik nu dood zijn.'

Arkadi vroeg: 'Wat is het probleem?'

'Sasja wordt bedreigd. Ik bedoel, meer dan normaal.'

'Misschien moet hij zich gedeisd houden, in plaats van een feestje geven met duizend gasten.'

Arkadi weigerde medelijden te hebben met een miljardair, zelfs als die er zo uitgeput uitzag als Vaksberg. Hij leek steeds meer in de schaduw te staan, met zijn vermoeide schouders en geforceerde glimlach. De man stond aan het hoofd van de Vaksberg Group, een internationale keten van casino's en vakantieoorden. Het leek Arkadi dat Sasja Vaksberg een leger advocaten, accountants, croupiers en chef-koks aan zijn zijde hoorde te hebben, in plaats van een journaliste, een bijna ontslagen misdaadonderzoeker, een lijfwacht en een dronken dwerg. Dit was een historische neergang. Vaksberg was een van de laatst overgebleven oligarchen van het eerste uur. Hij bezat nog een vermogen en had connecties, maar iedere dag dat zijn activiteiten stillagen, verslechterde zijn situatie. Het stond op zijn gezicht geschreven.

De lichten in de zaal werden gedimd en de danseressen van de Nijinski Club kwamen weer op, nu in korte spijkerrokjes, met blote buiken en met kniekousen. Ze hadden vlechtjes in hun haar, veel make-up om hun ogen, en hun wangen waren op bijna clowneske wijze opgemaakt met rouge en sproeten. Met andere woorden: ze zagen eruit als kindhoertjes.

'Klaar?' De tenniskampioene was gevraagd om de honneurs waar te nemen met een eenvoudiger tekst in haar hand.

De danseressen rechtten hun rug. Ze waren misschien niet van het Bolsjoi, maar ze kenden de basisposities van het ballet.

'Eerste positie!' zei de tennisster.

Het eerste meisje stond met haar hielen tegen elkaar en haar handen in haar zij.

Anja zei: 'Dit herinner ik me nog. Ieder meisje maakt een balletfase door. Daarna wordt het schaatsen en dan seks.'

'Tweede positie!'

Het volgende meisje ging in spreidstand staan en hield haar armen op schouderhoogte.

'Derde positie!'

Het derde meisje zette haar benen bij elkaar, de rechterhiel voor de linker. Ze hield haar linkerarm als in de tweede positie en haar rechterarm licht gekromd boven haar hoofd.

'Vijfde positie!'

Gekruiste benen, de linkervoet tegen de rechterwreef. Beide armen geheven.

Anja vroeg aan Vaksberg: 'Waar bleef de vierde positie?'

Een paar mensen in de menigte meenden dat de tennisster zich had vergist en riepen: 'Wij willen de vierde positie!'

De kreet werd opgepikt door de menigte, speels, maar ook als pesterij. De mensen stampten met hun voeten en brulden in koor: 'Wij willen de vierde! Wij willen de vierde!'

De tennisster barstte in tranen uit.

Vaksberg zuchtte. 'Het is weer helemaal als op Wimbledon. Ik zal me er even mee moeten bemoeien.'

Een zoeklicht volgde Vaksberg tot op het podium. Arkadi zag

de verslagen man veranderen in een opgeladen Sasja Vaksberg die de zaak wel even zou regelen. Hij besteeg met grote passen de trap naar het podium en pakte de microfoon. De man had charisma, dacht Arkadi. Het publiek scandeerde 'vierde', maar hij wist het alleen door te glimlachen stil te krijgen.

'U wilt de vierde positie zien?'

'Ja!'

Hij trok zijn jasje uit en gaf het aan de tennisster.

'Ik heb u niet verstaan. U wilt echt de vierde positie zien?'

'Ja!'

'Wat een zwakke stemmetjes. U bent een schande voor de stad Moskou. Voor de laatste keer, wilt u de vierde positie zien?'

'JA!'

Vaksberg deed het met een uitgestreken gezicht. Rechtervoet naar buiten gekeerd, linkervoet erachter, linkerhand in zijn zij en de rechterarm met een triomfantelijk of elegant gebaar schuin omhoog gestrekt.

Er werd zowel geschokt als verrukt gereageerd. Hing Sasja Vaksberg de clown uit? Hij had de grap van het publiek gekaapt en omgedraaid. Er klonk applaus, eerst van de oude leeuwen in de bovenste rijen en vervolgens van de jonge meute op de dansvloer. Er werd 'bravo' en 'encore' geroepen.

Arkadi zei: 'Doet hij ook aan cabaret?'

'Hij heeft nog altijd een paar verrassingen in petto. Als de gasten vanavond naar huis gaan, praten ze niet alleen over een Bugatti voor hem en een Bulgari voor haar, maar je kunt er zeker van zijn dat ze het ook zullen hebben over een onbezorgde Sasja Vaksberg.'

'Wat een geluk dat hij wist wat hij moest doen.'

'Dat had niets met geluk te maken.'

Het kostte Arkadi een seconde om dit te snappen.

'Bedoel je dat het zo gepland was? Het hele voorval? De huilende tennisster? Hoe komt hij op het idee?'

'Omdat hij Sasja Vaksberg is. Laat me die foto nog eens zien.'

Vaksberg boog voor het publiek. Anja bestudeerde de foto van Olga's gezicht. Ondanks de uitgelopen mascara en rouge was nog duidelijk te zien hoe mooi het dode meisje was en hoe star haar blik naar boven was gericht, alsof ze naar de wolken keek.

'Het is Vera,' zei Anja heel snel. 'De ontbrekende danseres.'

'Vera hoe?'

'Dat weet ik niet.'

'Je bent verslaggeefster. Misschien staat het in je notities.'

'Natuurlijk.' Anja bladerde door haar blocnote. 'Hier is een lijst danseressen van de club, te beginnen met Vera Antonova.' Ze herzag haar mening over Arkadi. 'Plotseling klink je als een misdaadonderzoeker.'

12

Zjenja en Maya aten samen een zak chips in het nachtcafé in het Jaroslavlstation terwijl hij haar leerde de nieuwe mobiele telefoon te gebruiken. Ze had de neiging om hard te roepen omdat er geen snoer aan zat.

'Niet te geloven dat je nooit een mobieltje hebt gehad. Zelfs nooit ge-sms't?'

'Nee.'

'Waar kom je eigenlijk vandaan?'

'Die plaats ken je toch niet.'

'Probeer maar.'

'Dat heeft geen zin.'

'Waarom niet?'

'Het heeft geen zin. Nu heb ik dus een telefoon... maar wat moet ik doen? Ik weet niemand die ik kan bellen.'

'Je kunt mij bellen. Ik heb mijn naam bovenaan in je lijst met contacten gezet.'

'Kun je hem weer weghalen?'

'Wil je mijn nummer niet?'

'Ik wil niemands naam of nummer. Kun je hem weghalen?'

'Natuurlijk. Ik zal hem verwijderen. Geen probleem.'

Toch was het een ongemakkelijk moment. Hij had weer een grens overschreden. Het was een opluchting om op de tafel naast hen een schaakbord te zien staan. Een elektronisch schaakspel, om precies te zijn. De man die erover gebogen zat, was een jaar of vijftig, met een rode neus die naar voren stak uit een grijze baard. Met een bijna onverstaanbaar Brits accent bestelde hij nog een gin. Zjenja zag dat de moeilijkheidsgraad van het spel was ingesteld op 'halfgevorderd'. Het was pijnlijk om een volwassen man verslagen te zien worden door een moederbord.

Zjenja ging zachter praten en zei tegen Maya: 'Ons zakgeld is er bijna doorheen. Geef me vijf minuten.'

'Ik ben in de centrale hal. Niet je vriend de misdaadonderzoeker bellen.'

'Vijf minuten.'

Hij wachtte tot ze weg was en richtte toen zijn aandacht op zijn buurman. Hij leek een excentrieke figuur, een beetje zoals een professor, zo ongeveer wat Zjenja verwachtte van een Brit.

'Moeilijk potje?'

'Pardon?'

'Schaak.'

'Nou, zeker als je tegen een lege plek speelt, tegen een vacuüm, zogezegd. Raak ik volledig door gedesoriënteerd.'

'Ik weet wat u bedoelt. Ik heb dezelfde computer. Hij verslaat me de hele tijd.'

'Dus je schaakt. Dat is boffen. Hé, als je trein niet snel vertrekt, kunnen we misschien even een partijtje spelen. Kun je snelschaken?'

'Snelschaak? Heb ik een paar keer gespeeld, geloof ik.'

'Vijf minuten, *sudden death*. Het schaakbord heeft een wedstrijdklok. Wat denk je ervan?'

'Zoals u wilt.'

'Vindt je vriendin het niet erg?'

'Nee, hoor.'

'Henry.' Ze schudden elkaar de hand terwijl Zjenja aan zijn tafeltje gaat zitten.

'Ivan.'

Op het nippertje winnen was een kunst. Henry bracht zijn koningin te snel naar voren, beschermde zijn torens niet, liet zijn paarden vastlopen aan de zijkanten van het bord. Zjenja beging een paar weloverwogen blunders en zette de koning van de Engelsman pas vast toen er aan beide kanten een bevredigende hoeveelheid bloed was gevloeid.

Henry was opgewekt en knipoogde voortdurend. 'De jeugd heeft de toekomst. Maar het is een ander spel als het om geld gaat. Jazeker. Dan heeft het consequenties. Heb je dat ooit gedaan? De consequenties gedragen?'

'Tuurlijk. Ik heb een keer tien dollar gewonnen.'

'Dan ben je bijna beroeps. Nou, wat zeg je ervan? Nog een potje?'

Zjenja won bij een inzet van tien dollar en nogmaals met twintig dollar.

Henry zette de stukken weer op. 'Wat dacht je van honderd?'

Jegor liet zich in de stoel naast Maya glijden en fluisterde: 'Ik hoor dat je op zoek bent naar een baby.'

Maya verstijfde alsof er een slang aan haar voeten siste. Plotseling was het geruststellend om in de wachtruimte te worden omringd door een leger van al dan niet slapende reizigers.

'Waar heb je dat gehoord?'

'Je hebt er bij de helft van de mensen in dit station naar gevraagd, dus dan vangen we al snel iets op. Een baby? Dat is een schande, dat is echt ziek. Ik zou iemand die een baby steelt vermoorden. Echt waar. Als ik kan helpen, geef je maar een gil. Ik meen het.'

Jegor had in het tl-licht van de voetgangerstunnel al een flinke kerel geleken, maar in de halfduistere wachtruimte leek hij nog groter.

'Het probleem is dat de mensen je niet geloven. Ze denken dat je helemaal geen baby had. Ik weet dat je er wel een had, omdat je mijn mooie witte zijden sjaal min of meer verneukt hebt met je moedermelk en zo. Het was een ongelukje, ik weet het. Maak je geen zorgen.'

Ze bleef stil, hoewel ze niet kon zeggen dat ze volledig werd verrast door Jegors verschijning. Ze had hem min of meer verwacht sinds hij in de tunnel aan haar had gezeten.

Jegor zei: 'Brein zal wel aan de zaak werken. Brein is de slimste figuur die ik ken. Hij weet wat de hoofdstad is van Madagaskar, hij kent kaarttrucs, dat soort dingen. Maar het probleem met Brein is dat hij in zijn eigen wereldje leeft. Ik denk dat hij nog geen tien mensen kent. Je had nauwelijks iemand kunnen kiezen die nuttelozer is dan hij om je te helpen. Met hem vind je je baby nooit. Met mij wel.'

Ze moest het wel vragen: 'Hoe?'

'Je koopt haar. Dat is wat we doen, de jongens en ik. We beschermen zaken of brengen ze terug. Dat is onze business. Gisteravond met die Canadees, dat was meer een soort stoeipartij. Ongebruikelijk. We luisteren naar geruchten, naar het nieuws, en dat beoordelen we en dan reageren we. Je vroeg een conductrice naar tante Lena. Wij zouden haar kunnen opsporen. We zijn een netwerk, net zoals de politie, maar minder duur. Je wilt hiermee toch niet voor de rechtbank komen? Dan sturen ze je baby naar Amerika en zie je haar nooit meer terug.'

'En Zjenja's vriend, de misdaadonderzoeker?'

'Dat is een wrak. Ik zou hem niet in de buurt van een baby laten komen.'

'Hoeveel? Wat zou het kosten?' Ze geloofde geen woord van wat hij zei, maar het kon geen kwaad om het te weten.

'In deze situatie telt elke seconde. We gaan meteen met z'n allen fulltime aan de slag. Vijfhonderd dollar om te beginnen. Na onderhandelingen en bevredigende levering eerder tegen de vijfduizend. Maar ik verzeker je dat je je baby krijgt.'

'Zoveel geld heb ik niet. Ik heb niks.'

'Geen vrienden of familie van wie je kunt lenen?'

'Nee.'

'Gisteravond zei je dat je een broer had.'

'Nee, heb ik niet.'

'Dat is jammer. Misschien...'

'Misschien wat?'

'Misschien kunnen we een regeling treffen.'

'Wat voor regeling?'

Jegors stem werd schor en hij boog zich zo dicht naar haar toe dat zijn baard aan haar oor kietelde.

'Je kunt ervoor werken.'

'Wat voor werk?'

'Wat de klant maar wil. Je bent heus geen maagd meer.'

'Maar ik ben ook geen hoer.'

'Niet boos worden. Ik probeer je een gunst te bewijzen. Je moet gek worden bij het idee dat ze je baby wat aandoen. Geven ze haar wel te eten? Verschonen ze haar luier? Leeft ze nog?' Hij stond op. 'Ik ben hier over twee uur weer, voor het geval je van gedachten verandert.'

'Val dood.'

Jegor zuchtte als een man die zijn best had gedaan. 'Het is jouw baby.'

Halverwege het spel maakte Zjenja zich plotseling zorgen over Maya. Vroeg of laat zou haar gedwaal de aandacht trekken van de militsija, misschien wel van de inspecteur voor wie ze was gevlucht toen Zjenja haar voor het eerst zag, toen ze met haar vlammend rode haar zo opviel in de menigte. Als ze werd aangehouden en ze kon zich niet legitimeren, zou ze in jeugddetentie worden gezet, waar ze een jaar kon worden vastgehouden voordat ze een rechter zag. Of ze werd in een kindertehuis geplaatst, waar ze misschien nog langer zou worden vastgehouden. Hij bedacht dat ze misschien helemaal niet liep te dwalen. Ze kon al op weg zijn naar de metro met haar scheermes.

Ondertussen bleek Henry heel sluw te spelen en kleine voordelen te behalen: hij zadelde Zjenja op met dubbele pionnen en dwong hem tot een ongelijke ruil van een loper voor een paard.

'Schaak!'

Zjenja dwaalde telkens ongerust af met zijn gedachten. Hij stelde zich Maya voor op een metroperron, tijdens het spitsuur, waar de mensenmassa haar over de waarschuwingsstreep had gedrongen die reizigers op afstand houdt van rijdende treinen. Wat wist zij als meisje van het platteland van zakkenrollers en verkrachters? Vrouwen werden betast, vooral tijdens het spitsuur. Ongelukken gebeurden nu eenmaal. Hij zag het al voor zich. De klok boven de tunnel die de seconden tot de volgende trein aftelde. Een windvlaag en het naderende schijnsel van de koplamp. De menigte die naar voren dringt, niemand die het de uitstappende passagiers makkelijk maakt. Een onduidelijk gekrioel. Geschreeuw, gegil.

Henry herhaalde: 'Schaak!'

Op het moment dat Zjenja wakker schrok uit zijn dagdroom verscheen Maya in levenden lijve bij het buffet, haar slechte humeur verborgen achter haar capuchon. Hij was opgelucht, maar hij vroeg zich onwillekeurig af waar ze was geweest. En hij vond het na zijn eerste echte blik op het schaakbord niet leuk om te merken dat hij met minder dan twee minuten op de klok al bijna verloren had van Henry, die in zijn baard grijnsde, knipoogde en zijn vreemde tics vertoonde en in perfect Russisch zei: 'Probeer nooit een oplichter op te lichten.'

Maya zei: 'Ik dacht dat je op zoek was naar de baby. Je zit nog steeds te schaken.'

'Je wist dat ik ging schaken.' Zjenja concentreerde zich op het spel.

'Ik ben een halfuur geleden vertrokken. Heb je nergens gekeken?'

'Laat me dit afmaken.'

'Kunnen we nu gaan?' vroeg Maya.

'Nog vijf minuten.'

'Dat zei je daarnet ook al.'

'Nog vijf minuten, meer niet.' Zjenja kon nog winnen. Hij zag een ontsnappingsmogelijk en meer, een combinatie die uitsluitend uit groene lichten bestond.

Maya maaide de stukken van het bord. Plastic schaakstukken stuiterden en rolden onder tafels en langs het buffet. Alle ogen in het café waren op Maya gericht.

'Kunnen we nu gaan?'

'Nadat hij heeft betaald,' zei Henry.

Zjenja raapte grimmig de stukken van de vloer. Geld verliezen vond hij minder erg dan in het openbaar vernederd te worden op wat in feite zijn werkterrein was. Hij was een wonderkind geweest, maar nu was hij een treurig geval. En hij begreep er niets van. Hij was degene die het volste recht had om boos te zijn, maar toch was het Maya die stoomde van woede en minachting.

Terwijl ze naar het Peter de Grote Casino liepen, overwoog Zjenja telkens om haar weg te sturen met de woorden: 'Succes ermee, je staat er verder alleen voor.' Maar hij sprak die woorden nooit uit, zelfs niet toen ze de code vroeg voor het schermpje bij de achterdeur van het casino.

'Dan lopen we elkaar tenminste niet in de weg,' zei ze.

'Hoe bedoel je?'

'Ik bedoel, je hoeft niet meer te helpen.'

'Ik vind het niet erg om te helpen.' Wat zowel de waarheid was als een leugen.

'Nee, schaak jij nou maar, dan doe ik waarvoor ik ben gekomen.'

Zjenja dacht eraan hoe alles in zijn leven altijd van een leien dakje was gegaan voordat Maya verscheen. Hij won voortdurend, klopte slachtoffers doelbewust geld uit de zak, was een gerespecteerd lid van de meute op het Driestationsplein en had een luxe casino geheel voor zichzelf. Hij werd algemeen beschouwd als een genie. Maar nu was alles op zijn kop gezet. Nu was hij een loser die op het punt stond die ene plek kwijt te raken die hij als de zijne beschouwde. Bij de achterdeur van het casino gaf hij haar haar zin. Ze toetste de code voor de zekerheid zelf in.

'Je vertrouwt me niet?' vroeg Zjenja.

'Misschien lieg je, misschien niet.'

'Dank je. Waar ben je zo boos over?'

'Mijn baby is verdwenen en jij gaat zitten schaken.'

'Om geld te verdienen voor ons.'

'Voor ons? Je bedoelt voor jezelf, zodat je nog meer kunt schaken. Ik ben beter af in mijn eentje. Het enige waar het jou om gaat, is geld. Je bent gewoon een hosselaar.'

'En jij bent niets anders dan een hoer.'

Ze kromp ineen. Het woord voelde als een prima wapen dat een man telkens weer kon gebruiken.

13

Maya was de jongste prostituee van de club. Ze was speciaal, buiten het gewone menu om, uitsluitend voor betrouwbare leden.

Haar kamer was roze geverfd en op de planken stonden rijen poppen met ogen van knopen en een opgestikte glimlach – poppen zoals je die zou kunnen aantreffen in een meisjesslaapkamer waar papa nog even een laatste kusje komt brengen.

Ze had een pesthekel aan poppen.

Wat goed was aan haar kamer was dat hij uitkeek op een tweebaansweg met een bushokje en een lantaarnpaal. Het bushokje was op een vreemde manier geruststellend en de lamp verspreidde 's avonds hetzelfde soort gloed als gloeiende kooltjes.

De club stond een stuk van de straat af, aan een groot parkeerterrein waar ook een garage en een motel gebruik van maakten. Het was een vlek in een kale steenwoestijn, maar er was nooit gebrek aan klanten. Sommigen waren ruw en ongeschoren als wilde zwijnen. De oudjes verschenen er als pelgrims in Lourdes: benen met spataderen, opgezwollen buiken, een hoge bloeddruk en een slap pikkie; ze hoopten op genezing door haar, een kindhoertje. Vaak barstten degenen die voor papa speelden uiteindelijk in tranen uit. Ze gaven de hoogste fooien, maar ze persten alle lucht uit haar.

Op school sliep ze half, wat de leerkrachten toeschreven aan bloedarmoede, waarschijnlijk veroorzaakt door haar eerste menstruatie. Ze had geen vriendinnen, niemand bij wie ze thuis kwam of die verwachtte bij haar thuis te komen. Op advies van de dokter nam ze geen deel aan sport of naschoolse activiteiten. Een auto leverde haar 's morgens bij de eerste bel op school af en haalde haar meteen na schooltijd weer op. Maya had vier uur om te eten en huiswerk te maken voordat de eerste klanten kwamen.

Verder was ze een gewoon meisje.

De manager van de club, Matti, verbeeldde zich dat hij sprekend op Tom Jones leek, compleet met geroezelde overhemden en sentimentele liedjes. Als trotse Fin hing hij de vooroordelen van zijn land aan: Russen waren incompetente dronkaards en Finnen competente dronkaards. Deze uitspraak leidde steevast tot drinkwedstrijden met zijn vrienden bij de militsija die langskwamen voor protectiegeld. Als hij verloor, bood Matti een gratis wip aan met een meisje naar keuze, behalve Maya. Met een eerbiedig zachte stem zei hij dan: 'Breekbare waar.'

Toen Maya had geprobeerd in bad haar polsen door te snijden, zei Matti: 'Wat mankeert jou? Waarom doe je dat? Weet je niet hoe goed je het hier hebt? Je leidt het leven van een prinses. Weet je niet dat de mensen dol op je zijn? Zeg het niet tegen de andere meisjes, maar je verdient hier meer dan wie dan ook. Het is net als met de Mona Lisa. In Parijs staat een beroemd museum met duizenden kunstwerken, maar het enige wat iedereen wil zien, is dat schilderij. Je kunt niet eens die zaal in, zo druk is het daar. Hetzelfde geldt voor jou. En al dat geld bewaren we veilig voor je.'

'Hoeveel is het?'

'Dat weet ik zo niet. Ik heb het de laatste tijd niet geteld. Een heleboel.'

'Pak dat geld dan en laat mij gaan.'

'Dat beslissen je ouders, want jij bent minderjarig. Ze hebben steeds jouw belang op het oog. Ik bel ze wel.'

'Mag ik met ze praten?'

'Als ze willen. Zij zijn de baas. Ik ben gewoon degene die de stront over zich heen krijgt. In de tussentijd wil ik dat je deze draagt.' Matti bond rode linten om haar polsen. 'En stop met roken. Fatsoenlijke meisjes roken niet.'

Ze stak de weg over om naar het bushokje te kijken. Het was gebouwd in een optimistische tijd en hoewel de verf was verkleurd en er mysterieuze gaten in de muren waren geslagen, kon Maya nog steeds de contouren zien van een raket die van de grond loskwam, op weg naar hogere idealen.

De buslijn was al jaren geleden opgeheven. Het hokje werd nu voornamelijk gebruikt als pissoir en als mededelingenbord: 'NAAI JE MOEDER', 'STEEK HEM IN JE EIGEN REET', 'HEIL HITLER', 'OLEG WIL JE PIJPEN'. De muren waren nog steeds stevig genoeg om op koele dagen warmte, en op warme dagen koelte te bieden. Maya ging op de bank zitten en fantaseerde dat het een warme schoot was.

Niemand was bang dat ze zou verdwijnen. De weg was recht en het weinige verkeer dat er reed, racete als een straalstroom langs. Eens in de zoveel tijd stopte er een legertruck bij de club, maar Matti liet de soldaten nooit binnen, omdat ze te luidruchtig en te arm waren.

Er was niets anders.

Het was alsof ze op Mars zaten.

Ondanks haar tengere lijf zag Maya pas in haar vierde maand dat ze in verwachting was.

'Je wist het,' zei Matti. 'Je wist het toen je niet ongesteld werd. Je wist het allang en nu zijn we de sigaar. Nou ja, we moeten het gewoon weg laten halen.'

'Als de baby dood moet, wil ik ook dood.'

Ze begon in haar pols te snijden.

Matti zei: 'Oké, oké. Maar als de baby geboren is, moet je hem afstaan. Je moet iemand vinden die geschikt is. Niemand komt naar een bordeel om een baby te horen huilen.'

'Schattig hoor, heel schattig,' zei Matti toen de baby er was. 'Heb je geschikte mensen gevonden?'

'Nee,' zei Maya.

'Heb je iemand gevraagd?'

'Nee. Ze heet Katja.'

'Dat wil ik niet weten. Ze kan hier niet blijven.'

'Ze is heel stil.'

De baby lag ingebakerd in een mand naast Maya's bed te slapen. In een tweede mand zaten dekentjes, luiers, blikjes talkpoeder en potjes vaseline.

'Dus je hebt een systeem, je wilt neuken en tegelijk de baby de borst geven? Je weet wat ik je heb opgedragen.' Matti knipte zijn zakmes open. 'Het is in een seconde gebeurd, alsof ik een ballon lekprik.'

'Dan moet je mij ook vermoorden. Dan heb je twee lijken in plaats van een.'

'Je weet niet eens wie de vader is. Iemand die je zonder condoom hebt afgewerkt. Het kind heeft waarschijnlijk aids en tien andere ziekten.'

'Kom niet aan mijn baby. Doe dat mes dicht.'

'Je zou het kind afstaan. Dat hebben we afgesproken.'

'Klap dat mes dicht.'

'Je maakt het heel moeilijk. Je kent die mensen niet.'

'Welke mensen?'

'Die mensen. Ze onderhandelen niet met kleine meisjes. Ze onderhandelen met niemand.'

'Dan vertrek ik. Jij bewaart mijn geld. Je zei dat dat heel veel was.'

'Dat was voordat je je zwanger hebt laten maken. Dat betekent inkomstenderving plus kost en inwoning. Dan zijn er de doktersrekeningen, kleding, belastingen en de diverse kosten. Na aftrek van het geld dat ik voor je beheerde, ben je de club 81.450 dollar schuldig.'

'81.450 dollar?'

'Ik kan je de gespecificeerde rekening laten zien.'

'Heb je mijn ouders gesproken?'

'Je moeder zegt dat het je eigen schuld is en dat je het geld maar moet zien terug te verdienen.'

Ze volgde Matti's blik. 'Hebben ze me verkocht?'

Hij sloeg haar. De gloeiende afdruk van zijn hand bleef achter op haar wang.

'Je bent een intelligent meisje. Je weet wel beter dan dergelijke vragen te stellen. Vraag dat nooit meer.'

Maya trok zich terug in het bushokje. Het bedrag van 81.450 dollar bleef in haar hoofd rondspoken, maar het hokje kalmeerde haar. Op zondag waren er weinig klanten en Katja en zij zaten uren bij de verlaten bushalte. Het enige wat een baby van drie weken deed, was slapen en het enige wat Maya deed, was kijken hoe ze sliep. Het verbaasde Maya dat er uit haar zo'n volmaakt, volledig gevormd wezentje was gekomen, dat zo stralend was dat ze gloeide. Maya zag Matti kijken vanuit een raam van de club. De lucht, de weg, de lantaarnpaal, het meisje, de baby. Alles bleef dag na dag hetzelfde, maar de baby groeide.

Matti sprak Maya een keer alleen in de clublounge, een laag zaaltje met roodfluwelen bankjes en erotische standbeelden. Het was elf uur 's ochtends, hij oogde en rook alsof hij de nacht had doorgebracht in een fles wodka.

Hij vroeg: 'Weet je het verschil tussen een Rus en een Fin?'

'De een is competent dronken, de ander incompetent. Dat had je me al verteld.'

'Nee, prinses, het gaat om grondigheid. Je weet niet met wie je te maken hebt. Die lui doen niet aan halfwerk. Ze hebben over de hele wereld clubs zoals deze. En overal hebben ze meisjes zoals jij. Meisjes die denken dat ze kunnen vertrekken voordat ze hun schulden hebben afbetaald.' Hij liet haar een foto zien. 'Kun je je voorstellen dat dit ooit een mooi meisje was?' Hij liet haar nog een foto zien. 'Kun je dat nog een gezicht noemen? Toe maar, kijk maar. Misschien leer je er iets van.'

Maya liep haastig naar de bar en gaf over in de spoelbak.

'Zo, nu snap je het.' Matti stond te wankelen op zijn benen. 'Voor deze mensen ben je niets bijzonders. Voor hen ben je gewoon een hoertje dat te veel praat.'

De volgende dag kwamen twee mannen in overalls en met laarzen aan haar ophalen met een oude Volvo stationwagen. Maya noemde ze in gedachten 'de rattenvangers'. Ze stond klaar, met Katja in een mand en de luiers in een andere mand, alsof ze een uitstapje gingen maken. De mannen zouden haar en de baby met-een achter in de auto hebben gegooid, ware het niet dat ze een lek-ke band en een gat in de uitlaat hadden, waardoor ze de laatste kilometer rammelend en hotsend hadden afgelegd. Toen de mon-teur in de garage zei dat hij de band en de uitlaat in een halfuur kon vervangen, besloten de rattenvangers om te gaan lunchen in de lounge, waar ze tenminste airconditioning hadden.

Het was de vraag wat ze met Maya aan moesten. Ze konden haar niet in de auto laten zitten terwijl die op de brug stond en ze wilden niet dat ze met haar collega's zou praten, sterker nog: de rattenvangers wilden niet dat ze nog terugkwam in de club. Mat-ti stelde uiteindelijk voor om haar in het bushokje te laten wach-ten, waar ze in het zicht zou zitten en als lesje voor de anderen kon dienen. De mannen keken aan beide kanten van de weg en in het gras rond het hokje, dat tot hun middel kwam, en keerden toen terug naar hun kool met zure room.

Maya was blij dat ze nog in het bushokje zat. Het was haar plek-je. De rest van de wereld was verdwenen, ze zat er alleen met Kat-ja en duizenden zoemende insecten. Ze had er vroeger nooit echt naar geluisterd. Ze had nooit eerder gebeden.

'Goed nieuws en slecht nieuws,' zei de monteur tegen de man-nen in de lounge. 'De nieuwe band zit erop, maar er is een pro-bleempje met de uitlaat. De bouten zijn compleet vastgeroest. Ik ben al met smeer, ratels en sleutels in de weer geweest. Nu ga ik er met een ijzerzaag tegenaan. Ik ben misschien nog twintig minu-ten bezig.'

'Misschien gaat het sneller als we een pistool in je reet steken.'

Maya besloot dat ze de baby zo lang mogelijk in leven zou hou-den, maar dat ze haar, indien nodig, zelf zou doden in plaats van haar te laten martelen.

'Proost!' Matti hief een glas wodka. De rattenvangers negeer-den hun glazen, hoewel hij die tot de rand had gevuld. 'Niet? En als jullie om beurten drinken? Eén enkele Fin tegen twee Russen? Dat is eerlijk.'

'Val dood,' zeiden de rattenvangers en hieven hun wodkaglas.

Het geluid van een motor overstemde het gezoem van de insecten. Op de snelweg verscheen in de zinderende hitte een bus.

'Een heel kleintje maar.' Matti schonk het volgende glas weer tot de rand vol.

Het was een legerbus vol rekruten, die meteen in edelmoedige ridders veranderden toen ze het meisje in het bushokje zagen zitten.

De rattenvangers renden de clublounge uit. 'Je zei dat er geen bus kwam. Nu komt er toch een, en onze auto staat op die vervloekte brug.'

'Er is geen buslijn,' zei Matti. 'Er is een legerkamp in de buurt. Soms komt er een bus of een truck langs.'

De busdeuren gingen open en Maya stapte aarzelend in, alsof de bus en de soldaten bij haar aanraking in lucht konden veranderen.

De rattenvangers liepen het parkeerterrein over. Een van hen trok een pistool, maar de ander zei dat hij dat weg moest doen.

Matti gebaarde: rennen, rennen.

Eerst moest Maya een eindeloze reeks vragen beantwoorden. Na een tijdje ontspanden de soldaten zich, gloeiend van tevredenheid over hun goede daad, en reed ze zonder te worden lastiggevallen mee naar de stad. Rondom het treinstation was een openluchtmarkt. Maya's geld lag in haar kamer op de club, maar haar fooien van afgelopen nacht waren meer dan genoeg om twee canvas tassen, een spijkerbroek en een tweedehands jack te kopen, en bij een stationskapper haar haar te laten verven terwijl de kapsters Katja bewonderden. Pas daarna, als een ander mens, durfde Maya bij het loket een kaartje te kopen voor de nachttrein naar Moskou. Harde klasse. Ze was nog nooit in Moskou geweest, maar ze dacht dat het een goede plek zou zijn om zich te verbergen.

'Soms gebeuren er wonderen. Onze kansen zijn gekeerd,' zei Maya tegen de baby toen de trein vertrok. Ze lachte uitgelaten. Het meest waardevolle wezen ter wereld was haar toevertrouwd en ze had het kunnen beschermen. Vanaf dit moment zou alles anders worden.

Katja werd wakker. Voordat ze begon te huilen, ging Maya naar het balkon aan het einde van de wagon en legde de baby aan de borst. Toen de baby na de eerste onrust gekalmeerd was, stond Maya zichzelf een sigaret toe. Ze zou het niet erg hebben gevonden als dat moment eeuwig had geduurd, kijkend naar de akkers die schitterden in het maanlicht. Ze had haar baby en zou haar naar de wereld smokkelen.

Maya hoorde de dronken soldaat pas toen de deur achter hem dichtklapte.

Dat was eeuwen geleden, dacht Maya. Twee dagen op z'n minst. Nou, als ze dan toch een hoer was, zou ze zich ook als zodanig gedragen. Ze sloot haar ogen tot Zjenja sliep. Toen pakte ze zijn laatste geld uit zijn rugzak en verliet het casino.

14

Arkadi belde Victor op vanuit de kleedkamer van de danseressen en vertelde dat de vermoorde vrouw die ze Olga noemden, was geïdentificeerd: ze heette Vera Antonova, was negentien jaar en had aan de Staatsuniversiteit van Moskou gestudeerd. Hij zei dat aangezien dit een zaak van de recherche was, Victor misschien naar de Nijinski Club wilde komen om deel te nemen aan het onderzoek.

'Ik kan niet weg. Ik laat een tatoeage zetten.'

'Nu? Op dit uur?'

'Geen probleem. De tattooshop is de hele nacht open.'

Arkadi wist niet wat hij moest zeggen. Hij liep heen en weer in de smalle, helverlichte ruimte die de danseressen tot hun beschikking hadden. Een kaptafel was bezaaid met gebruikte tissues, potjes foundation, poeder en rouge, gezichtscrème, lippenstift en mascara. Het was moeilijk om je voor te stellen dat er zes vrouwen in deze ruimte pasten, laat staan dat ze zich er verkleedden.

Victor zei: 'Ik heb niets gedronken, als je je dat soms afvraagt.'

Arkadi wist nog steeds niet wat hij moest zeggen. Hij zag kiekjes van vriendjes en familieleden achter de spiegelranden geklemd, maar niemand van hen leek enige band te hebben met Vera Antonova.

'Wie heeft haar geïdentificeerd?' vroeg Victor.

'Een journaliste die over de clubscene schrijft en daarna nog een paar mensen. Het lijkt erop dat ze studeerde en daarnaast bij Club Nijinski danste.'

'Jammer.'

'Maar waarom neem je een tatoeage?'

'Je kunt niet in een tattooshop rondhangen zonder je te laten tatoeëren. Trouwens, Zurin belde over de ontslagbrief die hij van je verwacht. Hij zei dat je wat het OM betreft geschorst bent. Je bent geen misdaadonderzoeker meer. Mocht je je wel als zodanig voordoen, dan laat hij je aanhouden.'

'Arresteren?'

'Onthoofden, als het aan hem ligt.'

'Wanneer kun je hier zijn? Jij bent altijd degene die zegt dat de rechercheur leidt en de inspecteur volgt.' Terwijl Arkadi sprak, trok hij een aantal laden open en schoof ze weer dicht. Hij zag ecstasy in de vorm van snoepjes, heldere capsules en groene erwten. Maar geen clonidine of ether. Door al die spiegels met zijn reflectie erin leek hij de kamer te delen met een reeks mannen met sluik haar en ogen zo diep als afvoerputten, van het soort dat op een regenachtige avond over straat zwerft, zodat de mensen meteen hun autoraampje dichtdraaien of door rood wegrijden.

Victor zei: 'Een kunstenaar laat zich niet opjutten. Ik bel je morgenochtend.'

'Doet je tatoeage pijn?'

'Hij prikt een beetje.'

'Goed zo.'

Isa Spiridona was elegant en grijs. Arkadi kende haar nog van het Bolsjoi, waar ze kort prima ballerina was geweest voordat ze een ernstige blessure opliep. Hij had gedacht dat ze zou blijven als docente, om de jonge danseressen te leren hun been of elleboog op de juiste manieren te heffen. In plaats daarvan werd ze choreografe bij Club Nijinski, met een bureau dat was ingeklemd tussen een kledingrek en een balsahouten maquette van het interieur van de club, waaromheen cd's en dvd's in torens lagen opgestapeld. De maquette toonde de club in het klein, met catwalks, dansvloer en podia. Arkadi tikte er met zijn vinger tegen.

'Waar zijn we in deze maquette?'

'Ik zeg niets over de activiteiten van de club. Wilt u de maquette alstublieft niet aanraken.'

'Ik ben dol op maquettes, altijd geweest.' Hij bukte zich om hem beter te kunnen bekijken. 'Gaat de lift echt op en neer?'

'Nee, het is geen poppenhuis. Niets aanraken, alstublieft.'

'Waar zei u dat we waren?'

'Hier'. Ze wees naar de derde verdieping; er waren vijf verdiepingen in totaal. 'Hebt u deze foto aan de danseressen laten zien?'

'Ja.'

'Zonder eerst naar mij toe te komen? Danseressen zijn net kinderen. Ik wil niet dat ze in snikken uitbarsten waar het publiek bij is. Blijf uit de buurt van de meisjes. Als u vragen hebt, bel me dan morgen, dan maak ik tijd voor u vrij.'

Het is al uren morgen, dacht Arkadi. Wat de tijd betrof, die had hij slechts tot het moment dat Zurin hem te pakken kreeg.

Spiridona's telefoon rinkelde; ze ging zitten om de beller te woord te staan.

'Nee, ik ben niet alleen. Er is een onderzoeker van justitie hier, maar hij vertrekt net... volkomen nutteloos, ja, de meisjes schrikken ervan... Wacht even. Hij is niet slim genoeg om een hint te begrijpen.' Ze wuifde naar Arkadi dat hij kon vertrekken. 'Ziet u niet dat ik aan het werk ben?'

'Dat geldt ook voor mij. Mag ik Vera's foto, alstublieft?'

'O.' Spiridona vond hem en stak hem Arkadi toe. 'Gaat u nu? Niet te geloven dat u die aan mijn danseressen liet zien.'

'Maar deze heb ik hun niet laten zien.'

Hij groef in zijn jas en gaf Spiridona een andere foto. Hij zag haar blik dwalen over het smerige matras, Vera's half ontklede lichaam, de vlindertatoeage op haar heup.

Spiridona hing op. 'Dit begrijp ik niet.'

Arkadi zei: 'Ik evenmin.'

'Goeie god, hoe kan dit?' Ze wierp de foto van zich af alsof het een spin was. 'Wie heeft haar dit aangedaan?'

'Ik weet het niet.' Hij beschreef de omstandigheden waaronder het meisje was gevonden: 'Gekleed als prostituee, met een voor prostituees typerende tatoeage, op een bed zoals prostituees gebruiken, met een verdovingsmiddel zoals je dat bij een prostituee zou verwachten.'

'Ik heb er geen verklaring voor. Dit is niet de Vera die ik ken.'

'Wie was ze dan wel?'

'Een vrije geest, zou je kunnen zeggen.'

'Seksueel vrij?'

Ze glimlachte weemoedig. 'Iedereen is anders. In een balletgezelschap zijn er vaak drie of vier seksen. Vera was vanaf het begin populair. Ze trok mannen en vrouwen aan zoals honing beren aantrekt. Ze was ambitieus. Ze had kunnen kiezen uit tientallen miljonairs, dus waarom zou ze op het Driestationsplein haar lichaam verkopen?'

'Weet u wie deze mannen zijn?'

'Ik kan u een lijst geven, maar die zou onvolledig en gedateerd zijn. Ze was wispelturig. Ze had een kamer op de universiteit. U zou met haar kamergenote kunnen praten.'

'Wat studeerde ze?'

'Talen. Internationale betrekkingen.'

Arkadi was onder de indruk. Het vak internationale betrekkingen, daar hield uitsluitend de elite zich mee bezig. Arkadi kon het zelf nog nauwelijks geloven, maar hij was ooit, in de tijd dat de dinosauriërs op aarde heersten, lid geweest van de Moskouse *jeunesse dorée*.

'Kon ze goed opschieten met de andere danseressen?'

'Ja, uitstekend.'

'Geen speciale vijanden?'

'Nee.'

'Geen speciale vrienden?'

'Nee.'

'Heeft ze bij u gesolliciteerd voor ze in dienst kwam als danseres?'

'Natuurlijk. Dit is niet het Bolsjoi. Ik behoor min of meer tot het meubilair en de meisjes doen zo'n beetje waar ze zin in hebben. Maar dit is ook Club Nijinski. De mensen verwachten wekelijks een ander wild en gek thema, en ook, voor al dat geld dat ze betalen, een vleugje cultuur. Niet veel, misschien maar tien seconden. Een paar pirouettes of een tableau vivant. De meisjes staan in de rij om voor Club Nijinski te dansen, met al die rijke mannen die je bewonderen en verliefd op je worden.' Ze stak een sigaret op en blies de rook in dramatische arabesken uit. 'Die je aanbidden.'

'Woont haar familie in Moskou?'

'Haar ouders zijn omgekomen bij een bomaanslag in de metro. Haar broer is gestorven in het leger. Hij heeft zich verhangen.'

'Waarom?'

'Hij was homo.'

Dat zei genoeg. Nieuwe rekruten in het Rode Leger werden ontgroend. Homo's gemarteld.

'Wanneer was dat?'

'Rond Nieuwjaar. Ze was overstuur, maar niet bijzonder. Ze was altijd erg geconcentreerd op haar werk, en daarom is dit volkomen ongerijmd.' Ze wees naar de foto van Vera in de bouwkeet.

'Kleedde ze zich goed?'

'Niet goedkoop of slonzig.'

'Maar geen diamanten.'

'Nee.'

'Dus vanavond lieten uw danseressen de vijf basisposities van het ballet zien, behalve de vierde. Had Vera die moeten doen?'

'Ja.'

'Waarom heeft niemand haar plaats ingenomen?'

'Vera kwam vaak op het laatste moment. Ik geef toe dat ik haar wat dat betreft voortrok. Het meisje deed er een volledige studie naast. Daar had ik respect voor.'

'Hebt u aangifte gedaan van haar vermissing?'

'Als ze een week weg was geweest, misschien. Ze leidde een actief sociaal leven. Dat hoort bij jong zijn, nietwaar? De energie?'

'Gebruikte ze soms drugs?'

'Geen van mijn meisjes gebruikt. Als ze dat wel doen, worden ze op staande voet ontslagen. Ik wil het niet hebben.'

'Wanneer hebt u haar voor het laatst gezien?'

'Donderdagmiddag bij de repetitie.'

'De exacte tijden?'

'Van twee tot vijf. We repeteren maar twee keer per week, want zoals ik al zei, de danseressen doen hun choreografie grotendeels zelf. Het enige wat ik vraag is dat ze niet van de catwalk vallen.'

'Haar stemming was...'

'Altijd uitgelaten.'

'Wat was het thema voor dit weekend ook alweer...'

'Mishandelde kinderen. Meisjes in het bijzonder. Ik heb de kostuums bedacht, geïnspireerd op Lolita, Hello Kitty, Japanse schoolmeisjes en de balletfase die kleine meisjes doormaken.'

'Ik zag het. Maar er leek iets te ontbreken.'

'Wat bedoelt u?'

'Waarvoor Vera had moeten doorgaan. Misschien kunt u even naar de foto kijken als geheugensteuntje.'

Ze wierp slechts kort een blik op de foto.

'Ja, je kunt inderdaad zeggen dat ze eruitzag als een prostituee.'

'Kozen de danseressen hun outfit zelf of zei u wat ze aan moesten?'

'Ik zei wat ze moesten dragen. Ik zag de kleding als een ensemble.'

'Herkent u de kleren die Vera droeg toen ze werd vermoord? De rok, het topje, de laarzen?'

'Je kunt nooit helemaal zeker zijn.'

'Wat is uw eerste indruk?'

'Het lijkt op haar dansoutfit.'

'Die u voor haar had gekozen?'

'Ja, maar het was niet de bedoeling dat ze die kleding mee naar huis nam. Waarom zou ze die 's nachts dragen op een gevaarlijke plek als het Driestationsplein?'

'Heeft ze het de laatste tijd over reisplannen gehad?'

'Nee.' Isa Spiridona verbeterde zichzelf. 'Niet dat ik weet.'

'Kunt u iemand bedenken die haar kwaad toewenste? Een vroegere minnaar? Een jaloerse collega?'

'Nee. De carrière van een danseres is al heel kort. Ze hoeft maar een misstap te begaan, te vallen, een keer te struikelen.'

'Alleen te struikelen, zonder te vallen?'

'Ja. Daarom zijn dansers zo bijgelovig.' Ze richtte haar aandacht weer op de foto. 'De tatoeage is nieuw.'

'Sinds wanneer had ze die?'

'Twee weken.'

'Dank u wel. Dat helpt bij de tijdlijn.'

Spiridona tuitte haar lippen. 'Vriendelijk van u om het zo te stellen.'

Arkadi gaf haar zijn kaartje. 'Voor het geval u zich nog iets anders herinnert. U kunt me het beste mobiel bellen. Ik ben nooit op kantoor.'

Toen Arkadi het kantoor van mevrouw Spiridona uit liep, moest hij zich dicht tegen de muur aan drukken omdat er drie in het zwart geklede Chinezen met rollen kabel de dienstlift uit kwamen. De lift bleef staan, met open deuren, en leek hem bijna uit te nodigen. Arkadi stapte naar binnen en drukte op vijf.

Toen de deuren weer opengingen, liep hij een zwart geschilderde wereld binnen. Podia, catwalks, relingen en lampen waren zo gemaakt dat ze leken te verdwijnen. Beneden was de wereld van kleur, waar schijnwerpers de lucht rood, blauw en groen schilderden. Een discobal draaide en schitterde boven de danseressen, die deinden op een eindeloze, pulserende beat. Van vijf verdiepingen hoger leek het allemaal heel ver weg.

Petroesjka zat midden op een catwalk en zag er triest uit, zoals alleen een clown treurig kan lijken. Hij liet doelloos zijn benen over de rand bungelen en negeerde Arkadi.

'Ik weet waarom u hierboven zit,' zei Arkadi.

'Waarom dan?'

'Om alleen te zijn.'

Ondanks zijn ruimvallende kostuum was goed te zien dat de clown gespierd was, zoals ook de schmink op zijn gezicht zijn arrogante mimiek niet kon verbergen. 'Klopt. En toch bent u hier.'

'U bent de man die aan kabels rondvliegt,' zei Arkadi.

'U bent nog steeds hier.'

'Tja, ik heb nog nooit een podium vanuit dit perspectief gezien.' Toen zijn ogen aan het duister gewend waren, zag hij een ruimteschip, een kroonluchter, een kinderwagen – rekwisieten van eerdere shows, die waren opgehangen aan het plafond. Op de catwalk naast Petroesjka lag een gordel met netjes opgerolde kabels en touwen.

'Wat moet ik doen om van u af te komen?'

'Een paar vragen beantwoorden,' zei Arkadi.

'Waarover?'

'Vliegen.'

'Ik denk niet dat dit voor u is weggelegd.'

'Waarom niet?'

'Nou, er zijn twee soorten vliegers. Wie aan twee kabels hangt, wordt rondgezeuld als een koffer, veilig en traag. Wie aan één kabel vliegt, gaat waar hij wil en zo snel als hij wil. Dit is een tuig met één kabel.' Hij bekeek Arkadi van top tot teen. 'U hebt beslist twee kabels nodig.'

'U bedoelt één man op de grond en één aan de andere kant van de kabel?'

'Een man. Of een zandzak.'

'Uw naam?' vroeg Arkadi.

'Petroesjka.'

'U blijft in uw rol.'

'Altijd. Net als u. U bent van de politie, toch?'

'Hoe raadt u het?'

'U hebt die typische pispaal-van-de-wereld-blik in uw ogen.'

'Vindt u?'

'Absoluut.'

'Kende u Vera Antonova?'

'Ik weet het niet. Wie was dat?'

'Een danseres hier bij de club.'

'Nee, ik ben zelf nieuw hier.'

'U komt niet uit Moskou?'

Petroesjka stak met een houten lucifer een sigaret op, en in plaats van de vlam uit te blazen, liet hij hem vallen tussen de zee van schijnwerpers.

'Mooie clown bent u,' zei Arkadi. 'Wilt u de boel in de fik steken?'

'Voor elke vraag een lucifer. Dat is het spel.'

'Bent u niet goed snik?'

'Kijk, dat is twee.' De clown streek nog een lucifer af en liet hem naar beneden zeilen, naar coiffures, blote schouders en decolletés. Arkadi wist dat het vlammetje waarschijnlijk nooit ver zou komen, maar het zou al een ramp zijn als iemand 'brand!' begon te schreeuwen.

'Wilt u daarmee ophouden?'

'En nog een.' Petroesjka streek een derde lucifer af en liet hem hoog opvlammen voordat hij het houtje liet vallen. 'Nog meer?'

Arkadi zei: 'Vera Antonova is dood. Dat is geen vraag.'

De clown antwoordde niet. Hij streek tenminste geen lucifer af, dacht Arkadi.

'Ze was een mooi meisje. Dat is evenmin een vraag. Ik heb een foto van haar.'

De clown kwam overeind en zei: 'Ik zal u laten zien hoe dit werkt.'

Hij nam een stuk nylon touw van een meter lengte, klom op de reling en reikte naar twee katrollen boven zijn hoofd. Zijn gevoel voor evenwicht was fenomenaal. In het halfduister stond hij op de reling en haalde het touw door de katrollen. Vervolgens maakte hij een lus in het ene uiteinde en gaf het andere aan Arkadi. 'Wacht even,' zei hij tegen Arkadi.

'Waarom?'

'U bent mijn contragewicht.' De clown liet een voet in de lus glijden en stapte van de catwalk. Hij viel totdat het touw straktrok in Arkadi's handen. Het touw was glad en het enige wat Arkadi kon doen was het laten vieren totdat Petroesjka gracieus op de dansvloer landde. Zijn afdaling werd opgemerkt door de gasten, die applaudisseerden en ruim baan voor hem maakten. Hij wuifde ten afscheid even naar Arkadi.

Arkadi voelde zich een sukkel en, erger nog, hij had het gevoel dat hij iets belangrijks had gemist. Hij wist niet wat, maar hij was ervan overtuigd dat hij Petroesjka eerder had ontmoet, maar niet geschminkt of in clownspak. Een man stoot je aan in de metro en je vangt alleen een glimp op van zijn gezicht, maar het beeld blijft knagen in je geheugen, zoals een blauwe plek kan blijven zeuren.

15

Om vijf uur 's ochtends, terwijl de fanatiekelingen nog van de laatste dans, de laatste toost, de laatste lach van de nacht genoten, verliet Arkadi Club Nijinski. Het onweerde boven Moskou. Windstoten bliezen zwerfvuil door de straten, dikke regendruppels roffelden op autodaken en voorruiten.

Arkadi had de Lada een paar straten verderop geparkeerd om spottende opmerkingen van de parkeerwachten te vermijden. Victor had potten en pannen in de auto staan voor als het begon te regenen.

Een man en een vrouw kwamen worstelend tegen de storm voorbij en er rende een stel langs, de vrouw op blote voeten om de schoenen met hoge hakken die ze in haar hand had te sparen. Iemand liep in gelijke tred een paar stappen naast Arkadi. Het was Dima de bodyguard. De Glock hing open en bloot aan zijn schouder.

Dima fouilleerde Arkadi kort, waarna er een Mercedes S550 limousine stopte. Een zijruit gleed naar beneden en Sasja Vaksberg vroeg om nog een paar minuten van Arkadi's tijd.

Arkadi was gevleid, maar wenste dat hij een pistool had meegebracht.

Vaksberg en Anja zaten op de achterbank met een rood-witte sporttas van Spartak. Arkadi en Dima namen plaats op klapstoeltjes tegenover hen. Toen de auto optrok, voelde Arkadi het extra gewicht en de stugheid van bepantsering, kogelvrij glas en lekvrije banden. De bestuurder had waarschijnlijk een knop inge-drukt, want de portieren waren stilletjes vergrendeld.

'Kunnen we hier wat meer warmte krijgen, Slava? Onze vriend is een beetje nat van de regen.' Vaksberg wendde zich tot Arkadi. 'En, wat vond u van Club Nijinski?'

'Onvergetelijk.'

'En de vrouwen?' vroeg hij. 'Vond u ze lang en mooi genoeg?'

'Amazones,' zei Arkadi.

Anja zei: 'Dat is geen toeval. Hele stoeten meisjes komen naar Moskou met het romantische plan om model of danseres te wor-den, maar Moskou maakt callgirls en hoeren van ze. We epileren en waxen ze, blazen hun borsten op als ballonnen. Kortom, we veranderen ze in schoonheidsmonsters.'

'Waar gaan we heen?' vroeg Arkadi.

'Goede vraag,' zei Vaksberg. 'We kunnen naar mijn casino op de Arbat gaan. Nee, dat is gesloten. Of het casino op het Driesta-tionsplein... Nee, ook dat is gesloten. Eigenlijk zijn al mijn casi-no's dicht. Ik verdiende een miljoen dollar per dag. En nu, dank-zij onze judomeester in het Kremlin, betaal ik alleen maar huur.'

Het viel Arkadi op dat Vaksberg het vermeed om Poetins naam te noemen. 'Bent u uw laatste vijfhonderd miljoen al aan het op-maken?'

'U hebt niet veel medeleven.'

'Niet veel. Dus we gaan alleen een stukje rijden?'

'En wat praten. Heb ik gelijk, Anja?'

'Ik hoop het.'

De regen kletterde op het dak. Arkadi keek achteruit, door de zware regen en het getinte glas, en wist al snel niet meer waar hij was.

Vaksberg zei: 'Je kunt me van alles verwijten, maar ik ben geen hypocriet. Toen die goede oude Sovjet-Unie uit elkaar viel, heb ik een hoop geld verdiend. Het was alsof we een nieuwe puzzel moesten leggen met oude stukjes. Toegegeven, we profiteerden waar we maar konden. Welke vermogende familie is niet zo be-gonnen? De Medici's, de Rothschilds, de Rockefellers? Denkt u niet dat zij in het begin bloed aan hun handen hadden?'

'Dus u streeft ernaar om tot de elite te behoren.'

'De allerhoogste. Maar mijn vermogen is een zeepbel als de staat het privé-eigendom niet beschermt. In een ontwikkelings-land – en Rusland is een ontwikkelingsland, geloof me – wordt die zeepbel al snel doorgeprikt. Wie wil er zaken doen in een land waar de rijken worden vergiftigd of in kooien naar Siberië ver-scheept? We dachten dat we de lievelingetjes waren van het Krem-lin. Nu staan we allemaal op een lijst.'

'Wie staat er op de lijst?' Arkadi was nieuwsgierig.

'Wij, de zogenaamde oligarchen. We waren de idioten die de hagedis aan de macht hielpen. Onze hagedis bleek een tyranno-saurus rex te zijn. Ik had meer dan twintig uitgaansgelegenheden in Moskou. Nu zijn de lichten overal uit, behalve in Club Nijin-ski. Ik heb chef-koks, floormanagers en croupiers rondlopen, ik betaal wekelijks meer dan duizend mensen om stand-by te blij-ven. De Nijinski is mijn laatste houvast. Ieder excuus is goed ge-noeg om mij weg te krijgen en een schandaal over een dood meis-je zou me de das omdoen.'

'Jammer voor u. Ik denk dat ze is vermoord.'

'In dat geval wil ik de moordenaar in handen krijgen.'

'Zou dat geen schandaal opleveren?'

'Niet als het goed wordt gedaan, als het goed wordt uitge-voerd.'

'Dit gesprek gaat een totaal verkeerde kant uit,' zei Anja.

Vaksberg boog zich naar voren. Van dichtbij zag hij er moe uit, zijn huid ruw als perkament, zijn baard en wenkbrauwen inkt-zwart, een duivel op leeftijd die afhankelijk was van zijn make-up. Hij vroeg Arkadi: 'Wat doet u hier? Onderzoekt u deze zaak op eigen houtje? Ik zie niemand anders.'

'Ik help een rechercheur die een ander spoor volgt.'

'Als onderzoeker?'

'Ja.'

Vaksberg bracht het voorzichtig. 'Ik heb Zurin gesproken.'

'De officier van justitie? Op dit uur?' Arkadi moest toegeven dat die mogelijkheid niet bij hem was opgekomen.

'Ja. Ik verontschuldigde me dat ik zo laat belde, maar ik heb nog nooit iemand gesproken die zo graag zijn ei kwijt wilde. Hij zei dat u geen enkel recht hebt om iets te onderzoeken, omdat u geschorst bent. Sterker nog: hij noemde u een ijdele leugenaar met een gewelddadig verleden. Heeft Zurin gelijk? Bent u geschorst?'

'Nog niet.'

'Maar binnenkort wel. Zurin gaf me allerlei informatie. Hebt u ooit daadwerkelijk een officier van justitie neergeschoten?'

'Dat is een hele poos geleden.'

'En bent u zelf een keer neergeschoten?'

'Jaren terug.'

'In uw hersenen geraakt?'

'In mijn hoofd.'

'Goh, dat is een subtiel onderscheid. Zoals officier van justitie Zurin het beschrijft, bent u een labiele leugenaar met een beschadigd brein. Bijna een hondsdolle pitbull.'

'Is dat waar?' vroeg Anja aan Arkadi.

'Nee.'

Af en toe was het geluid van de regen overweldigend, alsof ze op de hielen werden gezeten door een overstroming die huizen, bomen en auto's meesleurde. Dima volgde het gesprek met zijn vinger aan de trekker en Arkadi voelde met hem mee. De mensen dachten dat als je fabelachtig rijk was, je er in het zachte interieur van je kogelvrije auto op los kon knallen. Dat je de bekleding aan flarden kon schieten en in bloed kon drenken, maar met die bepantsering vormden de terugkaatsende kogels een geducht risico.

Arkadi zei: 'Ga het land uit tot het veilig is om terug te komen. U staat aan het hoofd van een wereldwijde organisatie. Ik weet zeker dat u genoeg geld in het buitenland hebt om iedere morgen te kunnen ontbijten met verse croissants en jus d'orange.'

'Ze hebben mijn paspoort in beslag genomen,' zei Vaksberg. 'Ik kan geen kant op.'

'Nooit een goed teken,' moest Arkadi toegeven.

'Ik heb mijn paspoort nodig om vrij te kunnen reizen en zaken te doen. Ik wil ook weer terugkeren en mijn belangen verdedigen. Daarvoor moet ik intelligente, betrouwbare mensen om me heen hebben.'

'Ik weet zeker dat u volop kandidaten hebt.'

'Maar die zijn hier niet en degenen die dat wel zijn, voelen zich geïntimideerd. Waarom denkt u dat we hier praten, waar we half verzuipen? Op mijn kantoor worden we afgeluisterd. Mijn auto en telefoons zijn onbetrouwbaar. Ik heb iemand nodig die de wet kent, maar zich er niet door laat tegenhouden. Zurin heeft u in zekere zin de hoogst mogelijke aanbeveling gegeven. Een inspecteur die een officier van justitie heeft omgelegd. Lieve help.'

Slava stuurde om een barricade van oranje bakken heen en liet de auto uitrollen tot aan een niet-afgebouwd viaduct, een elegante betonnen vierbaanscurve die midden in de lucht ophield. Er waren geen betonmolens, generatoren of andere tekenen van recente activiteit. De auto kwam tien meter voor het einde van de oprit tot stilstand.

Slava ontgrendelde de deuren.

'U wilt dat we uitstappen?' vroeg Arkadi.

Sasja Vaksberg zei: 'We hebben paraplu's. U bent toch niet bang voor een beetje regen?'

Anja zei: 'Ik blijf hier.'

'U moet het mij niet kwalijk nemen,' zei Arkadi tegen Vaksberg. 'Ik ben paranoïde, maar als u zo vaak was verraden als ik, zou u dat ook zijn. Het is een zesde zintuig.'

Dima opende een paraplu voor Vaksberg terwijl hij uit de auto stapte. Arkadi hoefde geen paraplu en liep de oprit op, waar hij naar alle kanten over de stad uitkeek. De lichten in de stad waren omfloerst als kolen in een kachel. De bliksem flitste in de wolken en Arkadi bedacht onwillekeurig dat een viaduct met een stalen bewapening misschien niet de veiligste plek was op het moment dat enorme elektrische ladingen in de atmosfeer een evenwicht probeerden te herstellen. Denkend aan de kans dat hij geroosterd zou worden, vroeg hij zich af wat hij niet had afgemaakt in zijn leven. Om te beginnen had hij de sleutel van Victors Lada. Er zou niets van de auto overblijven, dat ding zou uit elkaar vallen van ellende.

Vaksberg hield zijn paraplu naar achter om de regen te zien. 'Geen betere plek voor een vertrouwelijk gesprek dan buiten in de regen.'

'Gesprek waarover?'

'Over jou. Jij bent de man die ik voor ogen heb. Intelligent, vindingrijk en absoluut niets te verliezen.'

'Dat is een hard oordeel.'

'Het betekent dat je klaar bent voor een verandering van je lot.'

'Nee,' zei Arkadi.

'Wacht, je hebt mijn aanbod niet eens gehoord.'

'Ik wil het niet horen. Tot morgen ben ik nog misdaadonderzoeker bij het Openbaar Ministerie.'

Dima voegde zich bij hen, met zijn Glock open en bloot in het zicht. Hij vroeg Vaksberg: 'Is er een probleem?'

'Nee, alleen een beetje koppigheid.'

Dima vroeg aan Arkadi: 'Waar lach je om?'

'Je draagt een pistool bij onweer. Je bent een wandelende bliksemafleider.'

'Loop naar de hel.' Verbijstering stond op het gezicht van de bodyguard te lezen.

Arkadi vroeg zich af of hij na zijn dood zijn levenslange slaaptekort zou inhalen. Wat de hel betreft, vermoedde hij dat die meer op het Driestationsplein zou lijken dan op de plek vol vuur en zwavel uit de verhalen.

Tussen de wolken door verscheen een blauw waas van het ochtendgloren. Het onweer trok zich met een laatste roffel terug.

Anja stapte uit de auto en sloeg het portier dicht. Ze keek niet blij.

Vaksberg zei: 'Anja, je miste ons.'

Ze wees naar de kofferbak.

'Dit?' Dima wees op een touw dat de kofferbak van de Mercedes dichthield.

Arkadi vroeg zich af sinds wanneer een Mercedes een touw nodig had om de kofferbak dicht te binden.

Dima leek zich hetzelfde af te vragen.

Toen hij over het touw heen boog, floepte de klep open en ging een verstekeling in de donkere kofferbak rechtop zitten. Op dat moment ging alles als in slow motion. De man in de kofferbak schoot één, twee, drie keer met vlammende loop op Dima, die terug probeerde te vuren, maar zijn onfeilbare pistool weigerde. Hij wankelde achteruit, machteloos knijpend in een trekker waar geen beweging in zat. Hij werd vier keer geraakt voor hij onderuit ging.

Ook Slava de chauffeur had een Glock. Die weigerde niet en hij sproeide kogels in de Mercedes tot zijn magazijn leeg was, terwijl de verstekeling, beschermd door de bepantsering van de auto, naar één kant van de kofferbak rolde. Net toen Slava dekking wilde zoeken, werd hij neergeschoten.

Arkadi raapte Dima's pistool op. Hij was geen scherpschutter; door zijn vader, de generaal, had Arkadi een enorme afkeer gekregen van vuurwapens. Maar hij was ermee opgegroeid en wist goed hoe je ze moest openen, schoonmaken en onderhouden. Een 9 millimeterpatroon stond rechtop als een schoorsteen in de kamer van de Glock. Arkadi wipte hem eruit en laadde het wapen door, en omdat hij een slechte schutter was en de verstekeling in het donker van de kofferbak verborgen zat, liep hij naar de auto toe. De figuur in de kofferbak schoot haastig de laatste kogels af, allemaal mis, en probeerde stevig vloekend zijn magazijn aan de verkeerde kant te laden. Hij herstelde de fout, laadde opnieuw en hief zijn pistool weer toen de hemel werd opengespleten. De verstekeling knipperde verblind met zijn ogen naar de bliksemschicht. Met het witte licht in zijn rug vuurde Arkadi. De verstekeling klapte dubbel, tuimelde en viel op de oprit.

Arkadi vond een zaklamp in het dashboardkastje. De schutter was een gespierde dwerg van tussen de dertig en veertig jaar oud; hij droeg een sprookjesmaillot en een coltrui. Hij leek zo uit *Sneeuwwitje* te komen. Alleen de 9 millimeter Makarov in zijn hand en een gaatje zo rond als een sigarettenschroeiplek tussen zijn ogen vielen uit de toon.

'Het is Dopey,' zei Vaksberg. 'Je hebt Dopey doodgeschoten.'

Ook Dima en Slava waren dood en lagen op hun buik, plat als vissen, en kleurden het regenwater met hun bloed. Arkadi tastte in de kofferbak en merkte dat het binnenlichtje was afgeplakt. Hij trok de tape eraf en ontdekte een plastic supermarkttas met schone kleren, een poncho, schoenen en metro-abonnement erin. Geen identiteitsbewijs. Niets wat een ritje in een kofferbak, laat staan een moord, de moeite waard zou kunnen maken. Arkadi herinnerde zich de Spartak-sporttas in de auto zelf.

'Wacht! Laat me dit uitleggen,' zei Vaksberg toen hij Arkadi de auto in zag duiken.

Arkadi ritste de tas open. Er vielen creditcardbonnetjes en dollars en euro's in bundels van tienduizend uit.

Vaksberg zei: 'Dit is het geld dat de gasten bij het verlaten van de beurs hebben gedoneerd.'

'Voor het kinderfonds,' zei Anja.

'Succes ermee. Als de militsija dit eenmaal in handen heeft, ziet u het waarschijnlijk nooit meer terug.'

'Jij kunt het ze uitleggen,' zei Vaksberg. 'Zoals je zei, ben je nog steeds onderzoeker bij het OM.'

'Maar geen populaire. Hoeveel geld zit er in de tas?'

'Ongeveer honderdduizend dollar,' zei Anja. 'En eenzelfde bedrag aan creditcardbetalingen.'

'Nou, geloof het of niet, maar voor sommige mensen is dat een hoop geld.'

'Moet de militsija weten om hoeveel het precies gaat?' vroeg Vaksberg.

'Probeert u nou te onderhandelen? Nadat u ons bijna hebt laten vermoorden?'

'Ja. Maar ter verdediging kan ik zeggen dat het jou blijkbaar niet uitmaakte. Ik bedoel, Dopey knalde erop los en jij liep gewoon naar hem toe en schoot hem in zijn hoofd.'

De bliksemschichten hadden plaatsgemaakt voor gestage regen. De dag was traag begonnen, maar Arkadi wist dat er vroeg of laat een patrouillewagen zou langsrijden met agenten die de limousine op de oprit zouden opmerken. Als ze dichterbij kwamen, zouden ze struikelen over de lijken. De verkeerspolitie nam voor bijna alles steekpenningen aan, maar moord ging net een stapje te ver. Toen Arkadi de lijken optelde, miste hij een moordenaar van de meest aandoenlijke dwerg ter wereld.

Vaksberg vroeg: 'Wat doe je?'

Arkadi legde Vaksberg de Makarov in de hand, richtte in de

lucht en liet Vaksbergs vinger een paar keer de trekker overhalen.

'Ik maak een held van u. Dat is om ervoor te zorgen dat een paraffinetest bewijst dat u het pistool hebt afgevuurd.'

'Je schuift mij de schuld in de schoenen?'

'Helemaal niet. Ik maak een held van u. Vertel hun wat er is gebeurd en hoe het is gegaan, maar zeg niet dat ik erbij was. Speel het na en zorg dat het verhaal klopt.'

Anja zei: 'Je gaat weg?'

'Ja. De metro rijdt zo weer. Tien minuten lopen hiervandaan is een metrostation. Ik zoek mijn auto weer op. Het is geen Mercedes, maar er zitten tenminste geen kogelgaten in.'

Vaksberg dacht na over zijn rol. 'Dus ik handelde uit zelfverdediging. Ik liep gewoon op de moordenaar af en... beng!'

Arkadi zei niets, maar hij herinnerde zich hoe zijn vader het had geformuleerd in een legerhandboek: *Op het slagveld vlucht een officier pas in allerlaatste instantie, en nooit tijdens de terugtocht. Een officier die onder vuur rustig en met zelfvertrouwen handelt in plaats van heen en weer te rennen om dekking te zoeken, is net zoveel waard als tien briljante tactici.*

Het was Arkadi's ambitie om te sterven voordat hij zijn vader werd.

16

Hoewel het na het nachtelijke onweer nog steeds motregende, wilde Jegor per se buiten voor een kiosk in de rij gaan staan voor hotdogs en bier.

'Ik wist dat je zou komen,' zei hij tegen Maya.

'Alleen tot we mijn baby hebben gevonden.'

De verkoper in de kiosk had een bruine huidskleur en donkere oogleden en droeg een metalen brilletje dat hem een geleerd aanzien gaf. Hij begroette Jegor aarzelend. 'Ben je vandaag in een goede bui, vriend?'

'Zeker.'

'Mooi zo. Je bent altijd welkom als je in een goed humeur bent.'

'We wachten godverdomme al een uur om geholpen te worden... Haha, grapje.'

'Je bent in een goede bui, zie ik. Je bent onze gast. Zoek maar uit, wat je maar wilt.'

'Weet je het zeker?'

'Honderd procent.'

'Ali is een prima kerel,' zei Jegor tegen Maya.

'Ben je nou Indiaas of Pakistaans?'

'Pakistaans, alsjeblieft,' zei Ali.

'Die op een of andere manier gestrand is hier in Moskou.'

'Door het lot hier aangespoeld. Ik kwam dertig jaar geleden om te studeren en ben er nog steeds.'

'Een paar achterlijke idioten hebben Ali problemen bezorgd.'

'Vooroordelen zijn vreselijk. Ik wil wedden dat ik de enige Pakistaan ben met een eigen kiosk.'

'Vooroordelen.' Jegor schudde zijn hoofd.

'Maar Jegor knipte met zijn vingers en de problemen waren weg. Nu heb ik dankzij Jegor niks meer te vrezen, althans niet van gewelddadige jongeren. Als je naar een andere kiosk gaat, hoor je hetzelfde verhaal. Jegor is een belangrijke vriend.'

Jegor schoof Maya's capuchon terug en toonde haar blauwe hoofdhuid. 'Wat denk je?'

'Heel exotisch. Hoe oud is ze?'

'Oud genoeg.' Jegor pakte hun etenswaren en leidde Maya met hem mee, maar hij was blij. 'Hoorde je dat? Je hebt een "belangrijke vriend".'

'Ik hoef geen vriend, ik wil Katja.'

'Akkoord, maar je kunt niet met potentiële klanten over zo'n stomme baby gaan praten. Een deal heeft twee kanten. Je moet je aan jouw kant van de afspraak houden.'

'Oké.'

'En blijf uit de buurt van Brein. Hij ziet je als de Maagd Maria. Doe dat niet met mij in de buurt. Je mag blij zijn dat ik je waardeer zoals je bent.'

Als niets meer dan een hoer bedoel je, dacht Maya. Als hij naar haar keek, kreeg ze het gevoel dat zijn handen over haar lichaam kropen, dat ze in haar borsten knepen en zich tussen haar benen wrongen, hoewel hij haar nog met geen vinger had aangeraakt. Het gevoel was hypnotisch en vernederend, en ze wist zeker dat hij precies wist wat hij deed.

Na al die uren waarin ze mannen van zeer nabij had geobserveerd, wist ze precies hoe ze in elkaar zaten. Sommigen wilden de beste fantasieseks aller tijden, een avontuur dat een speciaal hoofdstuk in een boek waard was. Anderen wilden een onschuldig meisje redden, maar pas na de seks, niet ervoor. Iedereen wilde waar voor zijn geld.

Maya verslikte zich in een hap hotdog en spuugde deze in de goot.

'Wat is er?' vroeg Jegor.

'Dit is walgelijk.'

'Een prima moment om te beginnen, dus.'

Het verkeer reed langzamer vanwege de regen, maar het liep niet helemaal vast en Maya vroeg zich af wat de passagiers in die auto's zagen als ze vanuit hun prettige leventje naar buiten keken. Rijen rode remlichten. Een paar zielige tafels met cd's en dvd's onder plastic. Een jonge pooier en een hoer op hun werkterrein.

17

Drie weken na haar geboorte maakte Katja nog steeds deel uit van haar moeder. Alle smaken en geuren, warmte en aanrakingen kwamen van haar moeder. Als ze schrok, kalmeerde haar moeders stem haar weer. Ze kon niet verder kijken dan haar moeders gezicht, maar dat was genoeg. Moeder en kind leken als de aarde en de maan in eeuwige banen om elkaar heen te draaien. Toen ze wakker werd en een andere stem hoorde, stortte haar wereld in.

Baboesjka tante Lena ging op het Kazanstation de damestoiletten in en kwam er weer uit als Magdalena, nog altijd een imposante vrouw, maar veel kleurrijker gekleed, met grote ringen in haar oren en met henna geverfd haar. Met de canvas tas in haar hand spoedde ze zich door de wachtruimte naar haar partner, Vadim, die eveneens een gedaanteverwisseling had ondergaan, van dronken soldaat tot nuchtere burger. Samen verlieten ze het station, staken een naastgelegen plein met een standbeeld van Lenin over en liepen naar een acht verdiepingen tellend pand dat uitkeek over het Driestationsplein.

Meestal speelde ze voor tante Lena om meisjes op te pikken. In de harde klasse zaten er altijd wel een paar. Ze bewerkte hen met verhalen over wat ze in Moskou wel niet konden verdienen en ze liet foto's zien van haarzelf en haar 'dochter', staand voor een dure auto. Waarom gingen ze dood van verveling in hun plattelandsdorpje en gaven ze gratis seks weg aan puisterige jongens terwijl hun een schitterend leven wachtte in exclusieve clubs, waar ze als escort konden werken voor de rijkste, meest dynamische mannen ter wereld? Vervolgens dook Vadim op, om hen te bedreigen of als vriend in nood – beide rollen beheerste hij.

De baby was puur geluk. Vadim had zitten zuipen met generaal Kassel, die hem had toevertrouwd dat zijn vrouw hem tot waanzin dreef met haar kinderwens. Ze wilde geen baby uit een weeshuis, geen door ziekte geteisterd crimineeltje van vier, maar een echte baby, het liefst zonder geboorteakte of geschiedenis. De generaal stond op het punt te worden uitgezonden naar een nieuwe post, op tweeduizend kilometer afstand van de vorige. Daar zouden ze gewoon kunnen aankomen met een baby zonder dat de mensen zich zouden afvragen hoe ze plotseling aan een pasgeborene kwamen. De generaal had een astronomisch bedrag beloofd. Magdalena en Vadim hadden eigenlijk gehoopt een zwanger meisje te vinden dat liever geld en haar vrijheid had dan een kinderwagen met een snotterige, huilende baby te moeten voortduwen. Maar Maya was een droomkandidate.

'Ik zal je vertellen hoe de zaak wordt afgehandeld. De nieuwe ouders zullen de waar goed bekijken – dat spreekt vanzelf – maar ze hebben vast de melk, luiers en een rammelaar al klaarliggen, zodat ze meteen vader en moedertje kunnen spelen. Met een kwartier zijn we de deur weer uit. Ze willen natuurlijk niet dat we blijven plakken.'

Bij de lift vroeg Vadim of de luier van de baby schoon was.

'Ja. Het is een prachtige baby. De generaal en zijn vrouw mogen verguld zijn.'

'En als dit een valstrik is?'

'Je bent altijd zo nerveus. Dat meisje gaat niet naar de politie, ze is op de vlucht. Ze is onze goudmijn. Een gezonde baby die helemaal nergens staat ingeschreven? Die op papier niet eens bestaat? Dat is een speld in een hooiberg.' De baby begon op dat moment te jammeren, maar Magdalena glimlachte toegeeflijk. 'Onze gouden baby.'

De Kassels logeerden in een appartement op de eerste verdieping van vrienden die op vakantie waren. De generaal verwelkomde Vadim en Magdalena opgewekt en vriendelijk, maar het zweet stond op zijn voorhoofd. Hij had een arts laten komen, zoals een verstandig man ook een monteur zou meenemen om de tweedehands auto die hij wil kopen te bekijken.

De generaalsvrouw beet op haar knokkels. Haar vingertoppen waren al rauw.

Ze zei: 'Je had me eerder moeten waarschuwen.'

'Alles ging zo snel. En we vertrekken morgen.'

Maar ze zat klaar met luiers en poedermelk, zoals Magdalena had voorspeld, tot aan de rammelaar aan toe.

De dokter waarschuwde de Kassels dat ze niet te veel moesten verwachten. Meestal was er een goede reden waarom mensen hun baby afstonden. De kans was klein dat een op straat aangetroffen baby gezond en ongeschonden was.

Magdalena opende de tas. 'Kijk zelf maar.'

Terwijl de dokter de ingebakerde baby uit de doeken wikkelde, probeerde Vadim de generaal en zijn vrouw te vermaken met leugens over de baby, die afkomstig zou zijn van een jonge ballerina die had moeten kiezen tussen haar baby en haar carrière. Zijn stem stierf weg toen hij merkte dat er niemand luisterde. Iedereen in de kamer had nu vooral aandacht voor het doktersonderzoek.

Het menselijk gezicht was als een landkaart. Afwijkingen in de vorm, grootte en stand van de oren konden op aandoeningen wijzen. De afstand tussen de ogen en die tussen mond en neus kon eveneens duiden op gebreken. Of op genetische beschadigingen. Tot zover geen redenen voor ongerustheid.

Ze lag stil terwijl de dokter naar haar borst en rug luisterde, maar begon te protesteren toen hij haar oor onderzocht en huilde flink toen hij met een lichtje in haar ogen scheen. De dokter keek in de mond van de baby naar tekenen van spruw en controleerde het verhemelte. Hij voelde aan haar buik, keek of ze huiduitslag, kneuzingen of moedervlekken had en gaf haar ten slotte een injectie hepatitis B, die haar niet bepaald opvrolijkte.

'Dit is een goed verzorgde baby,' zei de dokter.

'Is ze gezond?' vroeg de generaal.

'O, ja. Voor zover uit dit korte onderzoek blijkt, is ze kerngezond.'

'Hadden we het niet gezegd?' Vadim sprong van zijn stoel en schudde de generaal de hand. 'Gefeliciteerd, u bent vader.'

'Helemaal! Ik voel me meteen al anders!'

'Dit is een duur blauw dekentje. Waar hebt u dit kind vandaan?' vroeg de dokter, maar zijn vraag werd overstemd door ploppende champagnekurken en de robuust huilende baby.

Magdalena zei: 'Een goed stel longen. Dat is een goed teken, veel beter dan een stille baby.'

Vadim klapte. 'Iedereen blij. De baby krijgt een liefdevol thuis en de moeder kan zich met een schoon geweten weer geheel aan haar kunst wijden.'

De vrouw zei dat ze het eng vond om de baby vast te houden en iedereen verzekerde haar dat het een tweede natuur voor haar zou worden. Magdalena en Vadim dronken nog een glas, namen hun geld aan en vertrokken. De dokter vertrok een minuut later.

'We zijn nu onder ons, met ons drieën,' zei Kassel. Volgens plan zouden ze de volgende dag met de trein naar zijn nieuwe standplaats vertrekken, tweeduizend kilometer verderop, om een nieuwe start te maken als gelukkig gezinnetje.

'Ze wil de fles niet,' zei zijn vrouw.

'Ze kreeg waarschijnlijk borstvoeding. Ze went wel aan de fles.'

'Ik kan geen borstvoeding geven.'

'Natuurlijk niet, daarom hebben we poedermelk.'

'Waarom heb je nooit iets over borstvoeding gezegd?'

'Het is niet zo belangrijk.'

'Het is wel belangrijk. Ze wil haar moeder.'

'Ze heeft gewoon honger. Zodra ze aan de fles gewend is, komt het goed met haar.'

'Ze houdt niet van me.'

'Ze kent je nog niet.'

'Moet je nou kijken.' De baby liep rood aan van het schoppen en krijsen. 'Ze heeft een hekel aan me.'

'Je moet haar vasthouden.'

'Hou jij haar maar vast. Waarom heb je haar laten komen? Waarom is ze hier?'

'Omdat je iedere keer dat we een baby zien, zegt dat je er zo graag een wilt.'

'Mijn eigen baby, niet die van een ander.'

'Je zei dat je er een wilde adopteren.'

'Maar toch niet een willekeurige idioot uit het weeshuis?'

'Dit is een volmaakte baby.'

'Als ze een volmaakte baby was, zou ze niet zo krijsen.'

'Weet je hoeveel ik voor haar heb betaald?'

'Heb je geld betaald voor een baby? Je betaalt toch ook niet voor een kat?'

En de baby huilde.

Niemand klaagde, want de bewoners van de omliggende appartementen waren op hun werk. De baby huilde tot ze van uitputting in slaap viel. Ze sliep even en deed zo voldoende kracht op om het weer op een huilen zetten. Voor alle zekerheid zette de generaal het geluid van de televisie harder. Zijn vrouw ging naar bed en deed een slaapmasker voor. Geen van beiden probeerde de baby nogmaals te voeden.

Tijdens een pauze in het huilen, bracht hij een kussensloop vol babyspulletjes naar een afvalcontainer in de kelder. Toen hij terugkwam, trof hij de baby op de vloer aan, schor van het huilen. Zijn vrouw stond eroverheen gebogen met haar vuisten tegen haar oren.

Hij vroeg: 'Wat doe je?'

'Ik kan niet slapen.'

'Dus heb je haar hier neergelegd?'

'Wat moet ik dan? Ze blijft gewoon doorhuilen. Jij bent generaal. Geef haar het bevel haar kop te houden.'

'Ik kom wel van haar af.'

'Doe dat.'

In de slaapkamerkast vond Kassel een schoenendoos met vloeipapier waar ze lekker in kon liggen. Alsof de doos zo van alle gemakken was voorzien.

De baby zag er niet uit, met gezwollen, bijna dichte ogen, haar neusje verstopt met snot. Een rillend wurm dat piepend ademhaalde en kleiner leek dan eerst. Hij legde haar in de schoenendoos en plakte het deksel dicht. Hij besloot geen luchtgaten te maken. Hij zette de schoenendoos in een grote boodschappentas en nam de trap naar beneden in plaats van de lift, want hij wilde niemand tegenkomen.

De generaal kende Moskou niet goed, maar hij was van plan om de tas ergens in de drukte en chaos van het Driestationsplein achter te laten. Het probleem was dat hij toen hij bij het Kazan-station aankwam, zag dat het er eigenlijk helemaal niet zo chaotisch was. Iedereen leek zich doelbewust ergens naartoe te begeven en vier of vijf ogen te hebben in plaats van twee. En iedereen leek gespitst te zijn op verdacht gedrag. Hij had spijt van de boodschappentas, die groot en opzichtig was, en was bedrukt met een Italiaans logo dat de aandacht trok. Hij moest nonchalant doen. IJskoud blijven. Maar toen de doos in de tas verschoof, raakte hij even van de wijs en liep hij haastig naar de dichtstbijzijnde voetgangerstunnel. In de tunnel kwam hij langs een rij kraampjes met verkoopsters die ongetwijfeld het minste gejammer van de baby meteen zouden opmerken. Kassel was opgelucht toen hij bij een muziekkraam kwam waar luidsprekers schetterden.

Zijn vrouw was heel gevoelig, dat was het probleem. Ze was niet geschikt voor het militaire bestaan, waarbij je van de ene troosteloze uithoek naar de andere werd overgeplaatst, in woningen verbleef zonder stromend warm water en nog dankbaar moest zijn ook, want duizenden officieren van hogere rang werden vervroegd met pensioen gestuurd. Ze had wel duizend keer gezegd dat alleen een baby haar gelukkig kon maken.

Aan het eind van de rij kraampjes stonden mannen van de militsija. Ze hielden willekeurig mensen aan om papieren te controleren en tassen te doorzoeken, natuurlijk met de bedoeling steekpenningen op te strijken. Kassel had de neiging om rechtsomkeert te maken omdat hij zijn identiteitsbewijs vergeten was. Als hij in uniform was geweest, zou hij zo zijn doorgewuifd. Maar hij ging mee in de stroom voetgangers, die hem in de richting van een agent duwde. De man stak zijn hand al uit naar de tas toen een bende straatkinderen, allen jonger dan acht, zich door de menigte wurmde. Ze kwamen en gingen als een zwerm muggen, maar de rij werd erdoor verbroken, en tegen de tijd dat de orde was hersteld, stond de generaal veilig aan de andere kant.

Nu hij geloofde dat hij het geluk aan zijn kant had, liep hij rechtstreeks naar de perrons, waar hij tussen een menigte passagiers ging staan. Hij zette de boodschappentas neer en staarde met een sigaret tussen zijn tanden naar de spoorrails, als een ongeduldig wachtende reiziger. Hij stapte alleen opzij voor dagventers die erlangs moesten met hun gigantische koffers en om de scherpe randen van kruierskarren te vermijden. De baby was stil. Geen getrappel, geen gedoe. De generaal beleefde er geen genoegen aan om de baby op enige wijze kwaad te doen, en hij meende de schade tot een minimum te hebben beperkt.

Eenvoudige plannen waren de beste, dacht de generaal. Als de trein binnenreed, zou hij zich onder de uitstappende reizigers mengen en de boodschappentas met baby achterlaten. In dat opzicht leek het een geluk dat hij geen identiteitsbewijs had gehad om aan de militsija-mannen te tonen. Niemand kon nu met zekerheid zeggen dat hij daar was geweest. Het was alsof de baby even onzichtbaar als een gammastraal deze wereld had bezocht. Alsof ze nooit had bestaan, niet officieel tenminste.

De mensen kwamen in beweging toen er een trein naderde over een wirwar van spoorrails. Dit was het einde van de lijn. Toen de trein dichterbij kwam, zag de generaal in de gangpaden reizigers hun kranten opvouwen en hun telefoons dichtklappen. Hij stond op een uitstekende plek om zich onder hen te begeven.

Maar waar was de Italiaanse tas?

De tas had bij zijn voeten gestaan en hij was er niet meer dan een paar passen bij vandaan gelopen, maar nu was hij weg. In het gedrang van de in- en uitstappende passagiers was de tas verdwenen.

Hij ging op in de stroom aankomende reizigers. De tas was in de spleet tussen het perron en de trein geschopt of een dief had Kassel onbewust een gunst bewezen. De generaal voelde zich schuldig en opgelucht tegelijk en moest zich inhouden om het niet op een lopen te zetten.

De schrik kwam pas later, midden in de nacht, toen twee rechercheurs aan de deur van het appartement klopten. Kassel dacht dat iemand op het perron hem met de tas had gezien. Maar de rechercheurs stelden alleen vragen over een dode prostituee. Het ging hen om een totaal andere zaak en hij zei in alle eerlijkheid dat hij hen niet kon helpen. Dus had hij het gevoel dat hij het alles bij elkaar redelijk had gedaan. De herinnering aan de baby begon zelfs al te vervagen.

Bij zonsopgang overvielen een stuk of vijf weggelopen kinderen een nachtsupermarkt in de straat waar ook het hoofdbureau van politie zich bevond. Ze renden rond als muizen en veroorzaakten zoveel mogelijk overlast, stopten potten Spaanse olijven en blikjes tonijn in hun zakken en zaten met hun vieze handen aan de biologische groenten en avocado's. Soms waren ze uit op ijsjes, dan weer op lijm of ander spul om te snuiven.

Beveiligingscamera's probeerden hen te volgen, maar volwassen mannen en vrouwen die achter weggelopen kinderen van zes aan zaten, dat leverde geen mooie plaatjes op. Het personeel gooide de kinderen er zo onopvallend mogelijk weer uit en nam snel de schade op aan gestolen waar, goedkope producten die niet de moeite waard waren om aan te geven bij de politie, zoals gesneden brood, aardbeienjam, sinas, energierepen, babyvoeding, luiers en een fles.

18

De dingen zijn nooit wat ze lijken. Maya had het gezicht van een engel, maar toen Zjenja zijn ogen opende, was ze verdwenen; met zijn geld.

Hij doorzocht het casino, de bank en de security-ruimten, de toiletten en de dealers lounge. Hij fluisterde haar naam, zocht tussen de fruitmachines, de éénarmige bewakers van het Kremlin, alsof ze haar naar een toren hadden weggevoerd voor een vrolijk bacchanaal. Niets wees erop dat er een gevecht had plaatsgevonden, geen stapel fiches was omgegooid, geen plastic parel van de kroonjuwelen was verdwenen. Hij probeerde te slapen, maar zijn woede was als een lucifer die werd afgestreken voor een spiegel. Hij zag nu in wat een dwaas hij was geweest.

Bitch!

Ze had van hem, de ritselaar, een gemakkelijke prooi gemaakt. Niet dat er iets romantisch of seksueels tussen hem en Maya was voorgevallen. Zjenja zou zich nooit opdringen. Maar hij had gedacht dat ze een goed stel vormden. Hij kende Moskou en was slim – dat was zijn aandeel – terwijl Maya fysieke moed en seksuele ervaring had en volwassen overkwam; ze was immers moeder. Als ze tenminste echt Maya heette en werkelijk een baby had; als er ook maar iets waar was van wat ze zei. Waar was ze nu? Voor zijn geestesoog zag hij Maya en Jegor op een bed liggen, op een kluwen lakens. Hij stelde zich een grommende Jegor voor, een onderdanig kreunende Maya. Zjenja bedekte zijn oren. Of misschien wilde Jegor Maya laten zien wie de baas was en gaf hij haar een ruige beurt op de motorkap van een auto. Zjenja had nooit beseft hoe masochistisch zijn verbeelding was. Het was alsof hij een huis in brand stak en zelf in de vlammen ging zitten.

Er was ook een praktischer probleem. Als Maya Jegors kant koos, zou ze hem zeker vertellen over het Peter de Grote Casino. De drankvoorraad alleen al was duizenden dollars waard. Jegor zou alles meenemen wat hij kon dragen en de rest kapotslaan. Dat was zonde, want een casino had een zekere perfectie. Het geborstelde vilt op de tafels. De netjes op kleur gestapelde fiches. De nieuwe dobbelstenen. De verzegelde pakjes speelkaarten.

Hij wachtte de hele dag tot de avond zou vallen; hij keek naar de dik en donker wordende wolken en dacht aan de kinderboerderij die hij op zijn vierde had bezocht met de andere kinderen van het opvangcentrum. De enige dieren die hem interesseerden, waren de schapen, omdat hun vacht in kinderboeken altijd heel zacht en wit was. Maar hun vacht bleek grijs en vettig te zijn en vol vastgeklitte keutels te zitten. Hij had nog heel lang gedacht dat wolken ook zo waren.

Overdag kon Jegor overal zijn, maar 's avonds was de kans groot dat je hem in de buurt van het Loebjankaplein zou aantreffen. De zijkant van het plein werd helemaal in beslag genomen door de Loebjanka zelf, een mooi gebouw van acht verdiepingen van gele baksteen met een subtiele verlichting die aan kerkkaarsen deed denken. Ooit reden er elke avond bestelauto's naar de Loebjanka met een lading verbijsterde professoren, artsen, dichters en zelfs partijleden die ervan werden beschuldigd buitenlandse agenten en saboteurs te zijn.

Nog steeds bleven de mensen niet voor de Loebjanka staan, net zomin als ze onder een ladder door zouden lopen of een zwarte kat hun pad zouden laten kruisen. Niet dat er dan iets gebeurde, maar waarom zou je de duivel verzoeken?

Recht tegenover het plein was een speelgoedwinkel, de grootste in Rusland, waarin een draaimolen stond onder kroonluchters die een paleis waardig waren. De winkel was nu donker en leeggehaald, klaar om te worden gerenoveerd en ontwikkeld. Grillen als de draaimolen moesten als eerste het veld ruimen.

Er kwamen nog steeds kinderen. Ze hingen rond in portieken, bietsten sigaretten, draafden mee naast langzaam rijdende auto's. Op elfjarige leeftijd hadden sommige kinderen al de zware blik en norse houding van iemand die werkt in de seksindustrie.

Zjenja keek strak voor zich uit in plaats van de wellustige blikken van langzaam voorbijrijdende chauffeurs te beantwoorden. Het Loebjankaplein was niet de beste plek voor pedofielen – die eer ging naar het Driestationsplein en de straten rond het Bolsjoi – maar het was een redelijke start voor een jonge pooier als Jegor.

Zjenja was vastbesloten niet door Maya over zich heen te laten lopen. Jegor zou dat als zwakte zien en meteen de prijs voor zijn 'bescherming' verdubbelen. Zjenja was niet van plan om af te wachten. De speler die de eerste zet deed, was in het voordeel, dat wist hij van het schaken.

Toch was hij geïntimideerd toen er een Volvo stationwagen tot stilstand kwam en de man aan de passagierskant hem naar de stoeprand riep.

Zjenja zei: 'Ik ben niet...'

'Niet wat?' De stem klonk vlak.

'Voor... u weet wel.'

'Waarvoor?' Het gezicht van de man was een grijze schaduw. Hetzelfde gold voor de bestuurder, alsof ze uit dezelfde klei waren gevormd. Hun auto zat vol roestige deuken, wat deed vermoeden dat het ging om een gestolen, ergens achtergelaten voertuig dat later weer tot leven was gewekt.

'Ik weet het niet,' zei Zjenja.

De man zei: 'We zijn op zoek naar een meisje. Ze is van huis weggelopen en haar vader en moeder zijn erg bezorgd over haar. Er is een beloning voor wie ons kan helpen.' Hij liet Zjenja een kopie zien van een foto van Maya met de baby in het bushokje. De baby bestond dus, en Maya glimlachte alsof ze haar eeuwig zou vasthouden. Zjenja wilde de foto ook even in beter licht bekijken.

'Is dat haar baby?'

'Ja. Dat is nog een reden om haar te vinden. Haar ouders zijn doodongerust over de baby.'

'Wie bent u?'

'Niet dat het ertoe doet, maar we zijn haar ooms. Het is een familiekwestie.'

'Hoe heet ze?'

'Maya. Maya Ivanova Pospelova. Degene die haar terugbezorgt, krijgt een beloning van honderd dollar. De laatste keer dat ze werd gezien, had ze rood geverfd haar. Hou de foto maar. Er staan twee mobiele telefoonnummers achterop.'

'Ze is knap.'

De chauffeur zei: 'Ze is een hoer.'

De auto reed verder naar het einde van de straat, waar een cabriolet stond, omringd door een groep jongens. De Volvo kwam tot stilstand en gaf een sein met zijn grote licht. De open auto was een BMW, een Duits wonder op wielen dat niet gauw ruimte zou maken voor een wrak, en de chauffeur maakte een grof gebaar, zonder de moeite te nemen achterom te kijken. Toen de Volvo een stukje naar voren reed en de achterbumper van de BMW aantikte, riep de bestuurder de hemel aan om het stront te laten regenen op idioten die in strontkarren rondreden. De bijrijder stapte uit de Volvo, opende de achterklep en haalde er een lange spade uit. Hij liep naar de voorkant van de cabriolet en gaf eeen enorme klap op de motorkap. De bestuurder van de BMW dook zo snel weg dat hij zijn neus brak op het stuur en zijn mond en kin onder het bloed zaten. Het was nog alleen maar een opzetje. De tweede dreun had voldoende kracht om de motorkap te ontwrichten en de derde om de ruitenwissers aan gort te slaan. Drie klappen volstonden. De cabriolet reed over de stoep, zo veel haast had de chauffeur om te ontsnappen. De Volvo nam zijn plaats in langs de stoeprand. De jongens hadden zich teruggetrokken, maar een minuut later dromden ze om de Volvo heen om een foto van Maya te bemachtigen.

Zjenja had geen idee waar Maya en Jegor waren. Het enige wat hij kon doen, was de ene straat in rennen en de volgende weer uit, en zorgen dat hij niet werd geraakt door de auto's die met hoge snelheid van de rotonde kwamen en tussen de auto's door schoten die langzaam door de zijstraten reden. Rennen deed hij zelden en hij verweet Arkadi dat hij hem het slechte voorbeeld gaf. De tweede keer dat hij het rondje liep, leken de straten langer en de lucht ijler. Hij kwam wankelend tot stilstand en zag toen plotseling de Volvo stationwagen, met gedoofde lichten, vlak achter hem. Het maakte niet uit, hij kon geen stap meer verzetten.

De man aan de passagierskant stapte uit en opende een achterportier voor Zjenja. Hij gaf de jongen even gelegenheid om op adem te komen.

'Waar is ze?'

Nog in geen duizend schaakpartijen was Zjenja ooit in paniek geraakt, maar er was een verschil tussen fantasie en werkelijkheid. Op het schaakbord vielen hem altijd talloze ontsnappingsscenario's in, maar de man had Zjenja's arm in een greep die zijn biceps in tweeën spleet.

'Ik weet van niets.'

'Dan is er niets om je zorgen over te maken.'

Hij duwde Zjenja op de achterbank. Op dat moment stapte een oudere jongen op de Volvo af en zei dat ze de verkeerde hadden; het meisje dat ze zochten liep een paar straten verderop met een pooier die Jegor heette.

Zjenja bestond niet meer voor de mannen. Hij zat op de stoeprand en walgde van de lafheid die hij net in zichzelf had ontdekt.

19

Arkadi genoot de luxe van twee uur slapen, en zou nog langer in bed hebben gelegen als hij niet een gedempt geluid had gehoord bij de voordeur.

Oorspronkelijk zaten er open haarden in het appartement. Ze waren dichtgemetseld en onbruikbaar, maar het haardgereedschap lag er nog en Arkadi koos een pook. Slechts gekleed in pyjamabroek zwaaide hij de deur open en trof een van de ambitieuze jongemannen van het OM aan, die op zijn knieën een brief onder de deur door probeerde te schuiven. De ambitieuze jongeman zag de pook, sprong overeind en rende de trap af.

De brief was met de hand geschreven, waaruit bleek dat de zaak Zurin ter harte ging. Het was ook typerend dat de officier van justitie iemand anders, een van zijn knapen, had gevraagd de brief te bezorgen, iemand voor wie Arkadi even gedateerd en onvoorspelbaar was als een geladen donderbus.

Geschorst wegens... tekortschietend beoordelingsvermogen... trekt doelstellingen in twijfel en ondermijnt ze... verzint zaken... gaat voorbij aan de bevelsstructuur... genoeg kansen gekregen... gedwongen om actie te ondernemen... betreuren ten zeerste... uw vuurwapen en pasje.

Zurins handtekening was twee keer zo kordaat en twee keer zo groot als gewoonlijk.

Arkadi zette de televisie aan. Sasja Vaksberg vormde de hoofdmoot van de nieuwsuitzendingen. Hoe kon het ook anders? Een beroemde miljardair die een moordenaar omlegt? En niet zomaar een moordenaar, maar een die is vermomd als Dopey. Een politiewoordvoerder wees plechtig op de kogelbutsen in de kofferbak en de spatborden van de limousine. Helaas voor de kijkers had de regen het bloed weggespoeld.

Hij zette de televisie uit. Dit was het soort zaak waar Petrovka een dubbel gevoel bij had. Met drie lijken steeg het misdaadcijfer. Aan de andere kant werd ook het oplossingspercentage opgekrikt en dat bleef de laatste tijd behoorlijk achter. Er restte de netelige vraag waarom Vaksbergs chauffeur langs de wegafzetting was gereden en de auto op een onvoltooide snelwegoprit had geparkeerd. De chauffeur was dood en het deed er niet toe. Hou het simpel.

Zurin beschuldigde Arkadi in de brief echter ook van het verzinnen van zaken. Vrij vertaald, betekende dit dat de officier van justitie het onderzoek sloot naar het lijk dat was gevonden op het Driestationsplein. Vergeet die obscene pose en de ether in haar longen maar. Van haar lichaam was slechts een hoopje as over. En van Vera Antonova zelf alleen een overlijdensakte die van 'dossier in behandeling' overging naar 'dossier gesloten'.

Dus het was voorbij. Arkadi belde Victor om hun afspraak op het Driestationsplein af te zeggen, maar Victors mobiele telefoon was uitgeschakeld. Hij probeerde Zjenja te bellen. Zjenja nam niet op en Arkadi ontdekte dat het nummer dat hij van Eva had niet meer bestond, wat betekende dat zijn laatste communicatielijn met haar was verbroken. Maar waarschijnlijk was iedere band die ze hadden al lang geleden verbroken en had hij met echo's zitten praten.

Met de gordijnen dicht bleven je zintuigen in het appartement verstoken van alle prikkels. Ooit zou een druilerige dag als deze aanleiding zijn geweest voor zelfmedelijden en gedachten aan zelfmoord. Maar hij kon dergelijke buien niet meer echt serieus nemen. Het ontbrak hem aan de inktzwarte somberheid, de totale overgave die nodig was voor zelfvernietiging. De jongen in het lijkenhuis die al zijn bloed was verloren, tot hij wit zag als albast – hij had er de juiste inzet voor getoond. Hij had meer verdiend dan alleen het laatdunkende 'verbrand hem' van zijn moeder. Arkadi vermoedde dat in zijn geval Zurin maar al te blij zou zijn als hij zich een kogel door zijn kop zou jagen.

Er werd op de deur geklopt. Arkadi dacht dat de ambtenaar die de brief had bezorgd de moed had gevonden om terug te keren voor Arkadi's officiële legitimatiebewijs. Maar toen hij de deur opendeed, werd hem een lege rood-witte sporttas toegeworpen en kwam Anja Roedikova op hoge poten binnen. Ze droeg dezelfde zwarte outfit als de avond tevoren, alleen zat die nu aan haar lichaam geplakt als natte crêpe.

'Egoïstische klootzak die je bent.'

'Waar heb je het over?' Arkadi trok een T-shirt aan.

'Wat denk je dat er in die tas zit?'

'Toen ik erin keek, zat er geld in.'

'Hoeveel?'

'Dat gaat me niets aan.'

'Er zat meer dan honderdduizend dollar in contanten in. Nu is hij leeg. De militsija heeft alles ingepikt omdat jij niet wilde helpen. Ze zeggen dat ze eerst moeten vaststellen wie de eigenaar is van het geld. Onze kwitanties alleen zijn niet voldoende. Het enige wat je hoefde te doen, was de tas meenemen. Maar dat heb je niet gedaan. Je bent me honderdduizend dollar schuldig.'

'Vraag die maar aan Sasja. Hij is miljardair.'

'Hij heeft dat geld niet laten staan. Dat heb jij gedaan.'

Het drong tot Arkadi door dat Anja natte kleren aanhad en waarschijnlijk helemaal niet had geslapen. Hij was misschien uitgeput, maar zij ook.

'We praten morgen wel,' zei hij.

Er was een probleem. De militsija had de sleutel van haar appartement meegenomen om naar nog meer sporttassen met geld te zoeken, want als ze er een had, had ze er wellicht meer. En ze hadden de sleutel in beslag genomen, voor het geval ze moesten terugkomen om het appartement opnieuw te doorzoeken.

'Ik ben buitengesloten,' gaf Anja toe.

Het was voor Arkadi een kans om een zelfvoldane opmerking te maken, maar die liet hij voorbijgaan.

Ze waren volwassen. Het zou Anja minstens een uur hebben gekost om het huis van een vriend in te komen. Al was Arkadi's appartement de laatste plek op aarde waar ze wilde zijn, gezond verstand en een aanval van hevige rillingen maakten dat ze geen keus had.

'Alsjeblieft,' zei hij.

Na een paar formele pogingen om zijn aanbod af te slaan, haastte ze zich naar de badkamer en sloot ze de deur achter zich. Hij bleef met stomheid geslagen achter. Een man en een vrouw zitten tegen hun wil bij elkaar in een woning. Waarom zou dat een seksuele lading hebben? Die zou er niet zijn als het om een mannelijke collega ging. Het was een pro forma fantasie. Maar toen ze onder de douche stond, hoorde hij haar niet alleen, hij voelde bovendien de hete speldenprikken van het water langs haar hals, rug en borst stromen. Hij nam een glas wodka en stak een sigaret op.

Door de deur heen bood hij haar een stel kleren aan die Eva in een koffer onder het bed had achtergelaten. Maar ze kwam in een overhemd van hem met opgerolde mouwen naar buiten.

'Het is al erg genoeg dat ik hier ben, en ik ben niet van plan om kleren van een andere vrouw te dragen.'

Het overhemd hing tot op haar knieën. Hij kon geen compliment bedenken om de situatie te redden.

Ze zei: 'Trouwens, ik hoef alleen maar even te slapen.'

'Neem het bed maar. Ik ga wel op de bank in de woonkamer.' De bank stelde niet veel voor; de woonkamer evenmin. Hij had alle affiches en foto's die hij en Eva samen hadden uitgekozen van de muur gehaald. De bank was net iets groter dan een slee.

'Ik ben niet van plan om je je eigen bed uit te schoppen.'

'Dat heet gastvrijheid,' zei Arkadi.

'Ik ben je gast niet. Ik neem de bank.' Ze ging erop zitten alsof het een voldongen feit was. 'Die is dichter bij de voordeur, zodat je me niet eens hoort wanneer ik vertrek.'

Hij gaf het op. Ze was onmogelijk. Voordat ze aanklopte, had hij nog gedacht dat hij eventueel zou kunnen slapen. Nu was hij klaarwakker.

Ze zei vanaf de bank: 'Dopey had geen schijn van kans.'

Praten met Anja was zoiets als parachutespringen, dacht Arkadi. Voordat je het wist, had je je eindsnelheid bereikt.

Ze zei: 'Daarom kon je zo op hem af lopen. Je was in het voordeel.'

'Welk voordeel?'

'Het kon je niet schelen of je zou doodgaan of niet. Voor jou was het een win-winsituatie.'

'Het enige voordeel was dat wanneer er veel schoten gelost worden, de trekker stroef gaat en de terugslag groot wordt.'

'Niet bij jou. Je schoot hem recht tussen zijn ogen.'

'En zo redde ik je leven.'

'Je schoot Dopey dood en kreeg de zaken weer onder controle. Je wist dat de militsija de tas zou confisqueren.'

'Op dat moment leek de tas van geen belang.'

'Niet voor mij. Dacht je dat er iets mis was met de tas? Dacht je dat er drugsgeld in zat?'

'Ik had geen idee.'

'Bij mensen uit het modewereldje zijn vaak drugs te vinden.'

'Bij de politie ook.'

'Wat ben je toch integer.'

'Ik doe mijn best.' Arkadi wist niet hoe het haar was gelukt het gesprek een totaal andere wending te geven, maar ze was erin geslaagd.

'Dus het was misschien drugsgeld?'

'Wie weet.'

'En ik ben misschien een hoer?'

'Dat heb ik nooit gezegd.'

'Een hoer die schrijft over andere hoeren die de laatste mode dragen. Laat haar de tyfus krijgen, zeg je. Laat ze haar maar beroven. Laat ze haar maar de hele nacht bezighouden met het beantwoorden van telkens dezelfde vragen terwijl de sporttas lichter en lichter wordt. Ik hoor dat je twee handen op één buik bent met Zurin.'

'Als broers.'

'Deel je je aandeel in de buit met hem?'

Arkadi sprong zijn bed uit. Anja probeerde hem met haar ogen te volgen toen hij in de woonkamer verdween en weer terugkwam naar de keuken. Ze zag hem naderen met iets wits en schrok toen hij het haar toewierp.

'Wat is dat?'

'Een brief van mijn vriend, officier van justitie Zurin. Op dat bijzettafeltje staat een lamp. Doorzoek gerust het appartement. Als je honderdduizend dollar vindt, mag je ze houden.'

Hij wachtte niet om te zien of ze de brief zou lezen.

Arkadi werd even wakker. In het donker werd hij zich bewust van een ander – niet alleen van haar nabijheid, maar ook van de warmte die ze uitstraalde. Haar geur was overweldigend en hij raakte er zo opgewonden van dat het pijn deed. Hij kon aan de manier waarop ze zich op de bank bewoog horen dat Anja ook wakker was. Verwachting en frustratie bleven in gelijke mate in de lucht hangen, totdat hij bedacht dat hij het zich vast allemaal inbeeldde.

Toen Arkadi 's middags weer wakker werd en de gordijnen opendeed, was Anja verdwenen. Op de stoep liepen mensen onder paraplu's. De kuil aan zijn kant van de straat werd groter. Een ploeg wegwerkers, uitsluitend vrouwen, schepte er warm asfalt in. Hij zag er een rubberlaars in wegzakken.

De reclamedoeken voor de Nijinski Miljonairsbeurs hingen slap als lijkwaden. Arkadi vroeg zich af welke luxe of sensatie nog voor nieuw kon doorgaan. Een met diamanten ingelegde olifant? Mensenoffers? Of kon Sasja Vaksberg zelf als steunpilaar van de gegoede klasse voor attractie doorgaan? Arkadi was ervan uitgegaan dat Vaksberg Anja zou beschermen en die veronderstelling bleek onjuist. Zelfvoldaan, in feite.

Arkadi belde Willi, die zei dat hij niet kon praten. 'We hebben twee jongens die op de rondweg zijn verongelukt, een snuiver, een armoedzaaier met een longontsteking, iemand die van een flinke hoogte is gevallen, een doorgesneden keel en nu net een drietal slachtoffers met schotwonden waarvoor ik ben teruggeroepen.'

Arkadi vroeg: 'Is een van de drie een dwerg?'

Willi nam de tijd om te antwoorden. Arkadi hoorde op de achtergrond de knip van een ribmes.

'Opmerkelijk goed geraden.'

'Wat kun je me over hem vertellen?'

'Hij is net zoveel werk. Mensen denken: O, een dwerg dat zal wel snel gaan. Niets is minder waar. Er zijn verschillende soorten dwergen en bovendien spelen er ongewone factoren mee.'

'Ik dacht dat hij was neergeschoten.'

'Ja.'

'Is dat niet de belangrijkste factor?'

'Ga nu niet de wijsneus uithangen, alsjeblieft. Eigenlijk mag ik niet eens met je praten.'

'Wie zegt dat?'

'De directeur. En Zurin, de officier van justitie. Zurin zei dat hij je ging ontslaan. Of heeft hij dat al gedaan?'

'Nog niet,' zei Arkadi.

Dit moest met beleid worden aangepakt. Hij had geen officiële bevoegdheid meer. Het was alsof hij een lijn met klein aas uitwierp in rimpelend water waarin misschien vis zat.

'Hoe bedoel je?' vroeg Willi.

'Ik bedoel dat het een ernstige zaak is om iemand op te dragen een autopsierapport te veranderen. Jij bent bevoegd om...'

Willi hing op.

Nou, dat was zwak, dacht Arkadi. Hij had het geprobeerd met een psychologisch praatje, terwijl hij chantage had moeten gebruiken.

Zijn mobiele telefoon trilde. Willi belde terug.

'Sorry, ik moest even een sigaret pakken.'

'Neem de tijd.'

'Het is als volgt gegaan. Van Zurin en de directeur moest ik de longen van het meisje nogmaals opensnijden. Tegen die tijd was de ethergeur verdwenen. Ze zeiden dat als ik mijn bevindingen niet kon herhalen, het autopsierapport moest worden herzien.'

'Kon je het niet met andere middelen detecteren?'

'Niet nadat ze was gecremeerd.'

'Dat is al gebeurd?'

'Het was de wens van de familie.'

'Waar is de dwerg?' vroeg Arkadi.

'Hier onder een laken. We wachten op een tafel.'

'Is hij geïdentificeerd?'

'Nee. We weten niets over hem.'

'Til het laken even op.'

'O. Oké,' zei Willi. 'Nu weten we iets. Hij ziet van top tot teen blauw van de tatoeages. Een bajesklant, dus.'

Gevangenistatoeages werden gezet met een scherpe haak en 'inkt' gemaakt van urine en roet. Onder de huid werd het pigment blauw en vervaagde het een beetje, maar achter de tralies waren tatoeages meer dan kunst; ze waren een soort autobiografie. Voor wie de symbolen kende, was een getatoeëerde man een open boek.

Arkadi zei: 'Vertel me wat je ziet.'

'Allerlei soorten. Een madonna met kind, tranen, katten, een spinnenweb, IJzeren Kruis, bloedige dolken, prikkeldraad. De hele mikmak.'

'Ik wil dat je zodra we ophangen je met je mobiele telefoon foto's maakt van Dopeys tatoeages en ze naar mij stuurt. Ik heb een deskundige.'

20

Itsy kwam oorspronkelijk uit een gezin met een verslaafde moeder en een gewelddadige vader. Hun huis was als een schip dat slagzij had gemaakt: vuile kleren en lege flessen waren naar één kant gerold. Rekeningen lagen op de grond en de elektriciteit was de helft van de tijd afgesloten.

Pa fokte waakhonden voor beveiligingsbedrijven. Duitse herders, rottweilers. Dat verdiende goed, maar alles verdween in haar vaders keelgat. Als hij geld mee naar huis bracht, dan kwam dat omdat hij in de kroeg was vergeten dat het nog in zijn zak zat. Hij rook net als zijn honden. Honden zijn je beste vrienden. Trouw.

Toen Itsy twaalf was, waren haar oudere broers allemaal van huis weggelopen. Ze raakten zo hun aandeel in het familiebedrijf kwijt, een bloeiende onderneming die hun in de schoot geworpen zou zijn als, God verhoede, er iets met hun vader was gebeurd. Waardevol onroerend goed ook, als Moskou verder uitdijde in hun richting. Dat zei hij tenminste tegen iedereen die hij tegen een muur klem had kunnen zetten.

Soms ging Itsy niet naar school omdat ze geen schoenen had. Het stoorde haar vader en moeder niet dat ze alleen het alfabet en de cijfers kende, en als de school mensen stuurde om op haar welzijn toe te zien, verstopte ze zich liever dan in lompen gezien te worden.

Vanaf haar zesde moest zij de hokken schoonmaken. Haar vader voerde de honden. Zijn credo was: 'Wie ze voert, is de baas.'

En hij wankelde het terrein op in een plastic harnas en trainde ze om aan te vallen.

Zonder vriendinnetjes en met weinig anders te doen, bracht Itsy uren door met de honden. Ze speelde met ze of lag gewoon bij ze. Elke hond had zijn eigen persoonlijkheid. De honden moesten gescheiden worden gehouden in hun eigen hokken, maar Itsy liet ze bij elkaar. Hun ogen volgden haar bij alles wat ze deed.

Op een winteravond kwam haar vader vroeg thuis, dronken en vol blauwe plekken van een straatgevecht dat hij had verloren, terwijl de honden los rondliepen en om Itsy heen draaiden. De honden roken zijn stemming en trokken dichter naar haar toe.

'Wat? Grommen jullie tegen mij?' Hij trok zijn broekriem uit en brulde: 'Uit de weg!'

Hij zou de roedel hebben geïntimideerd en zijn gezag hebben hersteld als Itsy er niet bij was geweest, als de eerste klap met zijn riem niet een streep bloed op haar wang had achtergelaten.

Het ene moment stond hij nog rechtop en het volgende was hij niet meer dan twee spartelende benen. Hij lag onderop in een razende kluwen die Itsy niet uit elkaar had kunnen halen al zou ze het geprobeerd hebben.

Later, toen de honden het beu waren haar vaders lichaam heen en weer te slepen, zette ze ze in hun eigen hok. Ze waste en droogde het bebloede geld dat ze in haar vaders zak had gevonden en trok zo veel mogelijk kleren aan. Hij was te zwaar om te verplaatsen en de grond was te hard om een graf te graven, hoe ondiep ook.

Haar moeder was door alles heen geslapen. Als Itsy had kunnen schrijven, zou ze een briefje hebben achtergelaten. 'Graag de honden eten geven', zou ze hebben geschreven.

Petra stond met haar winkelwagentje stil in het derde gangpad, Koffie en Thee, schijnbaar omdat ze niet kon kiezen tussen Sumatraans en Colombiaans, tussen bonen en gemalen. Ze was negen en had het steile haar en brede gezicht van een Roemeense prinses. Ze zette de Colombiaanse koffie terug in het schap en pakte een dubbel geroosterde koffiesoort.

In rij vijf, Koekjes en Suikerwaren, slenterde Leo, met een sigaret achter zijn oor, en zag er onbedoeld uit als een lastpost. Hij had een boodschappennetje in zijn hand, zo een dat veel mensen altijd bij zich hebben voor onverwachte aankopen. Leo had lange benen en rende graag. Hij was elf.

Lisa – een pruimenmondje, blauwe ogen, een stralenkrans van goudblond haar en een neutrale gelaatsuitdrukking – liep rond bij Diepvriesproducten. Haar beste vriendin, Milka, stond bij Groenten en Fruit meloenen te vergelijken. Ze snoof eraan, beklopte ze en kneep er even in. Milka was even lelijk als Lisa mooi was, maar ze had een beugel, een teken van relatieve rijkdom. De meisjes waren tien.

De supermarkt maakte deel uit van een Franse keten en er werden vooral Franse producten verkocht, zoals paté, kaas en canard à l'orange die in de magnetron bereid kon worden. De vleesafdeling zag eruit als een echte *boucherie*, compleet met opgehangen, deels gevilde pluizige konijnen. Er was een bistro waar crêpes en croque-monsieurs werden geserveerd.

Achter een doorkijkspiegel boven de lamskoteletten bladerde de filiaalhouder door een map gezichten totdat hij Lisa had gevonden. Er stonden geüniformeerde bewakers bij de ingang en de nooduitgangen, bij de wijnafdeling en de kaviaarbar. Toen de chef vier weggelopen kinderen had opgemerkt, liep hij de winkel in. Hoewel geen van de kinderen nog iets had gedaan wat niet mocht, wilde hij hun laten merken dat ze in de gaten werden gehouden. Daarom keek hij de andere kant uit toen de automatische deur openschoof en een zwarte Duitse politieherdershond aan een losse lijn het eerste gangpad, Brood en Banket, in draafde gevolgd door een meisje.

De hond blafte zwaar en had de uitwerking van een kanonskogel. Bij Groenten en Fruit streek hij langs een schap zodat de citroenen over de grond stuiterden. Blikken gepelde tomaten rolden in zijn kielzog. Een beveiliger probeerde gangpad 7, Dierenvoeding, te blokkeren en greep mis toen de hond de koelbak met vlees in sprong en eruit kwam met een biefstuk tussen zijn kaken. Twee bewakers die de hond tussen Consumptie-ijs en Diepvriesproducten in een hoek probeerden te drijven, eindigden in een wirwar van omgevallen boodschappenkarren.

Voor de hond was het een spelletje. Hij dook ineen als een sprinter, blafte en liet de bewakers tot een zekere afstand komen, om dan als in een schijnbeweging in de ene richting weg te spurten en vervolgens in de andere. Toen de filiaalhouder met een bus pepperspray aankwam, trok de hond zich direct terug. Ondertussen lieten vaste klanten hun kar staan en vluchtten de straat op. Alle weggelopen kinderen verdwenen en plotseling was ook de hond ervandoor.

Wat de filiaalhouder niet begreep, was dat er na telling van de producten en controle van de kassa's niets leek te zijn verdwenen uit de winkel, met uitzondering van de biefstuk. Het was lastig om bij de politie aangifte te doen van een diefstal door een hond. Pas een dag later merkte de magazijnchef wat er nog meer was verdwenen.

Terwijl zijn personeel naar de capriolen aan de andere kant van de doorkijkspiegel keek, was iemand via de achterdeur het magazijn binnengelopen en vertrokken met zes dozen met blikken babymelkpoeder, vier jumbopakken wegwerpluiers en twee pakken kant-en-klare babymelk voor op reis.

Itsy zei: 'Ze vindt het flesje lekker.'

'Ik hou meer van borstvoeding. Hm, lekker.'

'Hou je kop.'

'Smeerlap.'

'Jongens zijn smeerlappen.'

Leo zei: 'Dat was lachen, toen Tito de citroenen van het schap veegde.'

'Tito is een goede hond.'

'Tito is de beste.'

De hond hief zijn enorme kop bij het horen van zijn naam en wierp een liefdevolle blik in Itsy's richting.

Emma, de jongste, zag eruit als een lappenpop. Ze was het meest gefascineerd. 'Huilde ze veel?'

'Niet zo.'

'We zouden Tito nog meer biefstuk moeten laten halen.'

'Ze hebben ons niet eens gezien,' zei Peter.

Klim zei: 'We hadden naar het magazijn terug kunnen gaan en twee keer zoveel kunnen meenemen. We hadden de hele boel kunnen leeghalen.' Met hun bleke gezichten leken Peter en hij net bajesklanten. Klim was negen en Peter tien.

'Ik heb de baby drie keer verschoond. Ze had een soort diarree,' zei Itsy.

'Ze ziet er moe uit. Heeft ze geslapen?'

'Ze was druk.'

'Is dit haar naam, Itsy?' Emma hield een geborduurde hoek van het dekentje omhoog.

'Lees zelf maar.' Er viel een beleefde stilte, omdat iedereen wist dat Itsy niet kon lezen.

'Katja,' zei Emma met een klein stemmetje.

'Mag de radio aan?'

'Ja, maar zet hem wel zacht.'

'Hoe lang kunnen we hier blijven?'

'We zien wel.'

De situatie leek ideaal: een bouwkeet op wielen die plotseling was opgedoken in een ongebruikte reparatieloods op het rangeerterrein van het Kazanstation. De keet had slaapbanken, al waren die smerig en zaten ze vol vlekken, en er stond een potkacheltje. De keet reed niet meer. Eerst waren de banden alleen lek geweest, nu waren ze aan flarden.

De loods zelf was een stalen hangar die aan één kant open was. Rails leidden naar een geul die zo diep was dat een man erin kon staan om het onderstel van wagons te repareren. Maar dat was in geen tijden gebeurd. Het gras was tot heuphoogte gegroeid, wat deed vermoeden dat er al lang niet meer werd gewerkt.

'Ik vind het eng daar.'

'Tito waarschuwt wel als er iemand komt.'

Lisa vroeg: 'En als het Jegor is?'

Milka knipte zijn mes open. 'Als hij nog eens in je buurt komt, snij ik zijn ballen eraf.'

Itsy maakte zich geen illusies. Ze gaf er de voorkeur aan om Jegor een stap voor te blijven. Jegor was volwassen vergeleken met de anderen.

'Waarom zetten ze een bouwkeet in een reparatieloods voor treinen?'

'Ik weet het niet, maar hij staat daar nu en wij gaan hem gebruiken. We kunnen voor onszelf zorgen. En we hebben Tito. En nu hebben we een baby en dat maakt ons tot een gezin.'

21

Victor vertelde in het café op Jaroslavlstation alles over tatoeages. Hij raakte telkens het schermpje van Arkadi's telefoon aan om de foto te verschuiven en te vergroten.

'Gevangenistatoeages zijn, net als schilderijen uit de school van Rubens, kunstwerken waaraan op verschillende tijden door verschillende handen is gewerkt. Er zijn delen en gezichten toegevoegd of verwijderd, sommige stukken zijn leeg in afwachting van opmerkelijke gebeurtenissen, andere zijn te vol door een slechte planning. Laten we beginnen met de madonna met kind. Dit huiselijke tafereel vertelt ons dat Dopey niet uit een burgermansgezin komt, maar uit een familie van eerlijke criminelen. De tatoeage is primitief, hoewel de gezichten later zijn bijgewerkt. De tatoeages van de kat wijzen op een vroege carrière als inbreker, en uit de behendigheid van deze katten kun je opmaken dat een dwerg zich toegang weet te verschaffen tot allerlei verschillende ruimten. Wanneer hij ouder en zwaarder wordt, maakt hij carrière als moordenaar. Drie tranen, voor elk slachtoffer één, alsof het hem iets kon verrotten. Hij heeft vier keer gezeten. De stekels aan het prikkeldraad geven aan hoeveel jaar. Het spinnenweb op zijn schouder betekent dat hij verslaafd was, waarschijnlijk aan heroïne, want het heeft iets surrealistisch dat doet denken aan Dali.'

Victor straalde hernieuwde kracht uit, dacht Arkadi. Voor een man die zou moeten worstelen met een delirium, keek hij verrassend fris uit zijn ogen.

'Je kunt aan de huid van een bajesklant meer aflezen dan aan het visitekaartje van een bankier, waarop staat dat hij vestigingen heeft in Moskou, Londen en Hongkong, terwijl hij nooit verder is geweest dan Minsk. Maar wanneer een gedetineerde een tatoeage heeft voor een misdaad die hij niet daadwerkelijk heeft begaan, tatoeëren de andere gedetineerden het woord "leugenaar" midden op zijn gezicht.'

'Goed om te weten dat er tenminste ergens op de wereld integriteit bestaat.'

'Het oude cachet is verdwenen. Nu heeft elke huisvrouw een tatoeage op haar kont. Achter de tralies nemen ze geen genoegen meer met zelfgemaakte inkt als hun vriendinnetjes buiten rondhuppelen met hun broek half naar beneden en een tattoo die oplicht in het donker.' Hij onderbrak zijn verhaal om te vragen: 'Maak je je zorgen?'

'Ze moeten me een brief sturen om de schorsing aan te kondigen en een andere om me te ontslaan. Zurin heeft er nog maar één gestuurd.'

'Weet je het zeker? Hoe dan ook, ik kan haast niet geloven dat ik hier naast de man sta die Dopey de dwerg heeft omgelegd. Rust er nu een vloek op je?'

'Waarschijnlijk,' beaamde Arkadi.

'Maak je maar geen zorgen. Je zit al zo diep in de stront dat een vloek overbodig is.'

Victor ging ervandoor voordat de rekening kwam. Arkadi vroeg de ober of hij op het station een jongen kende die de kost verdiende met schaken.

De ober boog zich naar hem toe en dacht erover na.

'Een magere jongen?'

'Ja. Hij heet Zjenja.'

'Ik ken geen Zjenja. Deze heet "Brein".'

'Dat komt aardig in de richting.'

'Hij komt vaak op het station en verdwijnt ook telkens weer.'

'Is hij er vandaag?'

'Nee. Misschien heeft hij een dagje vrij genomen. Hij had gisteravond enorme trammelant met zijn vriendin. Precies hier voor de deur.'

Arkadi wist niet of hij het goed had gehoord. 'Een vriendin?'

'Een beauty.'

'Heeft hij een mooie vriendin?'

'Met een kaalgeschoren hoofd.'

'Met een kaalgeschoren hoofd nog wel?' De Zjenja die Arkadi kende, ging niet met trendy figuren om. Eigenlijk ging hij met helemaal niemand om. 'Ik denk dat u iemand anders bedoelt.'

De ober haalde zijn schouders op.

'Jammer. Ze was bijzonder, maar zogezegd een bitch.'

22

Vier mannen namen plaats aan een ronde tafel: inspecteur Ren-ko, officier van justitie Zurin, plaatsvervangend hoofdofficier van justitie Gendler en een oudere ambtenaar van het ministerie die 'vader Iosif' werd genoemd en stil en onbeweeglijk was als een opgezette uil. Hij was allang de geldende pensioenleeftijd van zestig gepasseerd, maar was waarschijnlijk telkens opnieuw op een jaarcontract blijven werken. Niemand wist precies wat vader Iosifs status was. Niemand hoorde hem ooit iets zeggen.

Zurin had er nog nooit zo goed uitgezien; fit en klaar voor de strijd. Onder Jeltsin was hij dik geweest, solliciterend naar een beroerte, terwijl hij onder Poetin verstandig was gaan eten, was gaan sporten en was afgevallen. Hij werd geholpen door een stapel dossiers, bijeengebonden met gewichtige rode linten.

Gendler had Arkadi's politiepas en pistool, een 9 millimeter Makarov, midden op tafel gelegd en merkte op dat dit de ideale opstelling was voor Russische roulette.

'Maar dan heb je wel een revolver nodig,' zei Arkadi. 'Een draaiende cilinder. Anders is de toevalsfactor vrijwel afwezig.'

'Wie heeft er behoefte aan toeval?' Gendler zette een bandrecorder op tafel. Hij drukte de opnameknop in en sprak plaats, datum en tijd in en de namen van de aanwezige personen voor de ontslaghoorzitting.

Het duurde even voordat Arkadi besefte wat er stond te gebeuren.

'Wacht even, dit is een hoorzitting over mijn schorsing.'

'Nee, dit is een hoorzitting over je ontslag.'

'Ik heb de schorsingsbrief gisteravond laat ontvangen. Hier is hij.' Hij gaf de brief aan de plaatsvervangend hoofdofficier van justitie, die hem zonder te lezen opzij legde.

'Een typefout, waarvan akte. Maar dit is de tweede hoorzitting. Je bent, om wat voor reden dan ook, niet op de eerste verschenen.'

'Ik wil uitstel.'

'Geen sprake van. Het panel is nu bijeen. We hebben het vereiste aantal aanwezigen, we hebben de ondersteunende dossiers en het materiaal dat officier van justitie Zurin heeft ingebracht. We kunnen hem niet vragen alles naar uw believen heen en weer te slepen.'

'Ik heb tijd nodig om de zaak voor te bereiden.'

'Het is uw tweede brief. De eerste is een maand geleden aan u verstuurd. Uw voorbereidingstijd is gisteren verstreken.'

'Ik heb geen eerste brief gekregen.'

'Ik heb de mijne wel ontvangen,' zei Zurin.

'Dan zou ik geschorst zijn geweest.'

'Dat was je ook.'

Daarom had hij dus van de officier van justitie geen zaken meer toegewezen gekregen. De triomf op het gezicht van Zurin was onmiskenbaar. Hij had zijn rol perfect gespeeld, net als Arkadi, in zijn onwetendheid.

'Ik ben iedere dag op kantoor geweest.'

'Om je voor te bereiden op deze ontslagzitting, veronderstelde ik,' zei Zurin. 'Ik heb je geen strobreed in de weg gelegd.'

Gendler zei: 'Renko, heb je niets anders in te brengen ter verdediging?'

'Nee.'

'Maar je was actief. Volgens officier van justitie Zurin ben je twee nachten geleden gezien toen je een ontwenningskliniek verliet. Gisteren heb je een autopsierapport veranderd om een moord te ensceneren.'

'Dat rapport is niet veranderd. Ik assisteerde bij een moordzaak. We hebben het hier misschien wel over een seriemoordenaar.'

'En vandaag beweert u een seriemoordenaar op het spoor te zijn, de natte droom van iedere politiefunctionaris. Het spijt me, maar als de een dit beweert en de ander dat, moet ik over harde bewijzen beschikken, en die hebt u niet.'

Arkadi zei: 'Ik stel voor dat we de bewijzen van het OM bekijken om te zien hoe hard die eigenlijk zijn.'

'Daar hebben we geen tijd voor. We worden overspoeld door zaken. Dus, denk je je ontslag aan te vechten of niet? Ik moet je waarschuwen.'

'Nee.'

'Je vecht je ontslag niet aan?'

'Nee.'

'Hij gooit het bijltje erbij neer,' zei Gendler half verbaasd tegen Zurin.

'Ik hoorde het. Dus heeft hij deze niet meer nodig.' Zurin pakte Arkadi's pasje en het pistool van de tafel.

'Niet het pistool.' Arkadi pakte Zurin bij zijn pols.

'Het is eigendom van de staat.'

'Alstublieft, heren.' De plaatsvervangend hoofdofficier probeerde hen te scheiden.

Arkadi boog Zurins vingers naar achteren. De officier van justitie liet los en zei: 'Zie je nou dat hij gek is. Hij valt me aan in het bijzijn van getuigen.'

'Lezen.' Arkadi gaf het pistool aan Gendler.

'Wat?'

'Op de slede.'

In het pistool was in fijne kalligrafische lettertjes een tekst gegraveerd.

'Dit wapen en een levenslange vergunning zijn door het Russische volk in dankbaarheid toegekend aan inspecteur A.K. Renko.'

'Het is van mij,' zei Arkadi.

'Dat neem ik in overweging.' Gendler hield het pistool.

'Renko,' zei vader Iosif. 'Wat een spijkerharde klerelijer.'

Iedereen verstijfde. Gendler was stomverbaasd. Niemand had vader Iosif ooit één woord horen zeggen.

'Hij houdt het pistool,' zei vader Iosif en daarmee was het beslist.

Elk bureau in de recherchekamer was een podium waar een ander drama werd opgevoerd. Een moordenaar die met handboeien aan zijn stoel zat vastgeketend. Een hevig zwetende toerist die in zijn zakken bleef voelen in de hoop dat hij zijn paspoort toch nog zou vinden. Een oude dame die haar kat kwijt was. Ze had foto's meegenomen. Op een mededelingenbord hingen foto's van beroepsmisdadigers naast foto's van soldaten die niet van verlof waren teruggekeerd; elke dag kwam er een handvol nieuwe bij. Een goudvis knabbelde aan een medegoudvis.

Arkadi had een tas met blikjes koude frisdrank meegenomen. De derde dag kwamen de slangen van de alcohol vaak naar buiten, maar Victor was fris als een hoentje.

'Je bent zonder problemen hier gekomen? De auto is nog heel? Geen portieren eraf?'

'Hij is als nieuw.'

'Hoe ging de bijeenkomst?'

'Hij ging niet over mijn schorsing, maar over ontslag.'

Victor rechtte zijn rug. 'Je meent het.'

'Zij meenden het zeker. Ze hebben geen gevoel voor humor.'

'Je ligt eruit?'

'Ik ben voortaan een gewone burger.'

'Gewoner kan bijna niet. Wil je dat ik Zurin omleg? Ik doe het zo. Het zou me een genoegen zijn.'

'Nee, maar ik waardeer het aanbod.'

'Je wint het nooit in deze klotewereld. Laten we vanavond dronken worden. Laten we zuipen tot de tranen over onze wangen biggelen. Wat denk je ervan?'

Arkadi zat achter Victors computer. Op het scherm was een fotomodel te zien met volumineus blond haar en staalblauwe ogen, gehuld in een wolfsjas en bijpassende muts. Op de achtergrond lichtten de uivormige koepels van de Pokrovkathedraal op in het gouden zonlicht.

'Je werk schiet aardig op,' zei Arkadi.

'Geschorst, ontslagen, je laat het er niet bij zitten.'

'Nog niet.'

Het bijschrift bij de foto luidde: 'Oksana Petrovna wordt vertegenwoordigd door Venus International.'

Na het indrukken van een toets verscheen er een studioruimte. Oksana Petrovna lag op haar rug midden op de vloer met haar hoofd in een plas bloed, de handen in de zij. Haar leren broek en haar onderbroek waren tot haar enkels naar beneden getrokken. Mogelijk lag ze in de eerste balletpositie. Moeilijk te zeggen. De datum op de foto was van twee jaar geleden. Volgens de aantekeningen had een dakloze man bekend en zijn bekentenis vervolgens herroepen.

Arkadi zei: 'Het lijkt alsof ze van achteren is geraakt.'

'Ja, en toen is een arme drommel net zo lang in elkaar geslagen tot hij alles bekende – hij zou hebben bekend dat hij de tsaar in zijn reet had genaaid als ze dat hadden gevraagd. Daarna is de zaak op een zijspoor gezet.'

Arkadi drukte de toets nogmaals in voor het volgende scherm. Inna Ustinova zag er jonger uit dan haar tweeëndertig jaar. Ze was yogalerares, twee keer getrouwd geweest, een keer een Amerikaan die haar Malibu in Californië had beloofd, maar haar Columbus in Ohio had gegeven. Volgens haar pagina op Facebook wilde ze verder nog alleen Russische vriendjes. Haar grote ambitie was danseres worden in Club Nijinski. Haar lijk was een half-jaar eerder in een rioolbuis gevonden tijdens een hondententoonstelling in het Ismailovapark. Haar onderlijf was naakt, er waren geen tekenen van geweld, waarschijnlijk een overdosis. Haar voeten stonden uit elkaar en haar armen waren als vleugels gestrekt, zoals bij de tweede positie.

'Dat is alles?' had Arkadi gevraagd.

'Dat is alles.'

'Geen derde positie?'

'Jawel. Die heet "pissen tegen de wind in".'

'Venus International. Is dat een bekend modellenbureau?'

'Ik heb een vriendin gebeld. Volgens haar is het dubieus.'

'De naam klopt niet helemaal,' zei Arkadi.

'Hoe bedoel je?'

'Nou, hij klopt niet helemaal, toch? "Venus" doet nog wat meer vermoeden.'

'Je bedoelt...'

'Precies.'

'Meer...'

'Ja.'

'Nou, ze deden vroeger ook privéshows; lingerie en dergelijke, maar daar zijn ze al jaren een beetje te chic voor.'

'Was Venus op een gegeven moment niet ook verbonden aan een datingbureau? Mooie Russische bruidjes voor eenzame Amerikaanse mannen?'

'Toen Venus begon, probeerden ze het een en ander. Ik weet waar je op uit bent. Je wilt weten of de paden van deze twee vrouwen elkaar ooit gekruist hebben.'

'En?'

'Ustinova staat op Facebook. Ze had enorm veel "vrienden", maar Oksana Petrovna hoorde daar niet bij. Deze vrouwen woonden allebei in Moskou, maar ze leefden in verschillende werelden.'

'Gingen ze naar clubs?'

'Ja. Een mooi meisje mag altijd overal naar binnen. Modellen als Ustinova zijn vaste verschijningen in de Nijinski en een tiental andere clubs. Als Petrovna danseres in de Nijinski was geweest, zoals Vera, dan was er een keurige connectie geweest, maar die was er niet. Tot zover, dus.'

'Heeft ze het geprobeerd?'

'Wat geprobeerd?'

'Heeft Petrovna bij Club Nijinski auditie gedaan als danseres?'

'Waar wil je nu eigenlijk heen?'

'Iemand neemt die meisjes aan of wijst ze af. Er is altijd een poortwachter.'

'O, op die manier?' Victor nam de ernstige houding aan van een arts die slechts nieuws heeft. 'Man, je gaat eraan.'

'Zou je dat kunnen uitleggen?'

'Je kunt niet blijven doen alsof je misdaadonderzoeker bent.'

'Dat doe ik al jaren.'

'Mocht je je pistool houden?'

'Ja.'

'Je wordt erin geluisd.'

'Misschien.'

'Je gaat eraan, man. Je hebt geen gezag, geen bescherming, alleen vijanden. Wat probeer je te bereiken? Hoop je op bloed op de stoep, op applaus?'

Arkadi wist het niet, maar hij dacht dat wat duidelijkheid geen kwaad kon.

'De deur is open,' hoorde Arkadi, en waagde zich naar binnen.

Isa Spiridona, choreografe van Club Nijinski, ontving hem in een zijden gewaad; ze lag op een chaise longue met een vrije arm om haar opium en brandewijn te kunnen pakken. Haar appartement keek uit over de Moskva, maar het had net zo goed de Seine kunnen zijn, afgaand op haar met fluweel beklede stoelen en fraaie kopieën van Frans antiek, gefineerd met tulpenboomhout. Een handvol zijden bloemen. Gesigneerde foto's van Colette, Coco en Marlène op een tafel. Foto's van een jonge Spiridona die met Rudy Petrovjan en Barisjnikov op een vleugel danst. Foto's aan de wanden alsof ze haar geheugen niet vertrouwde.

'Vergeef me dat ik niet opsta. Ze zeggen dat danseressen een klein deel van hun leven *en pointe* staan en een veel groter deel pijn moeten lijden. Het was een bruut systeem, maar het werkte, nietwaar? We hadden dansers, we hadden schoonheid. Ik veronderstel dat dit de reden is waarom u hier bent. Om vragen te stellen over Vera?'

'Ja.'

'Nog meer vragen over Club Nijinski?'

'Nog één.' Hij ging zitten, omdat een vraag altijd tot een volgende leidde. Als je blijft staan, ben je al bijna de deur weer uit. 'Wie doet de audities voor de danseressen van de Nijinski?'

'Ik. Ik ben de choreografe.'

'En zijn er veel getalenteerde danseressen die voor Club Nijinski willen dansen?'

'Ja.'

'En ze willen niets liever dan auditie doen bij u?'

'Ja.'

'Waarom werkte een niet zo goede danseres als Vera voor de club?'

'Ze had andere kwaliteiten.'

'Zoals?'

'Ze was een charmant meisje. Dat kwam zelfs tot uiting in haar manier van dansen. Het is iets wat je niet kunt leren.'

'Vindt u het erg als ik het licht aandoe?' Hij was bij de schakelaar voordat ze bezwaar kon maken. Vervolgens liep hij terug en legde een foto voor Spiridona neer.

'Herinnert u zich Inna Ustinova nog? Ze was yogalerares. Ze wilde voor Club Nijinski dansen.'

'Natuurlijk herinner ik me haar. Ze was te oud. Ze hing in de club rond, op zoek naar een schouder om op uit te huilen.'

'Vond ze die ook?'

'Nee. De mensen hier zijn professionals. Ik zei tegen haar dat ze beter terug kon gaan naar haar yogamatten. Ik voelde me vreselijk schuldig toen ze werd vermoord. Gevonden door een hond. Wat afschuwelijk, wat verschrikkelijk moet dat zijn geweest.'

Arkadi luisterde niet. Wat hij in het gedimde licht niet had opgemerkt, was een ingelijste, theatraal donkere poster van een jonge danser met goudblond haar, dezelfde jongen die Arkadi zonder een druppel bloed in zijn lijf op een tafel in het lijkenhuis gezien. Op een presenteerblad lag een stapel programma's voor verschillende balletten.

Ze volgde zijn blik. 'Mijn zoon, Roman.'

'Danst hij ook?'

'Dat deed hij, maar hij is geblesseerd geraakt. Vorige week belde Roman om te zeggen dat hij met zijn vriend Sergej op reis ging. Gisteren belde Sergej om te zeggen dat Roman alleen verder was gegaan.'

Dit was meer dan waar Arkadi op had gerekend. Hij was niet gekomen als boodschapper, om deze vrouw te vertellen dat haar zoon dood was. Dood en al verbrand onder een andere naam.

'Waar naartoe?'

'Ik weet het niet. Ik probeer Roman niet voor de voeten te lopen. Hij lijdt aan depressies, maar de dokters zeggen dat ik moet wachten tot hij het dieptepunt bereikt. Wat betekent dat, "het dieptepunt bereiken"?'

Roman Spiridon had zeker een dieptepunt bereikt. Van zijn dieptepunt was hij zelfs doorgeschoten naar het middelpunt der aarde. En niet eens als zichzelf, maar onder een andere naam.

Arkadi herinnerde zich madame Borodina's stem, droog als aanmaakhout: 'Verbrand hem.'

Hoewel de Kerk tegen crematie was, bood de staat wel de mogelijkheid. Hij was een oven in geschoven met vuur dat heet genoeg was om goud te smelten, zijn as en beenderen waren verpulverd en in een bus met schroefdeksel aan Borodina overhandigd. Waar ging zij ermee naartoe? Er waren verschillende parken – het Silovikipark, het Gorkipark, het Ismailovapark – waar as kon worden uitgestrooid. Of in een vuilnisbak worden gegooid. Of als meel in de rivier worden gestrooid.

'Sergej hoe?'

'Borodin.'

'Belde Sergej Borodin in plaats van uw zoon? Om u gerust te stellen, maar niet om te vertellen waar ze waren?'

'Sergej zei dat hij terug moest komen om zijn boek op te halen.'

'Welk boek was dat?'

'Daar, op het bureau. Ik zit op zijn komst te wachten.'

Op een bureau in Louis XIV-stijl lag een beduimelde pocket getiteld *Dagboek van Vaslav Nijinski*. Het klonk Arkadi behoorlijk onschuldig in de oren. Hij bladerde erin om te zien of er iets uit zou vallen.

'Mag ik het boek even lenen?'

'Sergej komt het halen.'

'Dan kan hij naar mij toe komen.'

Ze had niet de puf om het hem te weigeren. Haar aandacht werd getrokken door de opiumset, een gelakt dienblad ingelegd met parelmoer en zilveren draken. Er lag een harsachtige 'pil' in de kop van een slanke ivoren pijp.

'Soms worden Gods gaven aan de verkeerde persoon geschonken.'

'Als Borodin zo'n geweldige danser is, waarom zwaait hij dan aan een kabel heen en weer in Club Nijinski in plaats van bij het Bolsjoi te dansen?'

Spiridona zei: 'Hoe moet ik het zeggen? Dansen is een intieme aangelegenheid. De vrouwen waren niet gediend van de manier waarop Sergej hen behandelde.'

'Te zachtaardig? Te hard?'

'Als kippen in een slachterij.'

23

Maya stelde zich voor dat ze op een gouden roltrap stond die tot de wolken reikte. Haar baby bevond zich een paar passen voor haar. Om een of andere reden kon Maya de afstand niet overbruggen en ze kon niet zien wat er in het verschiet lag, maar ze was ervan overtuigd dat het beter was dan wat ze achterlieten.

'Hoe oud ben je, liefje? In Pakistan zou je al getrouwd zijn en een kind op je heup hebben. Je borsten zijn vol. Dat vinden mannen opwindend, maar laat de zorg en het gedoe maar liever aan iemand anders over. Nee, laat mij je maar uitkleden. Het is me een genoegen. Ik vouw alles netjes op. Mijn god, je wordt steeds mooier. Onze wederzijdse vriend Jegor heeft niet overdreven. Wat vind je van deze plek? Het is een kantoor van een vriend, een belangrijk man. Pakistaans, maar de bank ligt lekker, vind je niet? Mooie schilderijen, als je ze kon zien. Alles heel modern. Champagne op ijs. Minibar. Wil je iets drinken? Wat je maar wilt. Omdat het zondag is, hebben we de hele nacht en het hele gebouw tot onze beschikking. Je kaalgeschoren hoofd is vreemd erotisch, alsof je jezelf aan me openbaart. Zoals je ziet, ben ik lichamelijk niet in topconditie. Toen ik hier dertig jaar geleden als student kwam, was ik mager als een lat. Maar ja, de Russische keuken... Mijn vrouw, de schat, kan totaal niet koken. Ik noem haar mijn vrouw, maar we zijn niet echt getrouwd. Ik weet niet wat de Russen tegen specerijen hebben. En ik krijg in de verste verte niet genoeg beweging. Iemand van mijn omvang heeft veel lichaamsbeweging nodig. Als je niet beweegt, word je vet zoals ik. Maar ik moet dag en nacht in de kiosk aanwezig zijn, anders besteelt mijn personeel me tot de laatste roebel. Kijk eens aan. Zo'n stijve heb ik in geen tien jaar gehad. Mag ik je kussen? Ik doe het licht uit, dan kun je je inbeelden dat je seks hebt met de knapste man ter wereld. Als je me aanraakt, ontplof ik, werkelijk waar. O nee, o nee, o nee. Zie je nou wel? Dat komt door al die onthouding. Maar ik heb meer. Ik ren even naar de heren en ben meteen weer terug. Geef me een minuutje. Zo wordt het nog beter. Minder haastig.'

Hij floot 'Hé ho, je krijgt het niet cadeau' uit *Sneeuwwitje*, terwijl hij op blote voeten door de hal beende. Iedereen in de stad floot dit deuntje, het hing in de lucht. Op het herentoilet veegde hij zich schoon, kneep hij in het vet rond zijn middel en glimlachte hij naar de spiegel om zijn tanden te controleren. Hij vond de onderbreking niet erg. Sterker nog: hoe langer hoe beter. Zijn penis hing er slap bij, maar was niet verslagen, dacht hij.

De kantoorlichten waren nog steeds gedimd toen hij terugliep. Hij manoeuvreerde voorzichtig tussen tafels en stoelen door om zijn schenen te sparen, terwijl hij bijna koerend haar naam fluisterde. Toen het licht plotseling aanging, stonden er twee mannen in overall, met werklaarzen en operatiehandschoenen aan. Op de handschoenen na zagen de bezoekers eruit als automonteurs. Er stond een boodschappentas op de salontafel en even dacht hij dat hij misschien in het verkeerde kantoor was terechtgekomen, maar hij zag wel gewoon de gerieflijke sofa, nog ingedeukt op de plek waar het meisje had gelegen. Zijn kleren lagen op het bureau naast Maya's sjaal, maar zij was verdwenen.

'Neem me niet kwalijk.'

'Laat die kleren maar liggen.'

'Ga zitten.'

De andere man drukte een stoel in Ali's knieholten. Hij moest gaan zitten om niet te vallen.

Ali bleef rustig. Ze probeerden hem natuurlijk af te persen en deze twee waren de zware jongens. Ze leken uit dezelfde ruwe mal te komen, met slechts hier en daar een deukje verschil. Met hun vlakke stemmen en diepliggende ogen speelden ze hun rol overtuigend.

'U hebt me zonder meer te pakken. Maar laten we het niet dramatischer maken dan nodig is. Hoeveel wilt u hebben?'

Een man liet Ali een fotokopie zien met het gezicht van Maya. 'Is dit het meisje?'

'Ja. Vraag maar, ik vertel alles wat u wilt weten.' Het leek Ali belangrijk om een positieve sfeer te creëren, zonder te nieuwsgierig te doen. Hij was een keer of vijf beroofd in de kiosk en had ondervonden dat paniek alleen maar nog meer narigheid veroorzaakt. Deze twee leken beroeps, wat geruststellend was. Als je hen zou moeten beschrijven: beiden hadden onopvallend haar, dunne lippen en het soort baard dat op een blauw masker leek. Ze glimlachten niet. In plaats van te vragen hoe ze heetten, noemde hij de grotere man in gedachten 'meneer Groot' en de iets kleinere man 'meneer Klein'.

Meneer Klein vroeg: 'Waar is ze?'

'Ik heb geen idee. Wat maakt het uit? Ze heeft gedaan wat ze moest doen.'

Meneer Groot pakte de sjaal en hield hem voor Ali's neus.

Ali knikte. 'Ja, ruikt heerlijk. Een kleine nimf is het. Ze was hier net nog, maar nu is ze verdwenen. Dat is Gods waarheid.'

Hij verwachtte dat ze zouden vragen waar ze naartoe was. Maar ze neusden alleen in het kantoor rond en bekeken de inhoud van de minibar. Ze voelden aan de nog warme sofa.

Ali zei: 'Ik verwachtte haar hier aan te treffen toen ik terugkwam van het toilet, niet u tweeën.'

'En de baby?' Meneer Klein stelde zich achter Ali op.

Ali moest zich omdraaien in zijn stoel. 'Ze heeft het niet één keer over een baby gehad.'

'Hoe waren haar tieten?'

'Vol, merkte ik, zoals bij een moeder die haar kind de borst geeft. Maar ze heeft het niet over een baby gehad.'

'Armen naar achteren.'

'Ik voel me nogal bloot. Mag ik me eerst even aankleden?'

'Nog niet.'

'Dit is echt niet nodig.'

Ali liet zich rond de rugleuning van de stoel handboeien aandoen. Hij was nog steeds bereid een deal te sluiten.

'Ze was hier een minuut geleden, maar je hebt geen idee waar ze heen is?'

'Naar Jegor, natuurlijk. Mag ik me eerst even aankleden? Zo kunnen we niet onderhandelen.'

'Hoezo onderhandelen?'

De stilte die volgde, was zenuwslopend.

'U wilt geen geld?'

'Zien we eruit als afpersers?'

Nee, dacht Ali. Zagen ze er maar zo uit.

Meneer Groot zei: 'Als Jegor er niet meer was, waar zou ze dan heen gaan?'

'Ik wou echt dat ik u kon helpen.' Ali was kalm. Hij was al vaker door Russen in elkaar geslagen en had gebroken ribben opgelopen, alleen omdat hij over straat liep. Ze zouden merken dat hij het kon hebben.

'Vanuit de kiosk zie je alles, toch?'

'Niemand kan alles zien. Mensen komen en gaan voortdurend. Het is druk op het Driestationsplein.'

Meneer Klein en meneer Groot wierpen elkaar een blik toe waaronder Ali's ballen ineenkrompen.

'Zoals ik al zei, ik ben niet geheel onbemiddeld. Als u een bedrag noemt om mee te beginnen...' Ali's stem stierf weg toen meneer Klein een doos doorzichtig huishoudfolie uit de boodschappentas haalde en de sluitstrip wegritste. Hij trok het plasticfolie door de gleuf in het deksel tot over het metalen zaagtandstrookje. Ali vroeg zich af waar het eten was dat opgeborgen ging worden.

'Ben je al eens eerder ingepakt?' vroeg meneer Groot.

'Ingepakt?'

'Ik vat dat op als "nee". Het is heel simpel. Ik vraag je waar ik het meisje en haar baby kan vinden. Als je niet antwoordt of fout antwoordt, wikkelen we je hoofd in plastic.'

Allemaal bangmakerij, dacht Ali. Niemand deed zoiets.

'Je zult het wel merken. Ben je claustrofobisch?'

'Nee, meneer.'

'We zullen zien.'

Er waren twee mensen voor nodig: een om het uiteinde van het folie vast te houden de ander om met de doos om Ali heen te draaien en het plastic af te rollen. Het was doorzichtig, Ali kon er doorheen kijken en de hele operatie in de weerspiegeling van het kantoorraam zien. Zijn luchttoevoer was volledig afgesneden. Hij knikte om aan te geven dat hij het idee snapte, maar ze bleven wikkelen totdat hij van zijn nek tot zijn kruin was ingepakt.

'Het is belangrijk niet in paniek te raken,' zei meneer Klein. 'Hoe sneller je hartslag, hoe meer zuurstof je verbruikt.'

Het folie kwam steeds strakker te zitten en vormde zich rond het gezicht van Ali. Hij wilde zeggen dat dit meer was dan een demonstratie, maar zijn mond zat ingepakt en hij bracht nauwelijks geluid voort. In de weerspiegeling van het raam zag hij zichzelf heen en weer zwaaien met een zilveren helm op.

'Ali, rustig! Je hebt nog vijf minuten.'

Vijf minuten? Zij vergisten zich! Ze dachten waarschijnlijk dat hij nog lucht had! Nee, nee, nee, nee! Hij zwaaide zo hard heen en weer dat hij met stoel en al van de vloer loskwam. Zijn kin sloeg tegen zijn borst. Hij voelde zijn longen en borstkas dichtklappen, er klonk een gebrul in zijn oren, het werd zwart voor zijn ogen.

Toen Ali bijkwam, zat hij nog steeds met handboeien vastgeketend aan de stoel, maar het plastic was verwijderd, verfrommeld tot een bal en in de prullenbak gegooid.

'Wegwerpspul,' zei meneer Klein.

Meneer Groot vroeg: 'Wat heb je aan de pijnbank of de Spaanse Inquisitie als je een rol huishoudfolie in de keuken hebt liggen?' Het was een filosofische stelling, geen vraag.

'Wil je wodka?' Meneer Klein goot Ali vol met wodka alsof hij een benzinetank vulde. Ali dronk klokkend, popelend om te worden verdoofd.

'Oké, weer ter zake,' zei meneer Klein. 'Waar is het meisje?'

'Alstublieft, ik heb een gezin met kleine kinderen, ik heb bejaarde ouders in Pakistan, oudjes zonder middelen van bestaan.'

'Verrotte kleine klootzak die je bent. Wat deed je met dat hoertje, brieven naar je ouders schrijven?'

'Ik was zwak. Ik werd verleid en gaf eraan toe.'

'Waar kan het meisje naartoe zijn?'

'Ik zweer dat ik het niet weet.'

'Laatste kans.'

'Alstublieft.'

Meneer Groot scheurde een stuk folie af. Toen Ali het plastic op zijn wang voelde, sprong hij met stoel en al de lucht in.

'Brein. Iedereen noemt hem Brein, maar zijn echte naam is Zjenja. Ik weet zijn achternaam niet, maar hij is vaak in het gezelschap van juridisch onderzoeker Renko.'

'Waar?'

'De jongen is altijd rond het Driestationsplein te vinden. Je kunt hem niet missen, hij schaakt voor geld in de wachtkamers en bedondert zijn tegenstanders. Ik wijs hem voor u aan. U hoeft mij niet meer in te pakken.'

'Jou inpakken? Als een overgebleven stukje kaas? Je denkt geloof ik dat we een stel barbaren zijn.'

'Nee, niet echt, maar ik... ik weet niet wat ik moet denken.'

Meneer Groot sloeg Ali op de rug. 'Je had je gezicht eens moeten zien. Kom op. We gaan met je mee naar beneden, met de goederenlift.'

Ali lachte. Hij stond onvast op zijn benen nadat de handboeien waren afgedaan en hij kleedde zich aan, onhandig vanwege de wodka. En toen de lift kwam, moest hij over Jegors lijk heen stappen. De afschroefbare achterkant van de biljartkeu die Jegor als scepter en knuppel had gebruikt, was in zijn mond gepropt. Ali kon niet ophouden met lachen.

24

'Waarom heb je zo lang gewacht met bellen?' vroeg Arkadi aan Zjenja.

'Ze wilde de politie er niet bij halen.'

'Waarom niet? Drie dagen geleden hadden we de stad ondersteboven kunnen keren, vandaag steekt niemand nog een vinger uit. Is ze doof?'

'Nee.' Maar Maya had zo weinig aandacht voor Arkadi dat ze net zo goed doof had kunnen zijn. De ramen van de auto waren beslagen en ze tekende een lachend gezichtje in de condens.

Hoe langer ze op Victor wachtten, hoe meer vragen Arkadi voor Zjenja had.

Wie was dit meisje?

Hoe oud was ze?

Waar kwam ze vandaan?

Hoe had ze een baby kunnen kwijtraken?

Had Zjenja de baby ooit daadwerkelijk gezien?

Had iemand behalve het meisje de baby ooit gezien?

Maya zei geen stom woord. Ze haatte Zjenja's zogenaamde vriend Arkadi. Zjenja mocht dan tegen haar gelogen hebben, hij was wel de enige die het lef had om het gebouw in te lopen, haar te zoeken en haar de trap af te loodsen terwijl de twee mannen in de lift bezig waren Jegor in een lijkzak te stoppen. Het duurde even voor ze besefte dat de onderzoeker zijn vraag rechtstreeks aan haar stelde: 'Herkende je de gele stationwagen?'

'Nee.'

'Waar kende je hem van?'

'Dat zei ik. Nergens van.'

'Herkende je de twee mannen?'

Het waren de mannen die ze de 'rattenvangers' had gedoopt.

'Nee.'

'Ze leken jou wel te kennen.' Hij gaf haar weer de fotokopie van haar die de twee mannen hadden verspreid. Ze legde op de achterbank haar voorhoofd tegen het koele raampje en antwoordde dromerig dat ze hen nooit eerder had gezien.

'En de Pakistaan?'

'Ook niet.'

'Je hebt nooit iets gekocht in zijn kiosk?'

'Nee.'

Zjenja zei dat hij gezien had dat de kioskhouder de Volvo in werd geduwd en dat er een zeil over hem heen was gegooid.

'Hebben ze jou gezien?'

'Op straat,' zei Zjenja. 'Zo heb ik haar gevonden, door hun auto te volgen.'

'Hebben ze je goed kunnen zien?'

'Ja.'

'Hoe zagen ze eruit?'

'Gewoon. Heel gewoon.'

'Niets anders?'

Het enige woord dat Zjenja wist te verzinnen, was 'broers'.

Victor stapte in de Lada en zei dat de kantoorruimte microscopisch gereinigd was.

'Hoe dan ook, wie doet nou aangifte van de vermissing van een weggelopen jongere als Jegor? Wie geeft er een zier om een verdwenen Pakistaan? En de minimumleeftijd voor seks is nog altijd zestien. Denk je dat een man die seks heeft met een kind verdachte activiteiten zal melden?'

Arkadi zei tegen Zjenja: 'Je weet wel beter. Je had moeten bellen.'

Pas toen ze langs de rijk ingerichte etalages van de Tverskajastraat reden, bedacht Maya dat de misdaadonderzoeker Zjenja en haar niet naar de politie had gebracht.

Arkadi herinnerde zich dat hij niets in huis had en stuurde Victor en Zjenja rennend door de regen naar een grote etenswarenmarkt. Bovendien wilde Arkadi Maya even alleen spreken. Hij had aanvankelijk niet begrepen hoe dicht bij de afgrond het meisje zich bevond. Hij was niet op haar voorbereid. In Moskou liepen vooral Vikingvrouwen op straat. Maya was klein en elegant en met haar geschoren hoofd zag ze er extra kwetsbaar uit. Hij begreep waarom Zjenja zo uit zijn doen was in haar buurt.

'U wilt praten?' zei Maya.

'Klopt. Alleen wij twee.'

'Oké. Ik wil wel eens horen wat voor flauwekul u te vertellen hebt.'

Hij dacht dat ze misschien goed mensen kon inschatten. Hij vroeg zich af of de mannen die betaalden voor seks met een kind haar hadden ingefluisterd hoe ze dat voor zichzelf kon rechtvaardigen.

'Als je zoveel van je baby houdt, waarom probeer je haar dan niet te vinden?'

'Probeer ik haar niet te vinden? Het enige wat ik de afgelopen drie dagen heb gedaan, is telkens maar weer zoeken op de stations hier.'

'Weet ik. Maar als je alleen op het Driestationsplein naar je baby hebt gezocht, dan heb je vooral jezelf gestraft. Moskou is een stuk groter. Ik vind dat nogal vreemd, omdat ik denk dat je een goede moeder bent.'

'Hoezo weet u dat?'

'Omdat ik je zie lijden.'

'U weet van niets.'

'Laat me raden. Je bent weggelopen, je werkt in de seksindustrie en je rent voor je leven.'

'En verder?'

'Je verborg de baby waarschijnlijk zo dat ze nog kon ademen, misschien in een mand, en ik denk dat je 's nachts tweede klas reisde. Zakkenrollers en oplichters werken als team. De een loopt tegen je op, de ander pikt je geld. Of de een bedreigt je en de ander komt je redden.'

'Tante Lena joeg een soldaat weg die me lastigviel.'

'En daarna gaf tante Lena je iets te drinken?'

'Ja.'

'Er zat een bedwelmend middel in. Toen je dat eenmaal had gedronken, was er geen redden meer aan.'

'Ik heb later aan mensen gevraagd of ze een vrouw met een baby uit de trein hadden zien stappen.'

'Tegen die tijd was de soldaat met haar vertrokken, alleen zag hij er niet meer uit als een soldaat en zij niet als iemands tante Lena. Ze leken een gewoon gezinnetje op reis. Ik denk dat er zoiets gebeurd is.'

'En...'

'En de twee mannen die je in de lift met Jegor zag, zijn op zoek naar je. Ik weet niet of je hen eerder hebt gezien, maar je weet wat voor figuren het zijn. Eens in de zoveel tijd ontsnapt er een meisje. Dan wordt er iemand achter haar aan gestuurd, en niet alleen om haar terug te halen, maar ook om een voorbeeld te stellen, zodat andere meisjes het niet wagen.'

'Ze nemen foto's.'

'Die heb ik wel eens gezien.'

Ze had beelden op haar netvlies staan van vrouwen die aan een vleeshaak waren opgehangen, in brand waren gestoken, op hun buik in een zwembad dreven.

'Ze houden ons voor dat het geen zin heeft om te ontsnappen, omdat ze overal zijn. Niet alleen in Rusland. Ze houden nooit op met zoeken en vroeg of laat vinden ze je. Zelfs op de Noordpool zouden ze me vinden. Klopt dat?'

'Zo'n beetje.'

'Wat doet u opgewekt.'

'Sorry.'

'Wat gebeurt er met...'

'De lijken? Die kunnen me niet schelen. Het gaat om jou. Zij zijn dood, jij leeft nog. Er zitten twee huurmoordenaars achter je aan. We moeten je hier zo ver mogelijk vandaan zien te krijgen.'

'Ik zou gaan als ik wist dat ik Katja levend meekreeg.'

'Heet de baby zo?'

'Ja, Katja. Ze heeft een blauw dekentje met kuikentjes erop en een moedervlek in haar nek als je haar haartjes optilt. Ik heb nog geen achternaam voor haar.'

'Hou die nog maar even open.'

'Mijn eigen achternaam is Pospelova. Vergeet die niet, naderhand.' Ze glimlachte. *Maya Pospelova was here.*

Ze stalden een keur aan kaas, brood, rode kaviaar, bonbons en koffie uit op Arkadi's keukentafel. Hij hield een oogje op Maya. Het leek een opluchting voor haar dat ze had gezegd hoe ze heette, alsof ze een besluit had genomen. Arkadi maakte zich zorgen over haar kalmte en het feit dat ze het woord 'naderhand' had gebruikt. Arkadi zag haar pols. Hij vermoedde dat Maya weinig hoop had op plan A en dat ze een plan B achter de hand had in de vorm van een scheermesje.

Ondertussen werd Maya vermaakt door Victors verhalen. Volgens Victor was de kunst van het zelfmoordbriefje niet meer dan wat het geweest was. 'Twitteren over je zelfmoord is toch anders.'

'Denkt u niet dat mensen die in de liefde geloven gelukkiger zijn?'

'Het hangt ervan af wie je bent. Arkadi wordt verliefd met de regelmaat van paaiende zalm, terwijl ik de lat ongelooflijk hoog leg, maar we zijn er beiden even belabberd aan toe. Het is een nationale crisis geworden. Geen romantiek, geen Russische baby'tjes, geen leger meer. Daarom speelde Poetin voor Cupido.'

'Ik kan me dat niet herinneren,' zei Maya. In het bordeel waren geen kranten.

'Hij riep een "Feestdag van de Liefde" uit, waarop getrouwde vrouwen die naar het Rode Plein kwamen, een boeket bloemen kregen. Het was aan de frisse kant, een beetje bewolkt. Poetin wil altijd alles perfect, dus liet hij zout op de wolken strooien. Dat doen we bij elke parade. Vliegtuigen vliegen heen en weer en bestrooien de wolken met zilverjodidekristallen en vloeibare stikstof, samengeperst in blokken cementpoeder. De blokken die uit het vliegtuig worden gegooid, spatten in een wolk stof uiteen. Allemaal op één na.'

Arkadi zei: 'Jammer dat je geen kinderen hebt, je zou ze leuk de stuipen op het lijf kunnen jagen.'

Victor bleef stug doorvertellen. 'Eén blok bleef intact en suisde als een baksteen – nu ja, als een blok cement – van tienduizend meter naar beneden, op de stad af. De piloten die het zagen, dachten dat het blok midden op het Kremlin terecht zou komen. Wat moesten ze doen? Proberen het blok stuk te schieten, met het risico dat ze tientallen moeders op het Rode Plein zouden neermaaien? Het blok rammen, met het risico dat het vliegtuig zou neerstorten? Niets doen, om zo misschien getuige te zijn van de meest ongewone politieke moord in de geschiedenis? Natuurlijk deden ze uiteindelijk niets en viel het blok op een appartementencomplex ver van het Kremlin. Het dreunde door het dak en drie badkamers heen en belandde uiteindelijk in een bad. Ik noem het "Poetins pijl".'

Arkadi was onrustig. Hij wist niet waarom. Hij meende op de overloop een grendel te horen klikken.

'Neem me niet kwalijk.' Arkadi stond op en liep naar de hal. Hij hoorde zacht het geluid van muziek in het appartement van Anja. Een samba.

Arkadi klopte. Toen er niet werd opengedaan, belde hij aan. Hij klopte nogmaals, knielde vervolgens en zag licht onder de deur. De deur was op slot, maar hij had een creditcard bij zich om te kunnen flipperen.

Victor kwam uit Arkadi's appartement. 'Wat is er aan de hand?'

'Zeg tegen Zjenja en Maya dat ze daar blijven.'

Arkadi schoof de kaart tussen de deur en de deurpost. Een primitieve methode, maar hij kwam ermee binnen.

Anja's appartement was qua indeling spiegelbeeldig aan dat van Arkadi, maar het hare was ingericht met fleurige zijden bloemen en beschilderde stoelen. Het was er een vrolijk rommeltje. In de woonkamer hingen schilderijen aan de muren, vooral retro-sociaal-realistische kunst met een knipoog. In de keuken stond een enorm horeca-espressoapparaat met koperen leidingen. Het zag er niet uit alsof er veel gekookt werd. Wel was er een magnetron en hing er een lijst telefoonnummers van afhaalrestaurants. Er stond een leeg glas in de gootsteen.

Arkadi riep Anja's naam. Geen antwoord.

Victor trok latex handschoenen uit zijn zak. Arkadi vroeg zich af hoeveel mannen er rondliepen met latex handschoenen op zak, voor de zekerheid.

Anja's kantoor was één groot onderzoekscentrum, vol stapels boeken, dossiers en computerapparatuur. Op een prikbord hingen foto's van Alexander Vaksberg. Arkadi's hart bonsde, alsof het zeggen wilde: warm, je wordt steeds warmer.

'Hier,' zei Victor. 'De slaapkamer.'

Het leek Arkadi op het eerste gezicht een heldere, rommelige slaapkamer met veel kunstreproducties en foto's. Toen zag hij Anja. Ze lag op haar rug tussen een bureau en het bed, haar nachthemd tot haar middel opgeschort. Haar rechterenkel lag over de linker en haar armen waren naar achteren gestrekt en raakten elkaar. Een perfect uitgevoerde vijfde balletpositie. Ze had geen hartslag of ademhaling meer, haar huid was blauw.

GOD IS SHIT was met een spuitbus op de muur boven haar gespoten. De verf was nog nat en rook naar aceton. Victor draaide zich om op de plek waar hij stond.

Arkadi las het medische armbandje om haar pols.

Melk.

Sommige mensen waren zo allergisch voor pinda's of schaaldieren dat ze eraan konden doodgaan. Eén hapje en hun immuunsysteem reageerde zo hevig dat ze in een anafylactische shocktoestand raakten: hun hart stopte, hun luchtwegen zaten potdicht. Anja was blauw door zuurstofgebrek. Maar je had dood en dood, en daartussenin bevond zich een wereld waar de hersenen er alleen voor stonden. Hij knielde naast haar neer om in haar ogen te kijken. Haar pupillen hadden nog steeds hun vorm en waren niet dof. Toen hij er met een zaklampje in scheen, vernauwden ze zich.

'Ze leeft nog.' Nog heel even, had hij eraan toe kunnen voegen. Na twee minuten zonder zuurstof beginnen hersencellen af te sterven. Na vier minuten is de helft dood. Ze zou zeker dood zijn tegen de tijd dat er een ambulance kwam.

Arkadi had zijn moment van helderheid. Anja at niet, ze dronk alleen koffie.

Het enige wat in de koelkast stond, was een witte plastic doos met een rood kruis erop. In de doos zaten een 'epi-pen' met adrenaline erin en een plastic mondkapje met een rubberen bol eraan vast.

Arkadi duwde de naald naar voren en stak hem in Anja's dijbeen. Ze maakt meteen een schokkerige beweging en haar hart begon te kloppen.

Hij deed het mondkapje over Anja's gezicht. Als ze niet begon te ademen, zou haar hart heel snel gaan kloppen totdat het neerviel als een dood paard. Door in de rubber bol van het masker te knijpen, perste hij lucht in Anja's mond. Haar lippen waren paars en hoewel het leek of hij klei tot leven probeerde te wekken, bleef hij een ritme aanhouden van om de vijf tellen knijpen en loslaten, knijpen en loslaten, alsof hij haar hart in zijn hand had.

'Hoe lang ga je dit proberen?' vroeg Victor.

Arkadi hoorde een geschrokken kreetje en zag Zjenja en Maya in de deuropening staan. Het meisje had haar hand voor haar mond geslagen.

Victor fluisterde: 'Hoe langer het duurt, hoe kleiner de kans dat je haar leven kan inblazen. Je kunt de doden niet tot leven wekken.'

Ze was niet dood, dacht Arkadi. Dat liet hij niet gebeuren.

'Arkadi.' Victor probeerde hem omhoog te trekken.

'Wacht,' zei Maya.

Knijpen en loslaten. Knijpen en loslaten.

Anja's eerste ademstoot klonk hard en lelijk. Arkadi bleef pompen totdat haar ademhaling stabiel was en de blauwe kleur van haar gelaat plaatsmaakte voor roze.

25

Arkadi had Anja in zijn bed gelegd. Het licht deed pijn aan haar ogen, dus had hij alle lampen uitgedaan, behalve een leeslamp, die hij had gedimd. Hij had verwacht dat ze in een diepe slaap zou vallen, maar de adrenaline gierde nog door haar lijf.

'Ik denk de hele tijd dat ik weer dood ben.'

'Het was een traumatische ervaring. Ik denk dat dood zijn, zelfs voor korte tijd, wel traumatisch te noemen is.'

'Het was niet wat ik had verwacht.'

'Je zag geen wit licht?'

'Niets.'

'Geen familie of vrienden?'

'Nada.'

'Laten we het hebben over wie je heeft geprobeerd te vermoorden.'

'Ik weet niet wie het was. Ik herinner me niets meer vanaf vanmiddag.' Anja ging verliggen om Arkadi beter te kunnen zien. 'Je wist wat je moest doen. Je hebt eerder iemand gezien die in shock was. Was dat een vrouw?'

'Ja. Ik wist toen niet wat ik moest doen. Nu wel.'

Aan beiden tegelijk denken, was het laatste wat hij wilde. Zijn herinneringen aan de ene vrouw moesten niet vermengd worden met die aan de andere. Ja, hij was eerder getuige geweest van een anafylactische shock. Toen had hij niets kunnen doen. Deze keer had hij tenminste iemand kunnen redden. Arkadi had geen risico genomen. Hij had zich geconcentreerd op de bol en het mond-kapje alsof ze een touw waren dat uit de afgrond voerde, en hij had het niet eens gemerkt toen er weer leven kwam in haar lichaam.

'Dit was anders, iemand heeft je geprobeerd te vermoorden.'

'Ik bén vermoord.'

'Maar nu leef je.'

'Misschien.'

'Ik hoorde twee keer voetstappen bij je appartement, maar je zegt dat je geen gasten hebt gehad?'

'Ik weet het niet meer. Mag ik nu een sigaret?'

'Beslist niet. Iemand heeft een glas met een restje melk in je gootsteen laten staan. Kun je me vertellen wie die iemand zou kunnen zijn?'

'Ik ben journaliste. Weet je niet dat het jachtseizoen op journalisten is geopend?'

'En je wilt de politie er niet bij halen.'

'Waarom zou ik? Ik heb jou toch?'

'Nou, ik ben ontslagen. Het is onduidelijk in hoeverre ik kan helpen.'

'Ik waag het erop.' Op een andere toon vroeg ze: 'Hoe lang ben ik dood geweest?'

'In coma.'

'Dood,' hield ze vol. 'Met andere woorden: kan ik me morgen in badpak vertonen? Sasja Vaksberg heeft me uitgenodigd om naar zijn datsja te komen.' Ze schoof het laken terug om de donkerblauwe plek op haar been rond de door Arkadi toegebrachte naaldprik te bekijken.

'Ik geloof niet dat je er minder om bent geworden,' zei Arkadi.

'De datsja is enorm. Sasja heeft twee zwembaden, tennisbanen en een manege. Soms denk ik dat hij zelfs mensen betaalt om alleen maar wat rond te lopen.'

'Ik geloof best dat het er voornaam is.'

'Je vindt dat ik ernaartoe moet gaan.'

'Je bent er waarschijnlijk veiliger dan hier.'

'Heb jij een datsja?'

'Een hutje.' Hij probeerde het gesprek weer op de aanslag te brengen die op haar was gepleegd. 'Houd je als journaliste een agenda bij?'

'Ligt je hutje aan een rivier of aan een meer?'

'Gewoon aan een vijver.'

'Beschrijf het huisje eens.'

'Doorsnee.'

'Hoe dan?'

'Er zijn drie kamers, een halve keuken, een paar slechte schilderijen, een stenen open haard, een egelfamilie onder de veranda, een kano en een roeiboot op een steiger. Mijn vader was generaal, maar na flink wat wodka dacht hij dat hij admiraal was.'

'Dat klinkt niet zo slecht. Had ik kleren aan?'

'Pardon?'

'Was ik aangekleed toen je me vond?'

'Niet helemaal.'

'Hoe zag ik eruit? Is blauw in de mode?'

'Je vraagt het aan de verkeerde. Wat dacht je van Sasja Vaksberg? Hij zal nu wel versterking hebben opgeroepen. Hij had minstens honderd lijfwachten met je mee kunnen sturen.'

'Had hij kunnen doen. Hij is een onvoorspelbare man.'

Anja bekeek het hoge plafond, de gigantische ladekast en de lichte plekken op de muur waar foto's en schilderijen waren weggehaald.

'Ben je hier opgegroeid? Het moet ooit heel wat geweest zijn.'

'Hier woonde de "partij-elite" en het was een grote eer om een appartement als dit toegewezen te krijgen. Aan de andere kant zat het vol valse muren en geheime doorgangen waar de KGB kon meeluisteren. Eens per maand of zo verdween er een beroemd gezicht. Dus het was een eer met een zeker risico. Hoewel niemand kon weigeren om in zo'n luxe omgeving te wonen, stond er altijd een gepakte koffer klaar.'

'Werd je vader ook afgeluisterd?'

'Hij was erg meegaand. Hij vertelde de agenten precies waar hij overdag naartoe ging. En 's nachts.'

'Was dat van invloed op je ontwikkeling, het leven in zo'n spookhuis?'

'Nee. Ik schaam me ervoor om dat te zeggen. Ik had op een gegeven moment de muur gevonden waar de KGB-agent achter zat. Ik had een rubberen bal en stuiterde er honderd, tweehonderd keer mee tegen die muur.'

'Ik denk niet dat je erg geschikt was om politieman te worden.'

'Het is een beetje laat om daar nu achter te komen. Wat wil dat zeggen: "God is shit"?'

Ze gaapte. 'Geen idee.'

Hij zei: 'Ik begrijp "God is dood", maar "God is shit" ontgaat me.'

Hij wachtte, maar Anja was in een diepe, benijdenswaardige slaap gevallen. Arkadi maakte het zich zo gerieflijk mogelijk in de stoel en begon te lezen in het boek dat hij van mevrouw Spiridona had meegenomen. Het leek hem nogal tam, het dagboek van een balletdanser. *Na de triomfen in Parijs kwam de première in Monte Carlo...* Dat soort dingen.

Maar het boek viel open bij *God is hond, hond is God, hond is shit, God is shit, ik ben shit, ik ben God.*

En: 'Ik ben een beest en een roofdier... iedereen zal bang voor me zijn, ze zullen me in een gekkenhuis stoppen. Maar dat kan me niets schelen. Ik ben nergens bang voor. Ik wil dood.'

26

Itsy had een bouwkeet uitgekozen met een kachel die, hoe klein en schriel ook, haar familie warm hield. Ze stopte de baby in onder haar blauwe dekentje en gaf haar nauwelijks de kans te huilen door meteen een flesje in haar mond te duwen.

Itsy zag goed toe op hun veiligheid. De meisjes mochten alleen met hun tweeën bedelen. De jongens mochten in hun eentje, maar wel in het zicht van elkaar. Het probleem was dat bedelen onmogelijk was in de regen; de mensen keken naar de grond en stoven voorbij. Hoewel Itsy lijm snuiven had verboden, was het verbod na uren van nietsdoen moeilijk af te dwingen. De stilte was des te vreemder omdat ze door de wand van de keet heen langslopende passagiers en aankomende en vertrekkende treinen konden horen. Soms klonk het alsof een locomotief dwars door hen heen zou rijden. In holle, onverstaanbare klanken werden aankomst- en vertrektijden aangekondigd.

Er was geen sprake van dat ze naar het kinderopvangcentrum konden. Niet omdat de mensen daar gemeen waren, want de meesten waren vriendelijk. Maar de familie zou worden opgesplitst in jongens en meisjes en naar leeftijd. En Tito zou waarschijnlijk doodgeschoten worden.

Vooral om de kinderen iets te doen te geven, nam Itsy hen mee naar de speelautomatenhal achter het Leningradstation. Ze liet Emma, Tito en de twee oudste jongens, Leo en Peter, op de slapende baby passen. Itsy was nauwelijks de deur uit of de jongens lijnden Tito aan en pakten twee papieren zakken en twee blikjes luchtverfrisser uit hun rugzak. Ze sleepten een matras de bouwkeet uit om op te zitten.

Emma piepte: 'Ik weet wat jullie gaan doen.'

'Maar je vertelt het niemand, toch?' zei Leo.

'Hangt ervan af. Itsy vindt het vast niet leuk.'

Peter zei: 'Voor het geval het je nog niet is opgevallen, Itsy is er niet. Wij passen op.'

'En we vervelen ons,' zei Leo. 'Iedereen doet leuke dingen, terwijl wij op jou en die kleine moeten passen. Hier.' Hij bood haar een sigaret aan.

'Mag niet. Vanwege de baby.'

Peter grijnsde. 'Dat is alleen als je zwanger bent. Jezus, wat ben jij dom.'

Emma liep beledigd het trappetje van de keet op. Als jongens zo slim waren, waarom konden ze dan niet eens een luier verschonen? Dat leek haar een doorslaggevend argument.

Voor de bouwkeet spoten Leo en Peter luchtverfrisser in hun papieren zak, die ze naar hun mond brachten alsof het gouden bekers waren. Ze ademden de lucht diep in. De chemische stoffen drongen meteen door in de bloedbaan en bereikten de hersenen.

De jongens voelden de warmte en euforie door hun lijf stromen. Leo vergat dat hij zich in een reparatiewerkplaats bevond en wees naar het wegstervende daglicht. Het vervaagde en leek diepzinnig, alsof het van vóór de schepping stamde. Want in die leegte werd alles... samengevat. Het hele universum paste in zijn hand.

Peter zei dat hij zijn zaakjes op orde zou krijgen. Hij had een plan om weg te komen van de straat, om oosterse vechtsport te gaan leren, in het leger te gaan, medailles te verdienen en lijfwacht van Poetin te worden. Hij moest toestemming aan zijn ouders vragen om vervroegd in dienst te mogen, maar dat was vast geen probleem. Als je hun een fles wodka gaf, tekenden ze alles.

Een veegmachine schoof de werkplaats op. Het gevaarte werd bestuurd door een Tadzjiek van het station, die achter papieren bekertjes en blikjes frisdrank aan jaagde. Hij had niet alleen een koplamp, hij scheen ook met zijn zaklantaarn rond tot in de hoeken van de werkplaats.

Wat de jongens zagen, was een Mongoliër op een ruig paard, een geharnaste krijger van de Gouden Horde van weleer, gewapend met pijlen van verblindend licht. Hij manoeuvreerde om de smeerput heen, reed naar de bouwkeet toe en ging met zijn schijnwerper langs Leo en Peter en de zakken en spuitbussen die ze losjes in hun handen hielden.

Tito de hond had geleerd om niet te blaffen. Hij stond met felle ogen en zijn oren naar achteren en trok zijn riem strak, terwijl de Mongolische krijger naar de stapel kratten zweefde die deels door Itsy's familie als brandhout was gebruikt. De stapel was nog half zo hoog als hij geweest was. De krijger tilde een krat op en bekeek een bolstaande plastic zak bruine Afghaanse heroïne. Hij pakte de zakken stuk voor stuk op, telde ze en zette vervolgens de zakken en kratten terug zoals ze hadden gestaan.

Toen hij klaar was, keerde hij terug naar de bouwkeet. Hij tilde Peter op aan de lok op zijn voorhoofd alsof hij een rat bij zijn staart optilde en schoof het snijblad van een stanleymes uit de houder. Peter keek weg. De Tadzjiek hoefde zijn blik maar te volgen en hij zag Emma bij het raam. Meteen dook ze weg. De baby kreeg daarbij een zet en begon te huilen.

Emma hoefde niet na te denken over wat ze moest doen. Het was alsof een duivel bezit van haar nam. Ze handelde met een kil egoïsme; legde de baby als lokaas aan de ene kant van de keet en ging zelf gehurkt achter de babybedjes aan de andere kant zitten. Ze was verbaasd en geschokt over zichzelf, maar ze zette door. Terwijl de Tadzjiek de keet binnenging en naar de baby liep, glipte Emma de deur uit en verstopte zich in de smeerput. De baby bleef maar huilen. Emma sloot haar ogen, hield haar adem in en klemde haar benen strak tegen elkaar strak om niet te plassen.

De baby zweeg abrupt. Emma wist zeker dat ze als volgende aan de beurt was. Ieder moment kon die duivel haar vinden en haar de keel doorsnijden. Uiteindelijk drong het tot haar door dat de veegmachine was verdwenen en dat Leo en Peter versuft hun hallucinaties met elkaar vergeleken.

'Balen. Je hebt heel wat gemist,' zei Peter tegen Emma.

'Het was echt vet,' zei Leo.

Emma zei niets. Ze rende naar de achterkant van de keet. Daar lag de baby. Ze zoog op een amuletje van leer, zoals die veel werden gedragen door Tadzjiekse vrouwen die bij het Driestationsplein aankwamen of vertrokken. In het amuletje stond waarschijnlijk een Korancitaat dat de drager moest beschermen.

27

Het café op het Kazanstation werd een vast trefpunt voor Arkadi en Victor. Arkadi vroeg zich af hoeveel keer op rij Victor de rekening zou weten te ontlopen.

'Op dit moment neem je het niet alleen op tegen Zurin, maar tegen het hele staatsapparaat. En dat mag dan het brein hebben van een zeeslak, het reageert wel op bedreigingen en beschermt zichzelf. Bepaalde figuren zullen je komen opzoeken in je appartement en dat zijn zeker geen kleine jongens met plankenkoorts. Ze breken je botten. En wat doe jij? Je zoekt ruzie met Zurin. Wanneer kom je trouwens de auto van je miljardairsvriendje Vaksberg ophalen? Ik kreeg een telefoontje van de afdeling Bewijsmateriaal. Er zitten nogal wat kogelgaten in.'

'Hij koopt waarschijnlijk gewoon een nieuwe. Ik ben niet van plan om helemaal naar de snelweg te rijden om een paar gaten in een auto te bekijken. Is dat je eau de cologne die ik ruik?'

Dit was een gemeen grapje; Victor dronk vroeger regelmatig eau de cologne.

'Deze is voor mannen,' zei Victor.

'Voor sommige misschien.'

Victor stak een sigaret op en speelde met het luciferdoosje.

'Mag ik?' Arkadi pakte hem het doosje af.

Hoewel het vergeeld was van ouderdom, was op de voorkant duidelijk de afbeelding van een jonge Anna Foertseva te zien. Het enige wat ontbrak was de licht ontvlambare wolfshond.

'Je bent teruggegaan.'

'Ze belde om te zeggen dat ze een foto had gevonden die ze me wilde geven. Die heb je in je hand. Het was een lachertje, gewoon een truc om me te kunnen uitnodigen. Toen ik er aankwam, had ze borsjt gemaakt en zette gerookte vis, brood en bier klaar. Toen gaf ze me een corduroy jasje dat nog amper was gedragen en wat toiletartikelen die nooit waren gebruikt. Het was alsof ik mijn oma bezocht.'

'Een oma die wil dat je haar benedenburen aan gort schiet. Paste het jasje?'

'Ja. Ze wist mijn maat.'

'Zo klinkt het inderdaad.'

Arkadi stapte in de auto, startte de motor en realiseerde zich toen dat hij nergens naartoe kon. Hij was voormalig onderzoeker. Hij kon proberen om achter de moordenaar van Vera aan te gaan, maar hij had officieel geen bevoegdheden meer. De zaak zou eindigen als hobby van een onschuldige excentriekeling.

Hij stond voor het station tussen de dienstauto's geparkeerd, een van de kleine voorrechten die hij in de toekomst niet meer zou kunnen genieten. Hij zou ook zijn blauwe zwaailicht moeten inleveren en niet langer van de rijstrook voor dienstauto's gebruik mogen maken.

Omdat hij zat te peinzen, zag hij pas na een minuut dat Anja bij de oriëntaalse klapdeur van het station geagiteerd stond te praten met een agent van de militsija. Aan de ene kant stond de agent, aan de andere een tiental kinderen met petjes op en rafelige truien aan, en kringen van vuil om hun polsen en in hun hals. Ze verzamelden zich rond Anja als katten om een kom melk. De agent duwde hen opzij om bij de sporttas te kunnen. Toen ze van alle kanten aan de tas begonnen te trekken, stapte Arkadi uit de Lada. Het was het soort ruzie, dacht hij, dat slecht kon aflopen. Even had hij de neiging om gewoon weg te lopen. Maar hij baande zich een weg door het rumoerige groepje en fluisterde op officiële toon: 'Als je haar niet laat gaan, laat ik je ballen op een bord uitserveren.'

De agent deed automatisch een stap achteruit, want mensen die in dergelijke situaties zachtjes spraken, waren gewend om bevelen te geven.

Arkadi vroeg vervolgens: 'Wat is het probleem?'

'Ik vroeg alleen of ik even in de tas mag kijken,' zei de agent.

'Hij wil hem stelen.'

Arkadi zei: 'Ik maak de tas wel open.'

Anja was woedend, maar ze overhandigde hem de tas. Arkadi ritste hem open en liet zien wat erin zat: energierepen, verbandtrommels, condooms, zeep en wollen sokken.

'Tevreden?' vroeg Anja.

'U gaat dit verkopen,' zei de agent.

'Nee, het is voor kinderen, dakloze kinderen. De Vaksberg Stichting geeft ze kleding, dekens, beddengoed. Het leven van de thuisloze kinderen wordt er nauwelijks beter door, maar we laten wel blijken dat er iemand om hen geeft.'

'Om weg te geven.'

'Ja, om weg te geven.'

De agent vertrok teleurgesteld, op zoek naar een verse prooi.

Arkadi trok Anja mee het station in.

'Waarom ben jij uit bed?'

'Vind je dat ik er de hele dag in moet liggen?'

'Ja,' zei Arkadi. 'Bedrust is de standaardtherapie voor iemand die bijna dood was. Waarom doe je dit? Wat is er gebeurd?'

Straatkinderen kwamen weer binnengedruppeld en ze probeerde niets te zeggen, maar de woorden kwamen toch: 'Vaksberg drukt geld achterover.'

'Heb je dat net ontdekt?'

'Vanochtend. Hij is failliet.'

'Maar hij is miljardair.'

'Er gaan zo vaak miljardairs failliet. Vanmorgen probeerde ik een stuk te schrijven. Ik las een memo van de Vaksberg Groep die ik nooit had mogen zien. Dat risico loop je als je een schrijver volledige toegang geeft. Het was een memo van Sasja aan de financieel directeur, waarin hij hem liet weten hoe hij de waarde van zijn concern hoger moet voorstellen en moet doen alsof al zijn casino's nog open zijn. Hij is failliet.'

'En hoe heeft hij die miljonairsbeurs dan gefinancierd?'

'Er is maar één manier. Hij betaalde met wat hij binnenkreeg. Hij bedondert de boel al maanden.'

'Wat ga je doen?'

'Niets. Niemand zou ooit nog iets aan een liefdadigheidsfonds voor kinderen willen schenken. De mensen zoeken graag een reden om niet te hoeven geven.'

'Wat kan ik doen?'

'O, van alles. Je kunt meisjes van tien uitleggen hoe ze een volwassen man een condoom om zijn lul moeten doen.' Een stuk luider zei ze: 'Iedereen even zwaaien naar oom Arkadi, want hij gaat weg.'

Aanvankelijk ging Arkadi gewoon weg om aan Anja's hoon te ontsnappen. Daarna reed hij doelloos rond, omdat hij nergens speciaal wilde zijn.

Met uitzondering van de datsja.

De datsja die hij van zijn vader had geërfd, lag op niet meer dan twee uur rijden van de stad. Het was een bouwvallige hut, begroeid met seringen en bramen, maar er was een bron waar ze water uit haalden en er liep een pad door een bosje van zwarte dennen naar een meer dat niet veel groter was dan een vijver. Een bejaarde buurman kwam af en toe het huisje controleren op lekkage of horzelnesten. Boris moest nu bijna negentig zijn. Zodra hij ontdekte dat Arkadi was aangekomen, stond hij al druk en gedienstig in de deuropening met een lange sjaal om en een dienblad met augurken, brood en een kruik *samogon* – zelfgestookte wodka. Arkadi nodigde hem altijd uit om een glas te komen drinken. Met glinsterende ogen schonk Boris dan samogon in totdat de drank trillend van de oppervlaktespanning boven de rand van het glas uitkwam.

'Zo'n klein glaasje,' zei hij altijd. Later liepen ze naar de kerk en bezochten ze het graf van zijn vrouw. De begraafplaats bestond uit een wirwar van witte kruisen en zwarte smeedijzeren hekken, en sommige graven waren zo ingesloten door het onkruid dat ze buiten bereik lagen.

Boris zette vaak een pot viooltjes of madeliefjes bij het kruis van zijn vrouw en in de zomer ververste hij dagelijks de bloemen. Er stond een bankje bij het graf, zodat je het echt kon bezoeken. Niets hoefde hardop gezegd te worden. In de winter zag Arkadi het als ijsvissen met God. Maar er waren ook tijden dat hij zich één voelde met de wereld, dat zijn adem wolkte en de berken naar elkaar neigden als een rij dansers die een reverence maakten.

Maar in plaats van naar de datsja reed hij naar een parkeerterrein voor weggesleepte voertuigen op de rondweg, waar geen bomen stonden; er waren alleen lampen en regen, en een systeem dat mensen die hun weggesleepte auto kwamen ophalen het maximum aan ongemak bezorgde. De terreinchef onderhandelde vanachter het raampje van een stacaravan over de te betalen boetes en steekpenningen, terwijl de autobezitters buiten in de regen stonden. Auto's die in bewaring werden genomen om als bewijs te dienen in strafzaken stonden op een aparte, aangrenzende parkeerplaats waar het stil was als op een kerkhof, omdat er geen losgeld kon worden gevraagd voor auto's die nergens heen gingen.

De bewaker herkende Arkadi en wuifde hem door. 'Vergeet niet om je bevindingen aan mij te melden.'

'Zeker, doe ik.'

'Ga je gang,' zei de bewaker, en hij liep op een drafje terug naar zijn post.

Sasja Vaksbergs Mercedes leek in de modder weg te zinken als een gesneuveld strijdros. Arkadi telde vijf gaten in het spatbord en het portier rechtsachter. Verder was de auto vrijwel nieuw en zou hij waarschijnlijk verdwijnen als Vaksberg hem niet opeiste. Een miljardair kon gewoon een nieuwe Mercedes kopen, als een papieren zakdoekje dat je na een keer gebruiken weggooit.

Er was niets te vinden in de auto zelf. Arkadi doorzocht het dashboardkastje, de vakken langs de portieren en achter de stoelen, de vloer onder de matten.

Hij opende de kofferbak. In de ruimte voor de reserveband zat zijn beloning: een kaartje van zulk goedkoop papier dat het bijna uit elkaar viel in zijn hand. Het was diagonaal doorgescheurd en er stond op: 'Centraal Mosk – ticket nr. 15 – 100 roebel.' Waarvoor was het kaartje? Voor een film? Een symfonieorkest? Het circus? Was het van Dopey of Vaksberg of van zijn dode chauffeur of bodyguard? Of van de laatste persoon die de band had verwisseld? Arkadi had geen idee. Deze raadselachtige aanwijzing was erger dan niets vinden. Dit was alles wat er van hem over was, een nat gescheurd vodje.

Het begon hard te regenen. Arkadi zwaaide toen hij de poort door liep. De bewaker zwaaide terug, blij dat hij niet uit zijn armetierige hokje werd gewenkt.

Het kwam met bakken uit de hemel. Waar water op de weg bleef staan, ploeterden vrachtwagens langzaam voort en wierpen personenauto's fonteinen van water op. Op het hoogtepunt van de bui raakte aan Arkadi's kant van de voorruit de ruitenwisser los. Op een of andere manier was de klem losgeraakt waarmee de rubber wisser aan de draaiarm vastzat. Hij stuurde de auto naar de zijkant van de weg om de klem vast te zetten. Wat zou er nog meer komen? vroeg Arkadi zich af. Sneeuw? Kikkers? Sneeuw en kikkers? Hij kon het alleen zichzelf verwijten. Toen Victor de Mercedes eenmaal ter sprake had gebracht, had Arkadi zich gedwongen gevoeld die te onderzoeken.

De weg was niet volkomen leeg. Een paar kilometer verderop gloeiden de vage lichten van een industriepark. Er was veel ruimte aan de kant van de weg en Arkadi prutste bij het licht van het open Ladaportier aan de ruitenwisser. De klem was verbogen. De truc was om hem terug te buigen zonder dat hij afbrak. Hij herinnerde zich de dagen dat er bij regen meteen chaos uitbrak, doordat zoveel automobilisten aan de kant van de weg hun kostbare ruitenwissers op hun voorruit gingen zetten. In die dagen had een automobilist een complete gereedschapskist bij zich.

Arkadi had een punttang nodig die hij niet had. Hij vond dat mensen niet zouden moeten proberen in Victors Lada te rijden als ze niet volledig waren toegerust, dat wil zeggen als ze niet minstens een punttang en een opblaasbaar vlot bij zich hadden. Dat maakte het leven tot een avontuur. Hij werkte verder bij het licht van het open portier tot hij in de koplampen keek van een truck die half over de vluchtstrook rijdend op hem af kwam. Hij schermde zijn ogen af. Probeert zeker grappig te doen, dacht Arkadi. Hij voelde zijn hele lichaam oplichten. Hij kon alleen zijn hand voor zijn ogen houden, verder kon hij zich niet bewegen. De truck zou vast op het laatste moment om hem heen zwenken, op het laatste...

Arkadi dook de Lada in. Met een klap vloog het portier van de auto eraf. Tegen de tijd dat Arkadi zichzelf omhoog had getrokken, zag hij nog alleen achterlichten die oplosten in het donker.

28

'Heb je ooit geprobeerd om in de regen een autoportier te dragen?' vroeg Arkadi.

Victor zei niets, hij liep alleen vol ongeloof om zijn auto heen, die buiten in de ochtendzon stond geparkeerd bij het politiebureau in de chique wijk Patriarchenvijver, eigenlijk een 'No Lada Zone'.

Arkadi zei: 'We hebben geluk dat de scharnieren zo netjes zijn afgebroken. De man bij de garage had nog nooit zo'n keurig afgerukt portier gezien.'

Victor zei: 'Dit is niet mijn portier. Dit zit met kabels vast.'

'Er moet nog wat aan worden gewerkt. Het belangrijkste is dat het open kan. En redelijk dicht gaat. Ze hebben geprobeerd een overeenkomstige kleur te vinden.'

'Een zwart portier in een witte auto? Waarom rij je hem de volgende keer niet gewoon het ravijn in?'

'Ik stond op de vluchtstrook. Iemand probeerde me te overrijden.'

Arkadi weerstond de verleiding om Victor erop te wijzen dat diens auto er voor het ongeluk al uitzag of iemand ermee het ravijn in was gereden.

'Ik vond dit.' Hij opende een envelop en schudde het halve kaartje uit de kofferbak van Vaksbergs Mercedes eruit.

Victor staarde voor zich uit. 'Is dit alles? Wat is het?'

'Een of ander kaartje.'

'Je meent het.'

Arkadi probeerde iets te bedenken dat Victor zou opvrolijken. 'De ruitenwisser werkt.'

Victor ging Arkadi voor naar de recherchekamer, maar wierp een scherpe blik achterom. 'Je weet dat er op die snelweg altijd jongeren aan het racen zijn. Misschien was het een van hen, die de macht over het stuur had verloren. Heb je de bestuurder gezien?'

'Nee.'

'Heb je het aangegeven?'

'Nee.'

'Je hebt toch ten minste wel op ze geschoten?'

Victor had laptops en ouderwetse papieren dossiers klaargezet om te zoeken onder de doden. Op elke harde schijf stonden duizend dossiers en elk dossier bevatte een rapport van een rechercheur, opnamen van het verhoor, foto's en een autopsierapport van vrouwen die in de voorgaande vijf jaar in en rond Moskou een onnatuurlijke en onverklaarde dood waren gestorven. Arkadi had huiselijk geweld buiten beschouwing gelaten, waarna er nog steeds meer dan twaalfduizend Moskovieten overbleven die in een jaar tijd een onnatuurlijke dood waren gestorven.

Arkadi maakte onhandige tekeningetjes van de balletposities.

Victor zei: 'Ik wist niet dat je zo'n danskenner was.'

'Het is alsof Vera een bordje vasthield met daarop de tekst: "Slachtoffer nummer vier".'

'Of haar ledematen lagen toevallig zo dat jij – alleen jij – er een balletpositie in zag. Een normaal mens zou vooral opmerken dat ze daar in haar blote kont lag.'

Victor sloeg halfslachtig naar een vlieg die de ronde deed langs de vliegenstrips, plastic lepeltjes en etensverpakkingen in de kamer.

'Je weet dat dit zinvol zou zijn als Vera's zaak er iets mee opschoot. Maar die is gesloten. Er is geen lijk meer en de kans op een veroordeling zonder lijk is nihil.'

'Tenzij iemand bekent.'

'Geen lijk, geen zaak. Het enige wat ze hoeven doen, is langer wachten dan wij.'

'Ga er even van uit dat ik gelijk heb, hoe vergezocht dat ook lijkt. Als de moordenaar vijf mensen wil ombrengen en hij denkt dat hij de vijf heeft bereikt, dan zal hij zich niet meer vertonen. Hij gaat misschien een jaar of twee ondergronds en dan begint hij opnieuw met een nieuw stel danspartners.'

'We missen nummer drie.'

'Klopt. Laten we de zoektocht dus beperken tot vrouwen van achttien tot tweeëntwintig die studeren, dansen, seksueel zijn misbruikt, zijn vermoord of door een overdosis of onbekende oorzaak zijn overleden. En dat in een periode tot twee jaar vóór Vera's dood.'

'Twee jaar maar?'

'Als ik gelijk heb, is dit een dwangmatige figuur. Hij heeft geen vijfjarenplan. Zo lang kan hij niet wachten.'

Hij keek toe terwijl de vlieg energiek langs de muur omhoog, over het plafond en rond de plafonnière trippelde, om zijn tocht luid zoemend te beëindigen aan een vliegenstrip.

Arkadi kwam na middernacht thuis, waar hij Anja in het donker aantrof.

Ze zei: 'Ik wilde mijn verontschuldigingen aanbieden voor mijn gedrag op het station.'

'Nou, je lijkt populair te zijn bij die kinderen.'

'Maar niet bij jou.'

'Je was uitgeput, je had hier moeten blijven. Heb je vandaag al wat gegeten?' vroeg Arkadi.

Toen ze daarover moest nadenken, liep hij meteen naar de koelkast en haalde er wat restjes uit van de vorige avond. En hij zette water op voor thee.

'Ik heb geen honger,' zei Anja.

'Wie wel, op dit uur?' Hij sneed plakken worst en zwart brood.

'Mag ik nog een nacht blijven?'

'Je kunt net zo lang blijven als nodig is. Heeft iemand je gezien toen je buiten was?'

'Alleen de kinderen. Ik zal niet rondneuzen, als je je daar zorgen over maakt.'

'Ik weet zeker dat je allang hebt rondgeneusd. Waarschijnlijk heb je alle laden hier in huis al opengetrokken. Je hebt misschien laden geopend die in geen jaren open zijn geweest. Nu is het belangrijkste dat niemand je ziet. Je bent veilig zolang je dood bent.'

'En als ik levend wil zijn?'

'Alles op zijn tijd. In wat voor auto rijdt Sergej Borodin?'

'Een grote Amerikaan. Hoezo?'

'Iemand probeerde me vandaag te overrijden.' Arkadi schonk twee koppen thee in. 'Als iemand me probeert dood te rijden, dan wil ik weten waarom. Is hij een moordenaar of een jaloerse minnaar? Dat maakt verschil.'

'Val dood.'

Ze is weer de oude, dacht Arkadi. Haar kleur was terug en ze begon van het brood en de worst te eten.

'Dus je bent nog steeds bezig met de zaak,' zei ze.

'Het zou helpen als we een getuige hadden. Weet je helemaal niets meer van de mensen die je hebben aangevallen?'

'Nada.'

'Maar je hebt mijn vraag nog niet beantwoord.'

'Vertel me eerst eens met wie je naar bed gaat,' zei Anja. 'Of gaat me dat niet aan?'

'Dat gaat je inderdaad niets aan. Maar als je de waarheid wilt weten: met niemand.'

'De vrouw die hier woonde, die arts...'

'Zit in Afrika. Of Azië.'

'Jij en vrouwen,' zei Anja.

'Geen succesverhaal, helaas.'

'Waarom is ze vertrokken?'

'Omdat ze de wereld wil redden. En dat wil ik niet.'

'Doe jezelf niet tekort.'

'Hoezo?' Hij verwachtte een sneer.

'Mij heb je niet in de steek gelaten.'

Anja kuste hem en deed een stap naar achteren.

'Sorry,' zei ze.

'Geen sorry.'

De dingen waren in beweging, er was een geheim woord uitgesproken, want ze zoenden nogmaals. Arkadi had nog tijd om weg te lopen van een zaak die hij niet doorgrondde en een vrouw die hij niet begreep. Hij wist dat er geen zaak en geen onderzoek was. Wat waren de kansen op een positief resultaat? Hij kon nu nog stoppen. In plaats daarvan liep hij om de tafel heen en tilde haar op. Ze was ongelooflijk licht en hij ontdekte dat ze wel tenger was, maar zo diep dat de rest van de wereld erin verdween.

Naderhand, nog steeds in bed, doopte ze een suikerklontje in haar kopje en zoog ze de zoete thee eruit.

29

Toen Itsy het amuletje in de mand van de baby zag, mobiliseerde ze de familie, ook al was het midden in de nacht. Ze zaten per ongeluk pal naast de plek waar een bende Tadzjieken een voorraad heroïne verborgen had, onder een stapel kratten die de familie deels als brandhout had gebruikt voor de kachel in de keet. De amulet was een ontruimingsbevel. Een stoet van weggelopen kinderen met een huilende baby zou flink de aandacht trekken, maar op zo'n regenachtige nacht waren er waarschijnlijk weinig mensen buiten. En de baby was Itsy te dierbaar geworden om haar zomaar op te geven. Ze kon zich geen voorstelling maken van de toekomst. In haar hart wist ze dat er voor haar geen toekomst was. Het enige wat ze kon, was van dag tot dag proberen te overleven, maar ze klaagde niet. School, een kantoorbaan en een comfortabele oude dag leken haar niet aantrekkelijk. In veel opzichten was haar leven volmaakt.

Leo en Peter raakten achterop. Na het snuiven waren ze nu in de fase van de loodzware oogleden gekomen. Iedereen gebruikte iets anders: drijfgas, modelbouwlijm, schoensmeer. Itsy wilde de jongens erbij hebben, omdat ze groot genoeg waren om de anderen een beetje te beschermen. Verder was dat de verantwoordelijkheid van Tito, die nu eens aan één kant van de groep en dan aan de andere kant mee draafde, totdat ze bij het Kazanstation kwamen, waar ze in elkaar gedoken bleven wachten op de jongens. Een baby van drie weken mocht niet te koud en te nat worden, zelfs niet een die zo goed ingebakerd was als die van Itsy.

'De jongens hebben hun spullen achtergelaten,' zei Milka.

Hun snuifspullen, dacht Itsy. Hun stomme spuitbussen en zakjes.

'Blijf hier.' Itsy gaf de baby aan Emma.

Itsy rende de weg terug die ze gelopen had en repeteerde bij elke stap de dingen die ze zou zeggen als ze Leo en Peter vond.

De reparatieloods was een schaduw in een vlakte vol van rails. Ze hield even halt op een spoor om te luisteren of ze voetstappen of stemmen hoorde. Hoewel ze een zaklantaarn had, knipte ze die niet aan. Haar zintuigen waren aangescherpt door een leven als vluchtelinge en ze zag de diepere, donkerdere smeerput, ving de geuren op van as en urine en hoorde regenwater uit de open afvoerpijp sijpelen. Ze zag nergens een teken van Tadzjiekse krijgers die schrijlings op donderwolken of op veegmachines zaten. Maar toch maakte ze zich zorgen dat ze zo dicht bij die Tadzjiekse handel was.

In de kachel in de keet gloeiden nog een paar kooltjes en een laatste restje warmte. Terwijl Itsy zich tussen de stapelbedden door wurmde, herinnerde ze zich de grootse plannen die ze had gehad voor een draagbare wieg. Het kon nog steeds, als ze een nieuwe basis hadden gevonden. Ze hoefden alleen maar de nacht door te komen.

Itsy rook bloed. Ze stapte uit de keet en keek onder de wielen. Daarna liep ze naar de rand van de smeerput; dit keer deed ze wel haar zaklamp aan. Leo en Peter lagen op hun buik, beiden met een onbeduidend uitziend gaatje in hun achterhoofd. Hun petten waren hen achterna gegooid. Itsy had Leo een nieuw paar gebruikte basketbalschoenen beloofd. Achter Peters oor zat nog steeds koket een sigaret geklemd, die hij nooit had opgerookt. Het begon te zoemen in Itsy's hoofd, eerst zwak, maar toen allesoverheersend. Haar moeder zei: 'Isabel is een prachtige naam' en toen ging de zaklamp uit.

Bij het tweede schot viel Itsy in de smeerput. Een paar silhouetten namen haar plaats in.

'En nog een, om het af te leren.'

Zijn pistool gaf een doffe knal.

Er volgde een ogenblik van stille voldoening, waaraan een einde kwam door het geluid van trippelende poten die snel naderden.

'Wat is dat?'

'Een of andere klotehond.'

Tito sprong tegen de schutter op. Beiden belandden in de smeerput, de hond bovenop.

'Haal weg dat beest.'

'Niet bewegen.' Een tweede figuur keek vanaf de rand van de smeerput naar beneden.

'Weg!'

'Niet bewegen.'

'Jezus!'

'Ik krijg hem niet voor mijn loop.'

'Godver...'

'Je moet niet bewegen.'

'Richt op zijn nek.'

De man op de rand richtte zo goed en zo kwaad als het ging en vuurde. Het geworstel werd eenzijdig voortgezet.

'Ilja, alles goed met je? Ilja?'

De tweede schutter vond Itsy's zaklamp en scheen in de smeerput.

Zijn broer zei niets omdat zijn halsslagader was gescheurd en de hond hem zonder tegenstand heen en weer sleepte. Overal lag bloed.

'Ilja!'

Tito keek omhoog; zijn ogen gloeiden. Hij liet de man uit zijn kaken vallen en rende met toenemende snelheid naar het trappetje. De tweede schutter vuurde de rest van zijn kamer leeg op de hond en bleef de trekker overhalen toen het dier, al tien keer dood, de trap af rolde.

Er moesten beslissingen worden genomen. In normale omstandigheden zou de schutter nooit zijn broer hebben achtergelaten. Ilja was een meester geweest in het wegwerken van losse eindjes, maar als lijk was Ilja het grootste losse eindje dat je maar kon verzinnen. Alleen de logistiek al. Om Ilja naar de Volvo te krijgen of de Volvo naar Ilja. Het verzamelen van alle patronen van alle schoten die hij had afgevuurd. Nog twee graven delven. Alleen al voor alle zweetdruppels verdiende hij een bonus.

Er flitste iets over het gezicht van de schutter. Een oranje laserstraal fladderde langs, wispelturig als een vlinder, en kwam tot stilstand op het naamplaatje op zijn overall. Hij voelde de koele lucht.

'Verdomde Tadzjieken.'

Zoveel begreep hij nog, vlak voor de kogel doel trof.

30

Ochtend in de ontwenningskliniek betekende voor de zombies dat het tijd was om zich aan te kleden en de deur uit te schuifelen, voor de ziekenbroeders dat ze de vloeren moesten schoonspuiten en de bedden opnieuw moesten opmaken met rubber lakens, en voor dokter Zwaan, die er een dienst van vierentwintig uur op had zitten, dat hij zich in een stoel kon laten vallen en een sigaret opsteken alsof hij daarmee het eeuwige leven kon verdienen. Zwaan was iets tussen arts en piraat in. Hij sprak met zijn ogen dicht: 'God is hond. Hond is God. God is shit.'

'Het bekt lekker,' zei Arkadi. 'Ik hoorde het een paar dagen geleden, toen ik rechercheur Orlov kwam halen.'

'Zolang ze zichzelf of anderen niets aandoen, kunnen ze zeggen wat ze willen. Wij zorgen voor onze gasten. Als ze bloeden, krijgen ze een pleister. Als ze overgeven, zorgen wij dat ze niet stikken in hun braaksel. We zagen zelfs de poten onder hun bed af, zodat ze niet gewond raken als ze eruit vallen. En ze vallen vaak uit bed. We bieden ook privacy.'

Voor zulke bedden wachtte vast een grootse toekomst in de meubelbranche, dacht Arkadi. 'Model Moskou', voor kortere valtijden.

'Het logboek van de kliniek?' vroeg hij.

Zwaan tilde een boek met de afmetingen van een grootboek van zijn bureau.

Het logboek was simpel: naam, tijdstip van opname, tijdstip

van ontslag, lichamelijke conditie en, voor sommige gevallen, onder wiens gezag de patiënt viel of naar welk ziekenhuis hij was doorgestuurd. De boete van 150 roebel voor wangedrag was een peulenschil, maar de gevolgen voor de baan van de alcoholist en de ellende thuis konden ernstig zijn. Door honderd dollar neer te tellen, kon je dat allemaal vermijden en Arkadi had verwacht dat Sergej Borodin dat ook had gedaan. Maar daar stond levensgroot zijn handtekening, in inkt. Drie nachten eerder opgenomen om 20.45 uur, ontslagen om 23.00 uur. Arkadi zag dat Roman Spiridon volgens het logboek op hetzelfde moment was opgenomen.

'Borodin zei dat hij privacy wilde en vervolgens brengt hij de zaal in rep en roer door de hele tijd "God is shit" te roepen. Dat is precies wat ik nodig heb, problemen met de Kerk.'

'Werd Borodin vaak dronken?'

'Wie zei dat hij dronken was?'

'Heeft hij zich láten opnemen?'

'Het gaat hier als bij iedere andere club. Er zijn speciale regelingen voor stamgasten.'

Toen Victor werd binnengebracht, werd er als vriendelijke geste naar Arkadi gebeld, zodat hij hem uit de kliniek kon komen halen. Sommigen zouden een dergelijke regeling oneerlijk noemen. Arkadi merkte dat hij steeds meer van het smalle rechte pad afweek.

'Dus Sergej Borodin kwam hier om alleen te zijn.'

'Wie zegt dat hij in zijn eentje kwam?'

Arkadi snapte er niets van. 'Waarom zou een nuchter iemand samen met iemand anders naar een ontwenningskliniek komen?'

De arts trok zo hard aan zijn sigaret dat de vonken ervan afspatten. 'Soms denk ik dat de seksuele revolutie volledig aan je voorbij is gegaan. Als je er even over nadenkt, is het allemaal nogal intiem hier, vind je niet? Al die naakte lijven. Het donker. De bedden.'

Het duurde een eeuwigheid voordat het kwartje viel.

'Hier?' Arkadi had er nooit aan gedacht dat de ontwenningskliniek een seksuele ontmoetingsplek zou kunnen zijn.

'Het is ideaal voor ruwe spelletjes, voor degenen die graag een vleugje vunzigheid en weinig risico willen.'

'Met wie?'

Zwaan bladerde terug in het logboek. Zo om de week stonden er de namen van Sergej Borodin en Roman Spiridon in, die telkens samen waren opgenomen en ontslagen. De ene keer dat Borodin in zijn eentje was gekomen, was de nacht dat Spiridon thuisbleef, in bad ging zitten en zijn slagader doorsneed.

Zwaan zei: 'Het was me al opgevallen dat Borodin oude littekens op zijn pols had. Hij had al eerder geprobeerd zich iets aan te doen. In feite een schreeuw om hulp, natuurlijk.'

'Je bedoelt Spiridons pols.'

'Nee, kijk maar in het logboek. Spiridon kwam hier in zijn eentje. Door hem begon de helft van de dronkaards hier te roepen dat ze God waren. Vervolgens vertrok hij even zo vrolijk weer.'

Dat was op hetzelfde moment dat Roman Spiridon zich in zijn badkuip liet zakken, dacht Arkadi. Twee Spiridons, op twee afzonderlijke plekken. Elektronen konden dit, maar voor grotere entiteiten was het onmogelijk.

Arkadi liet de arts de foto zien die hij van mevrouw Spiridona had gekregen. 'Wie is dit?'

'Borodin. Sergej Borodin.'

Arkadi nam hem terug. Misschien waren er twee Borodins.

'Hoe goed ken je hem?'

'Alleen van hier. Eerlijk gezegd zijn, heb ik soms moeite ze uit elkaar te houden.'

'Heb je ooit met hem gepraat?'

'Over de gewone dingen. Hij was een beetje somber en verlegen. Zelfmoord is zelfmoord.'

Nee, dacht Arkadi. In de juiste handen is zelfmoord moord.

31

Een mannenstem beantwoordde de telefoon.

'Hallo, met wie spreek ik?'

'De buurman van Anja.'

'Welke Anja?'

'Dode Anja, wie anders. Denk er maar eens over na. Ik bel over een minuut terug. Praat maar even met moeder.'

Arkadi hing op.

Hij pakte een fles wodka uit de koelkast en schonk een glas in. Als mensen vroeger op de wereldvrede proostten, zei zijn vader: 'Ik ben het zat om te klinken op de wereldvrede. Kunnen we niet proosten op een wereldoorlog?' Op die oude ijzervreter dan maar.

Arkadi goot het glaasje in één keer naar binnen en voelde de warmte door zijn lijf stromen als water dat langs een kroonluchter druipt. Hij zette fles en glas op het aanrecht.

Hij wachtte tien minuten en belde toen nogmaals.

Deze keer zei de stem: 'Renko, wat denk je te hebben?'

'Een getuige.'

'Onmogelijk.'

'Waarom onmogelijk?' Toen er geen antwoord volgde, zei Arkadi: 'Zie je wel? Je kunt het niet ontkennen zonder toe te geven dat je erbij was.'

'Waar zou dat zijn?'

'Waar "God is shit".'

Een bedachtzame stilte. 'Er kan iets worden geregeld. Waar ben je?'

'Zoals ik al zei, ik ben in het appartement tegenover het hare. Dit gaat je honderdduizend dollar kosten.'

Er werd aan de andere kant fluisterend overlegd. Sergej pakte de telefoon weer op en zei: 'Ik weet niet waar je het over hebt. Blijf daar. Ik kom over drie uur langs met minstens honderdduizend dollar.'

'Je bent er over een uur.' Arkadi verbrak de verbinding.

Het had geklonken alsof Sergej met een mobiele telefoon belde. Hij was al op weg.

Arkadi stond bij het keukenraam. De zon hing aarzelend boven de horizon, als bleke toeschouwer van de schemering. De vrouwen die de weg repareerden, hadden het gat in het wegdek weer gevuld. Ze laadden hun teerpot en trilplaat op een vrachtwagen en verlieten de werkplek, die was afgezet met pylonen met reflecterende strepen en een bord met het internationale symbool van een gravend mannetje – terwijl deze werkploeg geheel uit vrouwen bestond. De opzichter was wel een man, maar hij leek nooit een spade in handen te hebben gehad. Arkadi had met tape onder de keukentafel een opnameapparaatje geplakt dat automatisch aansprong bij het horen van een stem, en hij had nog een recordertje onder zijn kleren geplakt. Aan het eind van de straat parkeerde een zwarte Hummer die de plaats innam van twee gewone auto's. Sergej Borodin stapte uit, zwaaiend met een aktetas, alsof er geen vuiltje aan de lucht was.

Arkadi opende de deur op een kier. Hij hoorde voetstappen naar boven komen, tot ze de overloop bereikten.

'Renko?'

'Ja?'

'Geen emotioneel gedoe. We zijn volwassen mensen. Dit is puur zakelijk, toch?'

'Puur zakelijk,' beaamde Arkadi.

Zonder zijn Petroesjkakostuum zag Borodin eruit als een gemiddelde sporter in een designer-sweatsuit, maar Arkadi herinnerde zich nog dat hij onder de indruk was geweest van Sergejs durf toen hij aan kabels door Club Nijinski vloog. Sergej beschikte zeker over fysieke moed. Waar het moordenaars meestal aan ontbrak was inlevingsvermogen. Hij dacht aan Sergej die op de catwalk gezeten brandende lucifers op de dansers eronder liet vallen.

En wat zag Sergej in Arkadi, anders dan een oneervol ontslagen ex-onderzoeker, die verbitterd en uit vorm was?

Arkadi zei: 'Heb je er bezwaar tegen om in de keuken te praten? Op feestjes komen mensen altijd in de keuken terecht.' Hij ging Sergej voor, maar bleef hem vanuit zijn ooghoek in de gaten houden. 'Ik wil dat je de koffer op de tafel zet. Als er een pistool in zit en je dat niet meteen zegt, vermoord ik je.'

'Meen je dat nou?'

'Ja.'

Sergej zette de koffer op tafel en trok zijn handen terug. 'Er zit een pistool in.'

'Dank je. Ik ben blij dat je het me vertelt. Schuif hem hierheen.'

Sergej duwde de koffer met zijn vingertoppen naar voren.

Arkadi opende hem en stopte het pistool, een Makarov, in zijn broekriem. Er zat een krant in als ballast. Niets anders. 'Weet je, dit vind ik nogal teleurstellend.'

'De banken zijn dicht. Je gaf me een uur. Mijn geld staat vast.'

'Waar?'

'Wat bedoel je?'

'Waar en waarin heb je belegd?'

'Wat kan jou dat schelen?'

'Ik heb hier ook een belang in. Door mijn ontslag ben ik de helft van mijn pensioen kwijt. Nu ben jij mijn pensioen.'

'Oké. Ze willen dat ik een vechtfilm doe. Oosterse vechtsport, het Oosten botst met het Westen, geweld en meditatie, en heel veel kungfu aan kabels.'

'Ik weet het. Je kunt fantastisch vliegen aan kabels, maar je hebt minstens één vrouw die ik ken vermoord en waarschijnlijk meer. Waarom denk je dat je nog films zult kunnen maken?'

'Dat zeg jij, niet ik. Bovendien ben je zelf geen held. Je bent ontslagen.'

'Dat klopt.'

Arkadi keerde Sergej de rug toe om twee glazen wodka in te schenken. In de weerspiegeling van de vitrinekast zag hij Sergej een blik op de deur werpen. Arkadi vulde een derde glas en zei: 'Ga je gang, vraag haar maar binnen. We willen moeder niet buitensluiten.'

'Ik ben alleen gekomen.'

'Anders schiet ik je in je voet.'

'Wacht!'

Er was geen ernstiger bedreiging denkbaar voor een danser.

Madame Borodina schreed het appartement binnen. Ze was hooghartig en zag heel bruin; er was weinig verschil tussen haar leren broek en jasje en haar huid. Arkadi dacht dat ze een fantastische farao had kunnen zijn, zo een die piramiden van zijn onderdanen eiste. Hij wist dat twee mensen Anja's appartement hadden verlaten op de avond dat ze werd aangevallen. Madame Borodina was iemand die hij niet graag de rug zou toekeren.

'Mag ik?' vroeg hij terwijl hij de inhoud van haar handtas op de keukentafel uitstortte. Huis- en autosleutels, een poederdoos, papieren zakdoekjes, bonnetjes, bankpas, metro-abonnement en een .22 pistool. Hij was onrustig. De Borodins waren misschien amateurs, maar geen idioten. Ze volgden orders op, maar lieten zich niet intimideren.

Madame Borodina zei: 'Sergej, denk eraan dat alles wat je hier zegt ongetwijfeld wordt opgenomen. En voormalig onderzoeker Renko is ten einde raad en daarom bereid om alles wat je zegt te verdraaien.'

'Proost,' zei Arkadi.

Ze dronken hun glas leeg. Arkadi had het warm. Hij wilde niet dat de Borodins echt dronken werden. Een beetje loslippig en opschepperig was voldoende. Wat schrik aanjagen kon geen kwaad.

Madame Borodina zei: 'Nu u geen onderzoeker meer bent, moet u zich aan de wet houden.'

'Eigenlijk is het omgekeerd,' zei Arkadi. 'Nu hoeft dat juist niet meer.'

'Wie is deze zogenaamde getuige?'

Arkadi sloeg tegen zijn voorhoofd. 'Sergej, ik begrijp plotseling waar je film over gaat. Niet over vechtsport. Hij gaat over Nijinski. Je gaat dansen. Je speelt Nijinski.'

'Ik ben Nijinski.'

Arkadi hief zijn glas. 'Daar drink ik op.'

Iedereen moest daarop drinken. Arkadi vond het goed gaan, de theevisite. 'Als jij Nijinski speelt, wie speelt dan zijn moeder? Ze was zo toegewijd. Ze koos zijn minnaars en minnaressen, altijd vanuit het idee dat ze ook zijn carrière moesten bevorderen. Veel moeders zouden zoiets nooit doen. Heb je al iemand in gedachten?'

'Grapjas,' zei Sergej.

'We dwalen af,' zei madame Borodina. 'Ik wil die zogenaamde getuige zien.'

Arkadi zei: 'Waar we het over hadden, is dat Sergej niet is gekomen met geld, maar met een pistool. We moeten samenwerken.' Hij vulde de glazen nogmaals en zette er zonder verdere uitleg een vierde bij. 'Je zei over Nijinski's moeder...'

Sergej lachte. 'Ze was een bemoeizuchtige bitch.'

'Sergej, speel zijn spelletje niet mee.' Madame Borodina kon er niet om lachen.

'Als jij Nijinski speelt, wie spelen dan de andere vrouwen in zijn leven? Het is vast lastig om daar de juiste actrices voor te vinden.'

'Heel lastig,' zei Sergej.

'Hoeveel heb je er al geprobeerd?'

'Vijf.' Sergej en zijn moeder keken elkaar aan.

'Moet ze danseres zijn?'

'Niet als ze de juiste eigenschappen heeft.'

'Schoten ze allemaal tekort? Bleken ze stuk voor stuk hoeren te zijn? Wat doe je met hoeren?'

'Ik begrijp je niet.'

'Heb je ze uitgekleed?' vroeg Arkadi.

Madame Borodina zei tegen Sergej: 'Er is helemaal geen getuige. Het is een valstrik. Renko wil onschuldige mensen geld afhandig maken.'

Arkadi had het moment van haar komst aan Anja zelf overgelaten. Alles viel stil toen ze de keuken binnenkwam. Ze was bleker dan normaal, waardoor de kringen onder haar ogen donkerder leken dan ooit. Ze had met opzet het katoenen nachthemd aangetrokken waarin Sergej haar voor het laatst had gezien.

Sergej zag eruit alsof hij stuipen zou krijgen. Arkadi vroeg zich af of de familie van Lazarus ook zo vol afschuw had gereageerd toen de man herrees uit de dood.

'Je houdt je mond,' zei madame Borodina.

Sergej zei: 'Toen ik haar achterliet, zag ze blauw!'

Dat was een begin, maar niet genoeg, dacht Arkadi.

'Hou je kop, Sergej!' zei madame Borodina.

Arkadi zei: 'Sergej Borodin, heb je geprobeerd de journaliste Anja Roedikova te vermoorden?'

'Ja,' antwoordde hij. Hij voegde eraan toe: 'We kunnen niet anders. We zijn monsters.'

'Hoe bedoel je?' Dit was niet helemaal wat Arkadi in gedachten had.

'Is het je niet opgevallen dat Moskou vol monsters zit?'

'Wat voor monsters?' vroeg Arkadi.

'Allerlei soorten. Zie je ze niet? Ze zijn opgeroepen.'

'Sergej, alsjeblieft, dit heb ik allemaal al eerder gehoord,' zei madame Borodina.

'Peter de Grote had een monstermuseum vol half gevormde en mismaakte kinderen, kinderen met horens, kinderen met hoeven. Hij vaardigde een decreet uit, het "Monsterdecreet": alle monsters in Rusland moesten naar hem toe worden gebracht. Dat gebeurt nu ook weer, maar nu regeert het geld. Monsters komen in Moskou bijeen. Hoeren en miljonairs, die als mestkevers dollarbiljetten oprollen. God is hond, Hond is shit, ik ben God.' Hij wendde zich tot Anja en zei: 'Als je bent herrezen uit de dood, ben je het grootste monster van allemaal.'

Het was stil in de keuken.

'Ik heb ze vermoord,' zei Sergej eindelijk.

'Hoeveel vrouwen?' drong Arkadi aan.

'Maakt dat wat uit?'

Madame Borodina trok Sergej mee. 'We gaan. Van dit onbehouwen theatrale gedoe blijft voor de rechtbank niets overeind.'

De Borodins vertrokken, maar werden op de overloop tegengehouden door Victor, die in een werkoverall, stinkend naar teer, de trap op kwam.

32

In andere landen vormden paardenrennen een sport van koningen. In Rusland was het de sport van de lagere klasse. Vroeger kwamen de arbeiders uit nabijgelegen fabrieken om het tweede deel van het programma bij te wonen. Nu waren de fabrieken gesloten en kwamen er nauwelijks toeschouwers, alleen wat gepensioneerden, die wodka dronken uit plastic bekers. Op het middenveld stond een antieke totalisator. Her en der hadden zich hoopjes niet-winnende tickets verzameld, etenskraampjes waren gesloten, urinoirs stroomden over en de fans op de tribunes waren uitsluitend grijsaards. Maar ze bleven inzetten. Dat zegt iets over de menselijke natuur, dacht Arkadi.

De zon scheen op Moskou en dubbel zo hard op Sasja. Hij was een held en een miljardair, een aantrekkelijke combinatie. Hij zei vroeger vaak: 'Wie mijn portemonnee steelt, steelt troep.' Het kwam Arkadi voor dat Sasja heel veel troep had vergaard.

Het hippodroom werd vandaag geraakt door Sasja's gouden vingers. Er waren partytenten opgezet langs de renbaan. Serveersters pendelden heen en weer van de cateringwagens naar de tenten waar champagne, zalm en gegrilde langoustines werden geserveerd aan een clubje miljonairs met vet op hun kin.

Senatoren, ministers en president-directeuren die Sasja een week eerder niet zouden hebben aangekeken, toonden zich bereid om van Sasja's gastvrijheid te genieten nu hij weer in de gunst was bij het Kremlin. Hij had zijn paspoort en een retourticket

223

naar de financiële stratosfeer. Het drukke gebabbel werd zo om de twintig minuten alleen onderbroken door een paardenrace. Dravers en telgangers.

Hoewel het een heldere dag was, was de baan prut. Modder spatte onder de paarden weg, jockeys knalden hun zwepen en reden blindelings, met hun veiligheidsbril vol modder, terwijl ze hun paard aanspoorden: 'Kom op, stomme koe.' Luidsprekers tetterden ondertussen een geluidsopname van een juichende menigte over de bijna lege tribunes.

Arkadi zat zijn kater uit te zitten in de schaduw van de roodfluwelen gordijnen. Van een plafondschildering met paarden, hamers en sikkels vielen schilfers pleisterwerk op zijn schouders. Er stonden klapstoelen tegen elkaar onder een plastic tafellaken. Een minikoelkast stond losgekoppeld en was leeg.

Zijn oog viel op een weggegooid gokticket. Het duurde even voor het tot hem doordrong. Hij pakte een envelop uit zijn jas en tikte het halve kaartje eruit dat hij in de kofferbak van de Mercedes had gevonden. De twee waren op hetzelfde goedkope papier gedrukt, maar op het net opgeraapte ticket stond de volledige naam: 'Centraal Moskou Hippodroom'. Het was afgestempeld op de zondag ervoor.

Hij belde Victor.

'Dat kaartje is van de renbaan. Niet van het circus of de bioscoop. Ik weet niet of Dopey op paarden wedde, maar de menigte hier is flink uitgedund en een dwerg zou behoorlijk opvallen.'

'Ben je daar nu?' vroeg Victor.

'Ja, ik zit in de koninklijke loge.'

'Je bent in hogere kringen beland.'

Sasja Vaksberg zag Arkadi. Hij keek verbaasd, maar glimlachte breed en zwaaide.

Arkadi keek naar beneden, naar de tenten, en hij was ervan onder de indruk hoe snel Sasja zijn troepen van cateraars, obers en lijfwachten had weten op te trommelen. Hij moet zich goed voelen, dacht Arkadi. Als Napoleon die net uit Elba was teruggekeerd.

De lunch leek een eeuwigheid te duren. Eindelijk omhelsde hij de laatste gast en duwde hem de deur uit. De cateraars begonnen de tafels af te ruimen en de tenten en buffetten af te breken. Na een reeks gesprekken op zijn mobieltje hield Sasja een fles champagne omhoog en wenkte Arkadi om naar beneden te komen, naar de renbaan. Vaksberg was opgetogen.

'Je had erbij moeten zijn, zodat ze ons samen hadden gezien. Als ik word gezegend door de paus, krijg jij de zegen van de kardinaal. Zo werken die dingen.' Sasja hield zijn adem in. 'Deze plek is een wonder. Weet je waarom dit is gebouwd? Om cavaleriepaarden te trainen. In een kernoorlog krijgen we allemaal een paard en een sabel om de vijand te bevechten.'

'Ik neem aan dat je iets nieuws gaat beginnen?'

'Ik zoek investeerders, ja. Dit is de manier om die te vinden. Geld trekt geld aan. En ze vinden het allemaal heerlijk om met een held op te trekken.'

'En jij bent de held?'

'Nu wel, ja. Neem verdorie wat champagne.'

'Is het goede?'

'Deze mensen willen alleen de beste. Ze hebben hun datsja, een eigen huis in Londen, een eiland in het Caraïbisch gebied en een privéjet om ernaartoe te vliegen, maar ze kunnen hun geld nog steeds niet snel genoeg uitgeven. Ze skiën, zeilen, kopen een voetbalelftal of basketbalteam en nog altijd geven ze het niet snel genoeg uit. Het is duidelijk wat ze moeten doen: een renpaard kopen. Of beter nog, een hele stal renpaarden.'

'Paardenrennen is voor de arbeidersklasse.'

'De drafsport, ja. We moeten het idee zien over te brengen dat er niets prestigieuzer is dan geld verliezen met je eigen stal volbloedpaarden.'

Met een explosie van vaderlandslievende muziek kondigden de luidsprekers de laatste race van de dag aan. Het publiek bestond uit mannen, vooral gepensioneerden die tijdens het raceseizoen iedere zondag bijeenkwamen om de statistieken te bestuderen. De ernstigste gevallen stonden bekend als 'de beroeps'. Ze konden geen fortuin verliezen, omdat de hoogst toegestane inzet tien roebel was. Speelgeld. Arkadi vroeg zich af waarom ze niet gewoon naar mieren in een mierenhoop gingen kijken.

'Is dit je volgende project?'

'Mogelijk,' zei Vaksberg. 'Ik doe weer mee aan het spel, dat is het belangrijkste. Waar is Anja trouwens? Het is dagen geleden dat ze me gebeld heeft. Ze zei dat ze bij een vriend zou logeren. Ze neemt haar mobiele telefoon niet op en heeft geen nummer achtergelaten.'

'Ik denk dat ze je wel weet te bereiken als ze dat wil.'

Sasja zei: 'Mijn relatie met Anja is ingewikkeld. Heeft ze je verteld dat ze een contract heeft om een boek over mij te schrijven? Het is een grote kans voor haar en ze is ambitieus. Ze mag dan misschien wat vertrouwelijke bedrijfsdocumenten hebben, en wellicht doe ik haar een proces aan om te voorkomen dat ze het boek publiceert, maar dat is van later zorg. Het belangrijkste is dat ik haar in mijn zak heb. Heeft ze je dat verteld?'

Ze werden onderbroken door Arkadi's telefoon. Het was Victor.

'Jouw Dopey is – of was – Pavel Petrovitsj Maksimov, tweeëndertig jaar, woonachtig in Moskou. Miste geen dag op de renbaan, behalve wanneer hij in de gevangenis zat. Iedereen in het hippodroom kent hem waarschijnlijk.'

'Wat voor werk deed hij?'

'Legaal werk? Hij had een vergunning om mollen te vangen in Gorkipark. Laten we aannemen dat hij drugs dealde. Daarvoor was hij croupier in het Peter de Grote Casino aan het Driestationsplein. Hij moet een verdomd lange hark hebben gehad.'

Arkadi verbrak de verbinding. Het was stil in de koninklijke loge tot Sasja zei: 'Vraag maar rond, vraag wat je maar wilt. Criminelen in de casino's van deze stad? Goh, schokkend.'

De laatste race begon met een vliegende start achter een truck met een lelijk vleugelhek dat rijdend werd dichtgevouwen. Zes dravers bleven er precies in het spoor achteraan rennen, onnatuurlijk en prachtig. Via de luidsprekers juichte de wereld.

'Ik had een te hoge dunk van je, Renko. Ik hield je voor een man van de wereld. Wat jij "geld achteroverdrukken" noemt, was een normale overdracht van middelen binnen de verschillende

226

onderdelen van mijn onderneming. Ik begrijp waarom iemand die het bedrijfsleven niet kent bepaalde transacties verkeerd interpreteert. Maar het wordt allemaal met rente terugbetaald, zonder dat iemand wordt benadeeld.'

'Je hebt negentig procent van dat kinderfonds in je eigen zak gestoken.'

'Dat was volkomen legaal. Een miljonairsbeurs is een dure, gecompliceerde operatie. Ik heb een reservefonds voor onverwachte kosten. Het is de normale bedrijfsvoering. Met andere woorden, we kunnen je voor eeuwig bezighouden voor de rechter en bovendien een proces wegens smaad tegen je beginnen. Moet je horen, ik zal eerlijk tegen je zijn. Het had een eenvoudige beroving moeten worden. Maksimov en ik hadden afgesproken dat er niet geschoten zou worden. Ik geef toe dat ik de hebzucht van die kleine klootzak heb onderschat, maar we moeten verder. Het is jouw woord tegen het mijne. Renko's woord tegen het mijne. Ik heb de trekker niet overgehaald.'

'Dat is niet wat je de politie hebt verteld,' zei Arkadi. 'Je kunt je verhaal nu niet meer veranderen. Je bent een held.'

33

Omdat Emma de jongste van de familie was, kreeg zij de taak om een nieuw thuis te vinden voor de baby. Ze mocht haar achterlaten in een park, in een doos, op een bankje of in een openbaar toilet – waar dan ook, zolang de politie er maar niet aan te pas kwam.

'Hoe zit het met Itsy?' Emma trok centimeter voor centimeter haar jasje aan.

Klim nam het over. Hij zei: 'Ze is dood. En Tito en Leo en Peter ook. Je hebt geluk dat je niet ook dood bent. Dump gewoon de baby en snel een beetje, voordat ze wakker wordt.'

'Ze heeft nog maar één flesje melk.'

'Ja, en?'

'Als niemand haar vindt, wat dan?'

'Dan heeft ze geen geluk.'

Zoals mensen over geluk spraken, klonk het Emma in de oren als een eetlepel water in de woestijn: er was gewoon niet genoeg voor iedereen.

Terwijl ze haar weg zocht tussen de geparkeerde auto's voor het Kazanstation door, zag ze opeens een enorme personenauto staan met een geopend achterportier. De leren bekleding leek zo zacht als een moederschoot. Emma legde de baby neer en die lag er zo vredig bij dat Emma ook haar eigen hoofd heel even neervlijde. Het volgende ogenblik werd ze wakker op de achterbank en zat er een vrouw aan het stuur die riep: 'Eruit! Eruit, vies kind!'

Duizelig en uitgeput ging Emma op zoek naar Klim en de anderen. Het probleem was dat de voetgangerstunnel naar de andere kant van het Driestationsplein werd geblokkeerd door een vechtpartij tussen skinheads en Tadzjieken. Haar opdracht had haar vanaf het begin niet aangestaan; het was helemaal niet zo makkelijk om een baby ergens achter te laten. Ze had verwacht haar in een vuilnisbak te kunnen leggen, waar de kleine zou worden gezien en gered, maar het enige wat ze vond, waren plastic containers voor gescheiden afval: groen voor papier, blauw voor plastic en glas. Ze wilde niet dat de mensen lege flessen op de baby zouden gooien. Het verkeer raasde het plein over. Een gele Volvo stationwagen reed langs de geparkeerde auto's en stopte voor Emma en de baby. Een zigeuner met een baby aan de borst stopte naast Emma. De auto reed verder.

De baby rekte zich uit, perste haar lipjes op elkaar en maakte de geluidjes die ze vaak maakte voor ze wakker werd en begon te huilen. Emma had het gevoel dat ze zich nu snel ergens moest verbergen en toen er net een golf auto's voorbij was geraasd, lokte de lege straat. Ze was halverwege toen de volgende golf kwam. Het was alsof ze tot haar nek in zee stond, de auto's waren zo groot en zwart en hun lichten zo verblindend dat Emma de baby liet vallen. Ze was gewoon te zwaar en te moeilijk hanteerbaar. Maar toen herinnerde Emma zich dat Itsy nooit iemand in de steek liet en ze rende terug om de baby met haar eigen lichaam te beschermen, ook toen er lichten opdoemden van een pick-uptruck. De truck kwam schokkend tot stilstand, terwijl singelbanden met een knal knapten en een plastic zeil als een grote rog omhoog zweefde. Al het verkeer was tot stilstand gekomen. Twee mannen stapten uit de cabine, hun gezichten bleek van schrik. Hun lading exotische mammoetslagtanden lag over vier rijstroken verspreid en had het verkeer even effectief tot staan gebracht als een tankgracht zou hebben gedaan. De slagtanden waren in de loop van maanden verzameld in de Siberische permafrost, stuk voor stuk met de hogedrukspuit schoongespoten om ze aantrekkelijk te maken voor verzamelaars. De uiteindelijke verzameling was met de hand verzaagd in een Moskouse badkuip.

De bestuurder zakte op een knie om onder zijn wagen te kijken en schoot vervolgens overeind.

'Ettertjes, waar zitten jullie?'

Emma wurmde zich al tussen de auto's door en verdween in de richting van het Leninstandbeeld naast het Kazanstation. De baby huilde haar longen uit haar lijf.

Er was niemand. Ze had geen geld, geen vrienden en ze kon de baby nergens kwijt. Om haar heen zag ze alleen maar onheilspellende schaduwen en hoorde ze niets dan het gevloek van de mannen die vochten om een plek in een portiek.

De baby brulde als een brandalarm en Emma kon niets doen om haar te troosten. Ze haalde haar laatste flesje melk tevoorschijn. Met haar arm om de baby heen probeerde ze de fles open te draaien, maar dat ging mis. Even danste de fles pesterig op haar vingertoppen en toen viel hij en spatte uiteen op het trottoir. Jakhalzen kwamen naderbij om te zien of er iets te stelen viel. Handen gristen haar tas weg en gingen ermee vandoor.

Een oude vrouw in een cape vroeg: 'Is het een jongen of een meisje?'

De baby schrok zo van de vrouw dat ze even stil was.

'Meisje,' wist Emma uit te brengen.

'Goede keuze. Heb je ooit een stuk brood naar de bodem van een vijver zien zakken?'

'Nee.'

'Dat kan ook niet, want dingen die naar de bodem van een vijver zakken, worden opgegeten. Ik zit al een tijdje naar je te kijken.'

'Vanaf waar?'

'Daarboven.' Ze wees naar een flatgebouw dat aan het einde van het stationsterrein opdoemde.

'Kunt u zien in het donker?'

'Ik zal het je laten zien. Maar de baby hoort niet buiten in de regen.'

'De regen is warm.'

'Misschien plast God op ons. Klaar?'

'Dank u wel.' Emma herinnerde zich dat ze beleefd hoorde te zijn.

'Ik ben madame Foertseva, je kunt me gewoon madame noemen.'

Madame Foertseva leek meer op een heks dan wie ook die Emma ooit had ontmoet. En ze geloofde in rijst. Ze maakte rijstwater voor de baby en rijstpudding voor haar. Terwijl Emma at, staarde ze verbaasd naar madame Foertseva's verzameling foto's, voorwerpen en souvenirs uit de hele wereld. En de oude vrouw stelde geen vragen, al wist ze veel.

'Ik kan niet naar Afrika, dus fotografeer ik de drinkplaatsen hier maar. Zoveel verschil is er niet. Er zijn leeuwen en buffels en jakhalzen, veel jakhalzen. Ik neem foto's met een infraroodcamera. Ik zie hen, zij kunnen mij niet zien.'

Madame Foertseva opende een map en liet Emma een landschap zien van roze bomen onder een donkere hemel, een portret van het wasbleke ronde gezicht van Jegor en een groep meisjes die met een hond aan het rennen waren. Om hen heen golfde het en was het bewogen.

'Itsy en Tito en Milka en ik.'

Ze keek er lang naar.

34

Arkadi had het gevoel alsof hij zich in een bootje bevond op een enorme zee. Ver onder hem, op de zeebodem, vond een grootse strijd plaats die aan de oppervlakte golven opwierp en talloze vreemde wezens omhoog stuwde. Hij wist niets van het hoe of waarom. De macht bleef verborgen, de orde zweeg. Waarom had hij zijn pistool teruggekregen? Zij die het wisten, wisten het.

Meestal reed het verkeer over de Prospekt Mira stapvoets, maar op dit uur van de nacht waren de auto's luidruchtig en brutaal. Voor het ministerie van Landbouw weerklonk niet het gefluister van Mercedessen, maar het wilde gebrul van Maserati's en Ferrari's.

Verkeersagenten stonden hulpeloos naast hun politie-Lada's. Iedere poging om een Porsche of BMW in te halen zou alleen maar op een ontnuchterende manier het klassenverschil aan het licht brengen. Als surfers op de golven reden de Audi's en gepimpte Mazda's langs. Ze hadden een illegale race gehouden op de rondweg en reden in het centrum van Moskou hun overwinningsrondje.

Toen Arkadi een tikje tegen zijn achterbumper voelde, vatte hij dat op als een verzoek om uit de weg te gaan. Hij reed al de maximumsnelheid; de Lada klonk als een ouderwets tweedekkervliegtuig. Hij liet een zwarte Hummer passeren en waagde zich op de binnenring: toen een chique boulevard, nu een chique boulevard. Vlot reed hij langs het Huis van de Muziek. Nog een duwtje van achteren, harder deze keer. Weer een Hummer. Of dezelfde. De voorkant was voorzien van hoge chromen bumpers. Arkadi kon de bestuurder niet zien, de voorruit was van getint glas. Hij probeerde te stoppen, maar de Hummer bleef de Lada voortduwen. Arkadi zette hem in zijn vrij om te voorkomen dat de versnellingsbak stuk draaide.

Arkadi tastte om zich heen naar zijn heilige blauwe daklicht, dat hem gewoonlijk veilig de stad door hielp. Het lag meestal op het dashboard. Maar nu niet. Het tijdelijke portier van de Lada kon niet op slot. Iemand had zijn hand naar binnen gestoken en het licht weggeplukt als een appel van een laaghangende tak. De Lada werd voortgeduwd door de zware Hummer. Arkadi voelde een straaltje zweet in zijn nek lopen. Als hij kon zien wie de bestuurder was, zou hij tenminste een idee hebben met wie hij te maken had. Voor hij er erg in had, reden ze in een tunnel. De lucht implodeerde. Toen ze eruit kwamen, werden ze begroet door een Hitachi-logo. Verlichte reclameborden juichten over de stranden van Orlando in Florida, over vakanties aan de Rode Zee om speervissen te vangen, zwemmen in het turkooizen water bij Kroatië – allemaal plaatsen die hij graag zou bezoeken als hij maar van de auto achter hem kon loskomen. Een recht stuk weg langs de muur van het Kremlin – geen bewaking te zien. Werden onze leiders niet beschermd? Eindelijk de zegening van de middelpuntvliedende kracht. Onder aan de Alexandertuin maakte de Lada een nauwere bocht dan de Hummer, zodat hij van de bumper af schoof. Arkadi zet de auto in de derde versnelling; hij zag twee wieldoppen naast hem rollen.

Verkeersagenten in glanzende oliejassen gebaarden naar Arkadi om te stoppen. Voor het eerst in zijn leven was hij blij hen te zien.

'U ontkent niet dat u aan het racen was?'

'Ik was niet aan het racen, ik vluchtte voor mijn leven.'

'Of u nu racete of vluchtte, het kost u vijfhonderd roebel. En we zullen uw auto in beslag moeten nemen.' De agent keek er eens goed naar. 'U moet uw auto meenemen.'

De tweede agent zei: 'We nemen genoegen met vijf dollar.'

'Ik vluchtte voor...' Arkadi keek om zich heen. De Hummer was al lang en breed verdwenen.

In de Lada ging Arkadi's mobiele telefoon. Hij maakte aanstalten om hem te pakken, maar de agenten versperden hem de weg, welke kant hij ook op wilde.

'O nee, eerst betalen.'

'Ik moet de telefoon beantwoorden.'

'Eerst geld.'

'Ik ben misdaadonderzoeker.'

'Mag ik uw papieren zien?'

Vijf dollar bleek papier genoeg zijn.

Maar de beltoon was opgehouden. Er was alleen een berichtje van Victor. 'Je gelooft dit niet. Die klootzak, je vroegere baas Zurin, zegt dat de geluidsopname voor de rechtbank niet als bewijs kan dienen omdat je bent ontslagen. Dat geldt ook voor bekentenissen verkregen door "goedkope theatertrucs". Hij zegt dat het slechts holle frasen zijn van een ziek individu.'

Arkadi probeerde terug te bellen, maar Victors telefoon was al in gesprek. En hij probeerde Anja mobiel te bereiken, want als de Borodins vrij rondliepen, zouden ze de kans krijgen haar nogmaals te vermoorden, wat hem oneerlijk leek. Er werd niet opgenomen.

Hoe ging het ook alweer, dacht Arkadi, dat verhaal over die afspraak in Samarra? Als we proberen de dood te ontlopen, lopen we hem juist recht in de armen. De dood was onvermijdelijk, bij dit stoplicht of het volgende.

En daar dook hij weer op, de zwarte Hummer, pal achter Arkadi, met een blauw zwaailicht op het dak – waarschijnlijk dat van hem. Hij was vlak achter Arkadi komen staan. Zodra het stoplicht op groen sprong, maakte Arkadi een U-bocht, zodat hij nu tegen het verkeer in reed. De Hummer volgde, maar was te groot om als een draad door het oog van de naald te glippen. De enorme wagen drong zich door het verkeer heen, rukte her en der spatborden af, maar volgde in Arkadi's spoor. Wat had zijn vader gezegd? 'Op het slagveld vlucht een officier alleen als laatste redmiddel.' Dit was geen terugtrekken, dit was paniek. Arkadi nam de rotonde bij het Loebjankaplein en scheurde een buurt van smalle straatjes en terrasjes in. Hij drukte continu op de claxon, maar die gaf slechts een zwak blatend geluid. Cafés sloten hun deuren. Een toren van opgestapelde stoelen wankelde en viel om. Ergens onderweg waren de buitenspiegels van de Lada verdwenen, hij had alleen zijn achteruitkijkspiegel nog. De Hummer scheen met een politieschijnwerper, die Arkadi verblindde. Het maakte niet uit, ze waren nu in zijn buurt aangekomen.

Arkadi trapte het gaspedaal – waarvan niet meer dan een knop was overgebleven – diep in. Victors Lada begon uit elkaar te rammelen. De uitlaatpijp sleepte over de grond en tingelde een deuntje op het wegdek. De Hummer probeerde te passeren, maar Arkadi wist de neus van de Lada voor die van de grotere wagen te houden. Met nog één stratenblok te gaan, kwam de Hummer naast hem rijden. De bestuurder opende zijn raampje. Sergej reed, zijn moeder zat naast hem. Moeder en zoon, een familieportret, dacht Arkadi. Hij stuurde dichterbij en Sergej corrigeerde, maar liet de Lada zijn neuslengte voorsprong houden. Witte rook wolkte onder de motorkap vandaan.

Sergej richtte een pistool op Arkadi. Arkadi legde als antwoord ook zijn pistool aan, het geschenk van het Russische volk. Madame Borodina schreeuwde, Arkadi kon niet verstaan wat ze zei. Hij reed recht op de Hummer in en duwde hem in de richting van een oranje pylon, die op zijn kant lag.

'Ik ben God!' brulde Sergej.

De Hummer raakte de kuil met 150 kilometer per uur.

Geen van beide Borodins had een gordel om. Ze knalden door de voorruit toen de Hummer over de kop sloeg. De wagen draaide nog een pirouette in de lucht en kwam tot stilstand.

35

Hij volgde Arkadi een kleine groene forensentrein in, van het soort dat niemand tot last is en kalm van de grootstedelijke stations naar de kale dorpsperrons tuft. De banken waren van hout en opzettelijk ongerieflijk. Hij had moeite met bewegen, maar aanvaardde de pijn als straf voor het feit dat hij de zaak had verprutst.

Tadzjieken! Waarom had niemand hem verteld dat de reparatiewerkplaats door die Tadzjieken als heroïnedepot werd gebruikt? Ze hadden afspraken kunnen maken. In plaats daarvan was zijn broer verscheurd door die hellehond. De beslissing om Ilja achter te laten, was de moeilijkste van zijn leven geweest, maar hij had eigenlijk geen keuze gehad, niet met die kogel in zijn schouder en de Aziatische schutters die popelden om hem weer in het vizier te krijgen. Het had hem drie uur gekost om naar de deur te kruipen. Het incident was beschamend en had zijn vastberadenheid om het recht te zetten alleen maar aangewakkerd.

Het had twee weken gekost voordat hij voldoende hersteld was, maar hij had zijn tijd niet verspild. Hij nam de forensentrein waarmee Renko 's ochtends en 's avonds reisde nu hij weer voor het OM werkte. Eerst zat hij aan de andere kant van het rijtuig, om het terrein te verkennen en er vertrouwd mee te raken. Hij zag welk boek Renko aan het lezen was en kocht een ander boek van dezelfde auteur. Het boek was pure flauwekul, maar hij begreep waar het over ging. Een dag later raakte hij al met hem in gesprek over de boeken.

Renko was zo'n bedrieger. En de beveiliging rond het OM was eigenlijk ook bedrog. Hij was in koeriersuniform aan de deur verschenen met een pakket dat absoluut, zeer beslist aan Arkadi Renko overhandigd moest worden. Hij had meteen zijn adressen gekregen, in de stad en op het platteland. Hij had belastend bewijsmateriaal tegen Renko, die iedereen voor de gek hield. Een zogenaamde koorknaap, maar koorknapen schoten geen mensen dood.

Hij nam voorzorgsmaatregelen. Hij knipte zijn haar en verfde het grijs, deed stalen kronen om zijn voortanden. Dat waren de twee dingen die de mensen het meest opvielen aan iemands uiterlijk: haren en tanden.

Ze liepen de weg naar het dorp voor een deel samen op. Hij had voor een schijntje een kamer gehuurd in een boerderij in de buurt en betaalde contant. Zijn verhaal was dat hij een hoge bloeddruk had en dat zijn dokter hem had aangeraden om vakantie te houden op een plek met frisse lucht en bronwater. Rust op het platteland was het beste medicijn. Renko wees hem op een vijver die net groot genoeg was voor de roeiboot en de plastic kajak die loom ondersteboven op een aanlegsteiger lagen. Hij verpestte het bijna toen hij opmerkte dat de vijver nauwelijks groter was dan een pisgaatje, maar daarna liet hij een paar keer doorschemeren dat een koele duik het hoogtepunt van zijn vakantie zou kunnen zijn. Maar hij wilde zich niet te erg of te vroeg opdringen, want het meisje zou hem kunnen herkennen.

Renko had drie gasten. Hij zou hen allemaal in één klap te grazen moeten nemen. Maar hij hield van dit soort problemen. Hij hield van de puzzel van de geit, de kip en de vos waarmee je in een boot een rivier moet oversteken. Er waren dingen waar hij rekening mee moest houden, zoals het tijdstip van de dag en de manier waarop hij hen het best kon verrassen. Hij zou Renko eerst moeten uitschakelen, dan de jongen en de vrouwen. Dat betekende dat hij Renko ergens alleen moest zien te treffen.

In het dorp was een winkel die in consignatie landbouwgereedschap verkocht. Hij schafte een spade, een zeis en een slijpsteen aan. Alleen al door met de zeis te zwaaien en te luisteren naar het fluiten ervan, kreeg hij meer vaste grond onder zijn voeten. Hij was de lange gesprekken en die geforceerde opgewektheid in de trein gaan haten. Zijn gezicht deed pijn van het grijnzen.

Er was een tijdslimiet. Renko had hem toevertrouwd dat ze aan het eind van de week naar de stad zouden teruggaan. Hij ging kijken waar Renko's datsja zich bevond. Dat was niet zonder gevaar. Hij werd bijna opgemerkt door een achterdochtige buurman. En Renko gaf een feestje waarvoor hij was uitgenodigd. Hij verontschuldigde zich omdat hij bang was dat het een val zou zijn, maar hield de boel wel door een verrekijker in de gaten. Renko zei dat hij niet zo verlegen moest zijn.

Arkadi zag hem meteen toen hij de trein binnenkwam. Hij was een jakhals die zich onder schoothondjes probeerde te verbergen. Hij had grove gelaatstrekken, zware wenkbrauwen en grote, vaardige handen. De nieuwkomer zei dat hij Jakov Lozovski heette, ingenieur was in Moskou en in zijn eentje op vakantie ging. Arkadi zocht 'Jakov Lozovski' op in de bestanden en zag dat er inderdaad een ingenieur met die naam bestond die vakantie had. Uit voorzorg droeg Arkadi daarna toch zijn pistool en reisde Victor mee als tweede man.

Arkadi was met betaald verlof. Er had geen officiële ceremonie plaatsgevonden om hem weer in dienst te nemen, hij was alleen op het kantoor van plaatsvervangend hoofdofficier van justitie Gendler ontboden. Sinds hij weer in dienst was, behandelde Zurin zijn misdaadonderzoeker met grote omzichtigheid, alsof ze beiden, ieder op zijn eigen manier, worstelden met de 'waarheid'. Zurin kreeg de meeste lof toegezwaaid voor het feit dat ze een seriemoordenaar te slim af waren geweest en hadden gevangen, en daarop had hij als leidinggevende natuurlijk alle recht.

Het was nu de vraag of hij in de datsja zou blijven of terug zou gaan naar de stad. De dagelijkse routine doorbreken was misschien gevaarlijker dan terugtrekken. Maya noemde hem 'de rattenvanger' en ze zei dat hij nooit zou stoppen. Ze zou altijd in angst leven. Anja zei dat ze al een keer dood geweest was en niets te verliezen had. Zjenja stond te popelen om als redder van Maya op te treden en zo haar held te worden. Arkadi waarschuwde dat ze het zonder mobiele telefoon zouden moeten doen, omdat er geen bereik was bij de datsja. Er was geen vaste telefoon en hulp was sowieso te ver weg.

Ze voelden de rattenvanger in het donker rondsluipen. Bij een beleg kwam het altijd aan op geduld. Jakov Lozovski had geen strafblad, deed niets onwettigs, maar toch was Anja in de greep van de angst, die zich uitte in tegenstrijdige aanvallen van claustrofobie en vrees om de datsja te verlaten. Ze deed overdag prikkelbaar tegen Arkadi, maar 's nachts, in bed, drukte ze zich tegen zijn rug aan en klampte ze zich ter geruststelling aan hem vast.

Alleen Maya en Zjenja waren thuis toen Jakov met een bijl bij de achterdeur van de datsja verscheen. Hij had de brede lichaamsbouw van iemand die zijn leven lang lichamelijke arbeid had verricht. Hij had zijn shirt uitgedaan om hout te hakken; het kogellitteken op zijn schouder zag eruit als een rauwe striem. Maya kroop in een hoekje uit het zicht.

'Iemand thuis?'

'Er zijn mensen in de buurt,' zei Zjenja. Hij voelde dat hij trilde zonder dat hij er iets aan kon doen. Hij herinnerde zich Jakov nog, van toen hij in die gebutste stationwagen rondreed, zwaaiend met een A4'tje met Maya's foto waarop een beloning werd uitgeloofd.

'Waar dan?'

'Gewoon, in de buurt.'

'Nou, ik had een vraag. Hebben jullie nog brandhout nodig?'

'Nee, bedankt,' zei Zjenja.

'Het is een kleine moeite.' Jakov wees naar de blokken die bij de achterdeur lagen opgestapeld. Hij pakte het grootste stuk hout, zette het op een boomstronk en spleet het met de bijl alsof hij een tandenstoker in tweeën brak. 'Kost maar een minuutje. Niemand komt zelfs maar te weten dat ik hier ben geweest. Nee? Weet je het zeker?'

'Ja,' zei Zjenja.

'Nou, ik probeer alleen maar te helpen. Het gaat vanavond regenen. Goed voor de boeren.'

Toen Jakov weer terug was bij de boerderij waar hij zijn kamer had, maakte hij meteen een schets van de datsja, de toegangswegen, de ramen, deuren en schoorsteen, de oprit, de steiger, de plekken vanwaar je vrij zicht had. Daarna ging hij achterover zitten en wachtte hij op de regen.

De regen was perfect, een gestage regenbui zonder bliksem. Een vriend van Renko hield in een Lada bij de voordeur de wacht. Het deed er niet toe. De man die zich Jakov Lozovski noemde, zwom de vijver over naar de kwetsbaarste kant van de datsja. In zijn wetsuit was hij vrijwel onzichtbaar. Het enige wat hij bij zich had, was een waterdichte zak met twee rookgranaten en een ballistisch gasmasker met enorme ogen en siliconenafdichting. Aan zijn been droeg hij een schede met daarin een vechtmes zoals de SAS die gebruikte, waarmee je goed kon steken maar ook snijden. Hij lag te kijken op een strategische positie tussen de roeiboot en de kajak in terwijl de lichten in de datsja een voor een uitgingen. Toen de laatste lamp werd gedoofd en Jakov langzaam uit het water kwam, draaide de roeiboot opeens om en werd hij van zijn borstbeen tot aan zijn ballen opengesneden.

Arkadi wierp zich naar achteren terwijl een wolk warmte zich in het water verspreidde. Een hand greep naar zijn enkel. Hij schopte zich los, maar verloor zijn mes en stapte achteruit in dieper water. Op de sponzige bodem van de vijver kon je nauwelijks rechtop staan zonder je evenwicht te verliezen. Terwijl hij zijn huid bij elkaar hield alsof het een vest was, wist Jakov Arkadi aan zijn broekriem vast te grijpen. Vervolgens sloeg hij van achteren een arm om hem heen. Arkadi voelde hem een schommelende beweging maken: waarschijnlijk trok zijn tegenstander op dat moment een mes, dacht hij. De man viel uit elkaar, maar hij bleef als professional volhouden. Arkadi hoorde Victor schreeuwen vanaf de voorkant van het huis, te ver weg om te helpen. Zjenja sprong van de steiger in het water, maar hij kon nauwelijks zwemmen.

Wat de man afleidde, was de aanblik van Maya die aan de rand van de vijver stond, in de gloed van een lantaarn. Daar was het kindhoertje dat hij zocht, hij had haar bijna te pakken. Haar lantaarn scheen een baan van goud over het wateroppervlak. Het enige wat hij hoefde te doen, was de weerschijn volgen.

Arkadi ontworstelde zich uit de greep en dook onder. Vanaf de bodem van de vijver keek hij omhoog naar het silhouet van Jakov, die naar links en naar rechts draaide in een wolk van bloed.

Arkadi dook even op en vroeg: 'Ben jij de laatste?' Hij dook weer onder voordat Jakov kon toeslaan.

'Of sturen ze nog iemand?' Arkadi was in een andere richting opgedoken.

'Wie ben jij?'

De man die zich Jakov Lozovski noemde, stierf als een schorpioen, rondjes draaiend en in het water stekend.

36

Waar de mobiele bouwkeet had gestaan, was een podium opgesteld. De acts waren eenvoudig. Er waren marionetten, afgerichte honden, een degenslikker, een jongleur en een aap die geld ophaalde met een pet. De pet was groezelig en de aap had schurft, maar een openluchtcircus op deze zonnige dag trok heel wat jonge gezinnen die het Driestationsplein meestal vermeden.

Om de vakantiesfeer verder te verhogen, was de piano uit de wachtkamer van het Jaroslavlstation buiten gezet. Al die keren dat Arkadi het station in en uit was gelopen, had hij nooit iemand op de piano horen spelen. Nu speelde er iemand, ook al was de piano al in geen jaren gestemd. Er klonk telkens onverwachte kruisen en mollen, en sommige toetsen waren helemaal dood.

Kortom, dacht Arkadi, dit is Rusland op muziek.

Sommige mannen jagen op vlinders, andere laten ze naar hen toe komen. Arkadi bleef staan bij het circus, terwijl Maya en Anja elke kinderwagen die ze zagen achterna renden en Zjenja en Victor langs de trottoirs patrouilleerden. Maya's haar was weer aangegroeid, maar na weken zoeken, zag ze er zwak en afgetobd uit.

Arkadi zag dat een meisje met een baby in haar armen meer geld kreeg dan een aap. De aap ontblootte zijn tanden naar haar en ze gilde van schrik.

'Bijt hij?' vroeg ze aan niemand in het bijzonder.

'Nou, hij mokt. Hij schaamt zich voor zijn pet.'

'Echt? Hoe ziet u dat?'

'Kijk dan, neergeslagen ogen, loopneus. Hij is er erg aan toe.'

'Ik hou van honden. Ik had een vriendin die een hond had, Tito.'

'Een goede hond?'

'De beste.' Ze begon te tranen, maar ze hield zich in. 'Ik ben nu met madame, maar ze kan niet naar buiten vanwege de zon.'

'Wat een mooi blauw dekentje. Hoe heet de baby?' vroeg Arkadi.

Ze snotterde zonder te antwoorden.

Hij vroeg: 'Heet ze Katja?'

'Ik verzorg de baby alleen totdat haar moeder komt.'

'Ik kan zien dat je goed werk doet. Het is een grote verantwoordelijkheid.'

'Wie bent u? Bent u een goochelaar?'

Arkadi zei: 'Zoiets. Ik kan geen konijn uit een hoge hoed toveren. Dat is sowieso niet zo nuttig, mensen hebben helemaal geen ruimte voor konijnen. Je begint met twee, maar al snel heb je er twintig. Ik ben nuttiger. Ik weet dingen.'

'Zoals?'

'Ik weet dat er gele kuikentjes staan op het dekentje van de baby.'

'Dat bewijst niets. U zou stiekem gekeken kunnen hebben.'

'En als je het haar op haar achterhoofd wegschuift, zie je een moedervlek in de vorm van een vraagteken.'

'Niet.'

'Kijk maar.'

Ze verlegde de baby om achter in haar nek te kunnen zoeken. Toen ze de vlek zag, viel haar mond open.

'Hoe wist u dat?'

'Ten eerste ben ik goochelaar en ten tweede ken ik Katja's moeder. Ze is al weken op zoek naar Katja.'

'Ik heb haar niet gestolen.'

'Dat weet ik.'

Emma kreeg weer tranen in haar ogen. 'Wat moet ik doen?'

'Heel eenvoudig. Neem Katja mee naar haar mamma en zeg: "Ik heb je baby gevonden." Daar is ze.' Arkadi wees op Maya bij de circusingang. Ze viel op met haar korte haar.

Emma zei: 'Het is nog maar een meisje.'

'Dat is genoeg.'

De aap probeerde Emma mee te trekken, terug naar de ring waar de honden optraden en over elkaar heen sprongen als een pak speelkaarten dat zichzelf schudde. Emma probeerde zich los te rukken van de aap. Arkadi lokte hem weg met een biljet van vijf roebel. Hij keek toe terwijl Emma voorzichtig om een clown met een rode neus heen liep die bellen stond te blazen. Ze liep langs een acrobaat op stelten, die in slow motion voortschreed, langs kinderen, zo jong dat ze de wip nog leuk vonden of die in de rij stonden voor een miniatuurachtbaan, en langs oudere kinderen die met werpringen gooiden. En verder, door een doolhof van kinderwagens naar het moment waarop Maya opkeek en het licht in haar ogen sprong.

Dankwoord

Ik ben altijd verbaasd dat intelligente mensen die betere dingen te doen hebben de tijd voor me willen nemen en me met hun expertise willen helpen. Tot deze mensen behoren, in Moskou: kolonel Alexander Jakovlev, rechercheur; Ljoeba Vinogradova, assistent en tolk; Jegor Tolstjakov, redacteur en adviseur; Lana Kapriznaja, journaliste; Oksana Dribas van Club Diaghilev, Alexander Noernberg, journalist; Boris Roedenko, schrijver; Andrej Sitsjev, casinomanager; Maxim Nenarokomov, kunstrecensent; en Samuel Kip Smith, assistent. Ik dank ook de bewonderenswaardige Natalja Drozdova en Natalja Snoernikova van kindertehuis Otradnoje.

Artsen Neal Benowitz, Nelson Branco, Mark Levy, Ken Sack en Michael Weiner hebben geprobeerd me de wereld van het menselijk lichaam te verklaren. Don Sanders, Luisa Cruz Smith en Ellen Branco boden inzicht en ondersteuning.

Tot slot dank ik Christan Rohr en David Rosenthal voor hun eindeloze geduld en Andrew Nurnberg en wijlen Knox Burger voor een paar miljoen dingen.